Corinna John

Halbsichtigkeit

Ein Roman, den jeder anders verstehen kann

AF286481

Mit Dank an

alle Linux- und LibreOffice-Entwickler,
weil ihr das Werkzeug zum Schreiben liefert.

meinen nachsichtigen Mathe-Lehrer,
weil ein Teil dieses Textes vielleicht nie entstanden wäre,
wenn ich nicht in seinem Unterricht über x hoch 7 geträumt
hätte.

alle hier Fehlenden,
weil ihr bestimmt die Wichtigsten seid.

Vonek saß vor seiner vierten Schalttafel und steckte bunte Netzwerkkabel um. Fünfhundertzweiunddreißig Bewohner waren in dieser Woche umgezogen. Die meisten persönlichen Netzanschlüsse hatten sich automatisch neu zuordnen lassen und mit den anderen zwanzig Kabeln würde er auch gleich fertig sein.

Dass die Leute sich nicht einfach für ein Stockwerk entscheiden konnten, störte Vonek wenig. Dafür waren so leichte, kleine Aufgaben zu entspannend. Nervige Angelegenheiten wie verseuchte Wasserwerke verschonten sein Haus glücklicherweise die meiste Zeit über.

Den letzten Stecker noch einsortiert, dann kurz die Verbindungen in die Wohnungen prüfen. Er drehte den Kopf nach oben, wo keine zwei Meter über ihm ein Bildschirm an der weißen Zimmerdecke den Status der gerade veränderten Switchports anzeigte. Zwanzig orange Lichter färbten sich langsam gelb, während Dienstprogramme neue Verbindungen aufbauten, zu grün beim letzten Qualitätstest, und schließlich zu hellblau für *alles okay*.

Über der Decke lasteten fünf Kilometer Haus. Menschen trampelten auf fünfhundert Etagen über seinem Kopf herum, langweilten sich in den Büros und Lagerhallen der ersten vierzig Ebenen, verabredeten sich in den schrill-bunten Städten darüber, vielleicht blinzelten sie am Rand der niedlichen Dörfer zwischen Stockwerk 160 und 300 durch dicke Fenster in die Wolken.

Darüber, in den Gärten und Parks, wo Pflanzen in indirektem Sonnenlicht grün strahlten, wurde bestimmt auch heute die eine oder andere Schulklasse durch blühende Sträucher geführt.

Die letzten fünfzig Etagen gehörten dem Flughafen, und das Dach den Antennen.

Zweihundertzwanzig Häuser wuchsen aus der Erde in den

Himmel, fünfundzwanzig davon in Europa – jedes eine kleine Welt für sich und dennoch alle ähnlich.

Auch wenn nicht alle Türme exakt baugleich waren, so waren sie doch gleich genug, dass er genauso gut den Turm Frankreich oder Italien hätte versorgen können. Voneks Turm war Deutschland. Welcher war der nächste auf der Landkarte? Dänemark oder Holland?

War das von Bedeutung? Luftschiffe konnten jedes Haus der Welt in wenigen Minuten erreichen. Was dazwischen lag, ging nur die Tiere etwas an, denen die naturbelassene Wildnis gehörte.

Obwohl die Menschen, Tiere und Pflanzen dort oben der Sinn seiner Arbeit waren, kamen sie ihm unendlich weit weg vor, fast nicht mehr real, ausgeblendet hinter friedlich summenden Kabelsträngen, abgeschirmt jenseits des rauschenden Kraftwerks hinter der gelben Tür neben ihm.

Sein Reich war das der Technik im Keller, hundert Meter unter der Erde. Hier lief alles zusammen, was das Haus beisammen hielt. Datenströme flimmerten herunter, durch Verteiler und Router und wieder hinauf. Wasser floss von den Gärten durch die Wohnetagen in die Aufbereitungsanlage, und trieb dabei Turbinen an, die es am nächsten Tag wieder hoch pumpen würden.

Voneks Welt war ein Meer der Ruhe; und doch vibrierte seine Struktur von einer Überdosis geheimer Schönheit.

Ein Haus mit mehreren Millionen Bewohnern zu warten, war kein besonders schwerer, aber dennoch manchmal ein zeitraubender Job. Vor ein paar Wochen hatte Vonek die Verwaltung um eine Aushilfe gebeten, einen Techniker der an ausgelasteten Nachmittagen mit anpacken konnte. Und der abends nach hause ging. Für sich selbst hatte er die Ecke zwischen zentralem Netzwerkknoten und Datenterminal als das eingerichtet, was man freundlicherweise als Wohnung bezeichnen konnte.

Mit dem Neural-Interface des Terminals konnte er sowieso nicht richtig umgehen. Daten abrufen, mit seinen wenigen Freunden reden, Aufträge protokollieren, das ging alles noch. Von den Netz-Funktionen ließ er aber lieber die Finger, dafür benutzte er das zweidimensionale Display in der Arbeitsplatte.

4

Den Schreibtisch mit dem 2D-Bildschirm in der Tischplatte hatte er neben das Interface geschoben. Zusammen ergab das eine ideale Kommunikationsecke, von der er sich die meiste Zeit über fernhalten konnte. Aber die sich täglich von Neuem ansammelnde Post wollte gelesen werden, was soll's.

Vonek stand auf. Regale wie Wände voller Anschlüsse schienen ihm ein „bis morgen" hinterher zu summen, als er am *Wohnzimmer* vorbei zum Terminal ging. Die Elektroden des Neural-Interfaces passten sich automatisch seinem Kopf an, und nach einem vernebelten Augenblick sah er die hinterlegten Informationspakete vor sich liegen.

Um vier der sechs Pakete konnte er sich genauso gut morgen kümmern. Das Vierte kam von der Verwaltung, und das Letzte enthielt irgendetwas Eiliges.

Na gut, dachte Vonek, *wenn es denn so eilig ist, schaue ich es heute noch an.* Das Interface überspielte die Informationen des Pakets in sein Gedächtnis, wo sie sich Stück für Stück niederließen, bis sie ein klares Bild ergaben.

Im Westteil des zweiundvierzigsten Stockwerkes würde morgen eine Fabrik ans Netz gehen. Er sollte vorher noch die Stromversorgung der Region prüfen, damit keine Überlastungen auftreten konnten.

Wäre natürlich zu viel verlangt gewesen, dass ihnen so was früher einfällt, dachte er und öffnete das Informationspaket der Verwaltung.

Die gelbe Tür zum oberen Teil des Kraftwerks fiel mit einem leisen Klicken ins Schloss. *Ich werde das Wohnzimmer halbieren müssen,* dachte Vonek, während er über die Treppe sprang, die zum unteren Teil und der Fusionskammer führte. Wo war nochmal der Kabelkanal zu den Stadtetagen?

Schon übermorgen stecken die tatsächlich einen zweiten Alleskönner in meinen Server-Keller. Ich hätte, wenn überhaupt, erst nächsten Monat damit gerechnet ...

Eine Projektion der Verbindungsstellen bis zu Region West-42 glitzerte in der Luft. Zwei davon müssten erneuert werden, damit dem neuen Teil da draußen nichts im Wege stand.

Vonek hatte längst nicht mehr vor, gegen die zukünftige Mitbewohnerin Einspruch einzulegen. Schließlich wollte ihm niemand seinen Server-Keller streitig machen, und das moderne Terminal würde endlich vernünftig ausgenutzt werden.

Die Verwaltung schickte eine Programmiererin, die bei Bedarf auch in der Zentraltechnik aushelfen konnte. Software-Forschung war von jedem Ort aus möglich, aber kaum ein guter Programmierer wollte auch von jedem Ort aus arbeiten.

Es hieß, die größten Bitsortierer der letzten Jahre hätten sich alle in der Einsamkeit der unterirdischen Stockwerke einquartiert. Was andere als das Leben oder schlicht als Außenwelt bezeichneten, empfanden sie als nervige Ablenkung.

Die Verwaltung hatte geschrieben, dass Alexa extra den Umgang mit großformatiger Hardware gelernt hatte, um einen Posten im Rechenzentrum zu bekommen. Alexa, so hieß die Programmiererin. Seit zwei Wochen stand mehr oder weniger fest, dass sie den zweiten Platz im Rechenzentrum bekommen würde.

Die paar Arbeitsstunden, die in Voneks gut organisiertem Reich anfallen würden, ließen „einem neuen Talent von der terranischen Software-Universität" genug Zeit für „möglicherweise einmal wichtige" Projekte. Soweit die Ansicht der Verwaltung.

Wenn sie extra jemanden aus einem anderen Haus holen, vermutete Vonek und zeigte einem Roboterschwarm den Netzplan, *dann muss es schon jemand Besonderes sein.*

Es war alles andere als üblich, seinen Turm jemals zu verlassen. Die kleinen, silbernen Roboter-Fliegen schwirrten davon, um einen Satz verstärkter Stromnetz-Adapter aus dem Lager zu holen.

Das nächste Haus war mehr als hundert Kilometer entfernt. Riesige naturbelassene Flächen erstreckten sich zwischen den einzelnen Türmen, und jeder Turm vereinte alles was seine Bewohner brauchten. Außer der reinen Neugier gab es keinen Grund, sich in der Natur herum zu treiben und die Erde durcheinander zu bringen. Nur selten zog jemand in einen anderen Turm um.

Die Roboter-Fliegen flogen wieder herein. Er schaute kurz nach, ob auch alle das richtige Bauteil geholt hatten, schickte eine Fliege wieder zurück und öffnete für die anderen die Klappe vor einem Tunnel. Die Roboter schwirrten durch die Öffnung und aufwärts zu den veralteten Verbindungsstellen.

In den vergangenen zwei Wochen hatte er sich ab und zu im Netz mit Alexa getroffen. Sie war ein Jahr älter als er, hatte vor kurzem ihr Studium hinter sich gebracht, von dem sie gerade mal fünf Monate auf der Erde absolviert hatte.

Fast alle Hochschulen für Daten verarbeitende Fächer befanden sich auf verschiedenen Raumstationen. Kreisten um ferne Monde, die ihre Architekten einst für besonders faszinierend gehalten hatten.

Im Netz hat Alexa gar nicht verrückt gewirkt. Vonek stellte sich das Foto der jungen Frau noch einmal vor. *Nur irgendwie geheimnisvoll.*

Alexa hatte über alles mögliche mit ihm geredet, aber kein einziges Wort darüber heraus gerückt, was sie denn gerade so Spannendes erforschte. *Siehst Du nächste Woche selber,* war ihr einziger Kommentar gewesen und dabei war es geblieben.

An der Software, die das Haus mehr oder weniger automatisch steuerte, gab es noch einiges zu Verbessern. Bestimmt ließ sie sich soweit anpassen, dass man nicht mehr so oft von Hand in die Routine-Abläufe eingreifen musste. Ob das die Zeit der neuen Programmiererin wert war?

Noch zwei Tage Gnadenfrist, dachte Vonek. Wie lange lebte er schon alleine in seinem Keller? Zwei Jahre? Nein, zweieinhalb. Wie oft hatte er den Keller in diesen zweieinhalb Jahren verlassen? Nun ja, eigentlich war er beim Einzug froh gewesen, das aufregende Haus nach neunzehn Jahren hinter bzw. über sich zu lassen.

Man musste eine totale Meise haben, um Haustechniker in Vollzeit zu werden. Gerade das qualifizierte ihn für seinen Beruf. Mehr verträumte Verrücktheit erwartete man höchstens von Netzwerk-Journalisten und Programmierern – den Gruppen, die den Großteil ihrer Zeit am Datenstirnband verbrachten.

Für den Posten hier unten hatte die Turmverwaltung ihn damals direkt von der Schule weg angeworben. Man hatte jemanden gesucht, den noch niemand auf dumme Gedanken gebracht hatte. Der die Generalschlüssel für genau eine

Aufgabe zu nutzen wusste, ohne sie für irgendwelche durchgeknallten Ideale zu missbrauchen. Kurz gesagt: Einen ungebundenen Niemand.

Er wanderte zwischen Bett und Küche hin und her – seiner Wohnung, die vorne vom zentralen Datennetz-Knoten begrenzt wurde und hinten von der Kommunikationsecke.

Die Fläche musste geteilt werden, eine blickdichte Trennwand wäre auch nicht schlecht. Wenn er das Sofa und den Schrank quer stellte, und eine Trennwand dahinter, dann wären das zwei Räume. Ein brauchbarer Anfang.

Das Terminal gehörte ganz klar ins neue Zimmer, die letzte Regalzeile des Datennetz-Knotens berührte dagegen nur sein Zimmer. Wohin mit der Küche? Die würden beide brauchen. Er schob sie quer zum Schrank, so dass sie zu jeweils einer Hälfte in beiden Zimmern stand. Dadurch bekam der nach vorne immer noch offene Wohnbereich zwei getrennte Eingänge.

Das Ergebnis sah zu ideal aus. Wo war der Haken? Der fiel Vonek nicht ein, also warf er sich auf sein nun verdreht stehendes Sofa und schlief ein.

Am nächsten Tag summte die Türklingel schon gegen Mittag. Vonek saß am Bildschirmtisch, in der Ecke die er wohl bald abgeben musste, und überflog die Nachrichten der letzten Woche. Ganz wie von hinterm Mond wollte er nicht wirken, falls ihm jemand über den Weg laufen und irgendein aktuelles Ereignis erwähnen sollte.

Mit einem Winken holte er das Bild der Außenkamera auf die Tischplatte. Ein paar Möbelpacker in roten Anzügen hatten drei Kisten vor den Eingang geschoben und wollten sie nun weiter schieben.

Er stand auf, ging hinüber zur Tür, blieb stehen und schaute sich um. Ging zurück, schaltete das Kamerabild ab und eine Zeitungsseite von heute in den Vordergrund. Dann ging er wieder zu der breiten Schiebetür und ließ die Möbelpacker herein.

„Guten Tag Herr ... ähm ... Hallo Admin. Wir sollen hier das Bisschen Gepäck aufbauen. Für die kleine Hackerin, die morgen einzieht," sagte einer der Männer.

8

Vollidiot, hätte Vonek beinahe erwidert. *Bei so einem Umgangston weiß ich gleich, warum ich lieber alleine bin.*

„Hab schon mit euch gerechnet, hier geht es lang."

Mit möglichst großem Abstand zum Netzwerkknoten zeigte er den Fremden den Weg durch den Keller und ließ sie die drei Kisten vor dem – nun vom Küchenblock begrenzten – Wohnbereich abstellen. Viel Kram brachte Alexa wirklich nicht mit.

Die üblichen Möbel wurde aufgebaut; ein kleiner oranger Schrank, ein blaues Bett, ein holzfarbener Tisch mit passendem Stuhl. Die letzte Kiste blieb halb leer im Zimmer stehen, wahrscheinlich enthielt sie persönlichen Kleinkram.

Wozu brauchte ein Programmierer schon reale Dinge? Eine weiße Folie wackelte am Rand seines Blickfelds. Der Chef der Möbelpacker wedelte mit seiner Checkliste.

„Diesem Raum fehlt etwas. Sag mal, hast du denn gar keine Wände?"

Könntest du sie sehen, wenn du davor stehen würdest?

„Nein, ich hab nie welche gebraucht, hier kommt ja doch fast nie jemand herunter. Habt ihr zufällig eine dabei?"

Die Arbeiter freuten sich anscheinend auf einen Grund, nochmal wieder zu kommen. „Aber klar doch, die liegen seit zwei Jahren eine Etage höher im Lager. Du hättest deine Wände jederzeit abholen können. Wir fahren gleich hoch und holen sie."

Der Chef rief seine Arbeiter zusammen, die neugierig das Terminal begafften, oder diskutierten, wohin welches Kabel am Netzwerkknoten führen könnte.

„Nicht nötig," entgegnete Vonek, „schickt einfach einen Roboter damit herunter, aufbauen kann ich sie auch selber."

Mit einem freundlichen Lächeln kommentierte er die neugierige Gruppe auf den Flur hinaus.

Luftschleusen zischten sanft, die Türen der Flugkapsel glitten geräuschlos auseinander, doch weder Licht noch Schatten fiel in die Kabine. Die Beleuchtung in der Halle hatte sich stufenlos an die Helligkeit in der Kapsel angepasst.

Lissa wollte aufspringen und ihr neues Haus erkunden, aber sie mochte auch nicht zu aufgeregt wirken. Von der reinen Architektur her war das Haus Deutschland genauso gebaut wie ihr altes, das Haus Norwegen.

Sie hatte die wichtigsten Fakten gesammelt, über die Einwohner, deren beliebteste Haustiere und vorrangig angebauten Pflanzen. Im Netz hatte sie Kontakt zu Bewohnern gesucht und deren eventuelle Eigenarten erkundet. Und jetzt war sie hier. Landefläche 33, Stockwerk 485, fünf Uhr früh.

Sollte nicht jemand hier sein, um sie den ersten Tag lang durch den Turm zu führen? Im Ausstieg stieß sie beinahe mit diesem *jemand* zusammen.

„Guten Morgen, sind sie Alexa? Dann bin ich ja im richtigen Luftschiff. Ich soll dir das Haus zeigen."

Ein Mädchen von etwa fünfzehn Jahren stand in der Tür, irgendjemand hatte sie in einen zu großen silberblauen Anzug gesteckt.

„Danke, du kannst mich einfach Lissa nennen", antwortete sie. „Wer hat dich hier herauf geschickt?"

„Meine Eltern arbeiten in der Verwaltung. Ich soll auch mal etwas Vernünftiges machen, finden sie. Weil ich mich sowieso immer überall und nirgends herumtreiben würde, wäre ich ein guter Fremdenführer."

Das Mädchen kicherte kurz, sprang dann grinsend die Rampe hinunter. Lissa folgte ihr in die schneeweiß beleuchtete Hafenhalle.

Die Eisschicht am Luftschiff schmolz hier drinnen, so dass die ganze Außenhülle glitzerte. Unzählige Wassertropfen brachen das weiße Licht, das als Regenbögen an der Decke stumme Melodien tanzte. Bei diesem Anblick musste Lissa lachen. „Schau mal, da oben!"

„Wie Kristalle", fand das fremde Mädchen. „Ist das Wolkenwasser?" Sie fuhr mit dem Finger über den gelben Lack, und malte ein Muster in die Tropfen. „Die Regenbögen kann man fast schon riechen. Warum nennst du dich eigentlich Lissa?"

„Gefällt mir einfach besser als Alexa. Ich kann dir einen Namen abgeben, falls du keinen hast ..."

„Oh, hab ich mich noch gar nicht vorgestellt? Tut mir leid. Taral." Verlegen wischte sie den nassen Finger an ihrer Hose ab, und zeigte dann zum Ausgang. „Gehen wir zuerst in die

10

Gärten, da zeige ich dir den großen Wasserfall!"

Sie gingen um das Luftschiff herum, vorbei an zwei kleinen, weißen Robotern, die ihr weniges Gepäck aus dem Laderaum hoben.

„Danach kommen wir an den Dörfern vorbei, da wohne ich. So gegen zehn Uhr sind wir beim Zentrum, da könnten wir uns eigentlich drei Tage lang aufhalten, und darunter liegt die Verwaltung. Die ist nicht so spannend. Und von der Basis darunter hab ich kaum Ahnung, die zeigt dir jemand anderes."

„Die Basis zeigt mir der Haustechniker persönlich. Das wird mein Arbeitsplatz."

Bevor sie beide im Fahrstuhl verschwanden, sah Lissa sich noch kurz zu den Robotern um. Die trugen ihren Koffer vorsichtig zum Transport-Tunnel, einem über fünf Kilometer tiefen Schacht, durch den Fluggeräte jeden Ort im Haus schnell erreichen konnten.

Seid bloß vorsichtig mit dem grünen Koffer, dachte sie, als der Fahrstuhl sich weich und lautlos in Bewegung setzte. Erst jetzt bemerkte sie, dass Taral sie von der Seite anstarrte.

„Ist irgendwas?" fragte sie besorgt nach.

„Du ziehst in die Basis? Ist ja unglaublich. Wenn Papa mir vorher gesagt hätte, wen ich heute abhole, hätte ich meine Freundinnen mitgebracht. Unseren Admin Vonek sieht man nie, aber aus der Schule weiß ich ..."

„Keine falsche Heldenanbetung, klar?" unterbrach Lissa die Kleine, die nun aufgeregter war als sie selbst. „Warst du denn schon einmal im Keller?"

„Vor ein paar Jahren haben wir mit der Schulklasse die Klimaanlage besichtigt. In die anderen Räume durften wir aber nicht rein. Es muss doch unglaublich spannend sein, jeden Winkel im ganzen Turm steuern zu können!"

Ein kleines Grinsen wollte sich auf Lissas Gesicht breit machen. Das große Mysterium Basis-Stockwerk. Typisch.

„Hör mal, selbst im größten Keller der Welt arbeiten auch nur Menschen. Und wenn die theoretisch alle Hebel in der Hand hätten, haben sie nichts zu sagen. Sie halten nur die Maschinen und Computer am Laufen."

Als der Fahrstuhl seine Türen im obersten Garten aufschob,

schlug ihnen sofort frische, feuchte Luft entgegen. Warmes Licht durchflutete die Ebene. Kräuterfelder in allen Grüntönen erstreckten sich mindestens zwei Kilometer weit, bis in der Ferne ein Hügel den Horizont markierte.

Taral packte sie an der Hand und rannte los, einen schmalen, braunen Pfad entlang, mitten durch das Muster aus hell- und dunkelgrünen Karos, in denen verschiedene Kräuter in rosa und blau blühten.

Plötzlich blieb Taral vor einem Karo stehen. Lissa stolperte beinahe.

„Riech mal! An welche Pflanze erinnert das hier?"

Die Kräuter, auf die Taral zeigte, wuchsen keine zehn Zentimeter hoch. Dafür wucherten sie lückenlos dicht über den Boden, und verströmten einen eigenartig süßen, blauen Duft. Der Geruch schien sich auf dem Weg nach oben zu kräuseln und zu verdrehen, er schlug Wellen wie ein Teich.

„Riecht nach blauen Wellen", bemerkte Lissa. „erinnert mich aber an keine andere Pflanze. Was ist das?"

Das kleine Mädchen strahlte. Schon nach zehn Minuten konnte sie etwas zeigen das es nur hier gab.

„Ja, ich finde es riecht nach gelben Schleifen. Wie keine andere bekannte Pflanze. Ein Gärtner aus dem Nordviertel hat es gezüchtet. Er nennt es Uhrenkraut, weil es zu jeder Tageszeit anders riecht. Gegen Mittag wird es immer würziger, abends wir es sauer und körnig und Nachts riecht es nach Maiglöckchen. Man kann die Blättchen essen, aber man muss sie zur richtigen Uhrzeit ernten, damit das Aroma stimmt. Da vorne ist eine Abkürzung zum Wasserfall."

Ein paar Schritte weiter lag ein grauer Felsen am Wegesrand. Die Vorderseite sah aus wie rauer Stein mit Moos und Flechten. In der Rückseite ließ sich eine Tür öffnen.

Solche Querverbindungen kannte Lissa aus ihrem früheren Haus. Viele kleine Tunnel und Treppen verbanden die Stockwerke. Ihre Eingänge waren immer angemessen dekoriert, so dass sie sich nahtlos in die Umgebung einfügten.

Sie trat mit dem linken Fuß auf eine Steinplatte vor dem Eingang. Etwas Sand rieselte aus den Rillen, als die getarnte Tür auf schwang. Drinnen roch es nach Moos. Eine glatt polierte Holztreppe summte langsam abwärts, eine dunklere

Holztreppe daneben fuhr aufwärts.

Zwei Ebenen tiefer endete die Treppe in einer ziemlich engen Höhle. Von links fiel ein verschwommenes Licht hinein, in dem die nassen Wände geheimnisvoll glänzten. Kühler Nebel lag in der Luft, fast schon ein feiner Nieselregen aus tausenden silbrigen Punkten.

„Der Boden ist hier etwas rutschig," bemerkte Taral überflüssigerweise.

„Wir sind jetzt *hinter* diesem Wasserfall, stimmt's? Erzähl mir bitte nicht, dass wir *durch* das Wasser müssen."

„Keine Panik, wir gehen nur dran vorbei. Siehst du die Felsensäule da vorne, wo ein Gang nach rechts führt?"

Lissa ließ sich auf die rauschende Wand aus weiß schäumendem Wasser zu führen, kurz davor dann nach rechts, an der Säule vorbei und hinaus auf eine grasgrüne Hügelkette. Ein breiter Bach plätscherte auf dem Hügel entlang, fiel über die Klippe vor der Höhle und füllte unten im Tal einen Teich, aus dem heraus sich sieben schmale Gräben durch die Felder zogen.

Rote Schmetterlinge flatterten zwischen den Gänseblümchen hin und her. Wenn Insekten singen könnten, hätten sie die Melodie zu ihrem wilden Tanz gesungen. Der ganze Hügel schien in einer harmonischen Symphonie zu schwingen.

„Fast schon kitschig," fand Lissa. „Was wächst da unten auf den Feldern?"

„Die hellgrünen Spitzen werden gemischtes Getreide. Letztes Jahr haben sie es im Ost-Viertel angebaut, jetzt ist einmal wieder der Süden dran. Das mit den runden Blättern ist irgendein Salat."

Auf der anderen Seite des Hügels versuchte Jette, es sich unter dem Felsvorsprung halbwegs bequem zu machen. Wer trieb sich in aller Frühe hier draußen herum? Egal, hier unten konnte niemand sie sehen.

Still lehnte sie sich an eine weniger glitschige Stelle und hörte zu. Eine der Stimmen könnte Taral sein, die alte Angeberin von ihrer Schule, die sie normalerweise nur in Mathe und Kunst in ihrem Kurs ertragen musste. Die andere

Stimme kannte sie nicht. Jette hoffte nur, dass die beiden schnell wieder verschwinden würden.

Beim ersten Tageslicht hatte sie sich davon geschlichen, hatte alle denkbaren Umwege bis in den Garten genommen, und jetzt wollte sie auf noch unmöglicheren Umwegen wieder nach unten, in die sechsundsechzigste Stadt. Süd-Viertel, Distelstraße, elftes Haus, zweiter Stock, dritte Wohnung, Lara abholen.

Ihre kleine Schwester Lara war vierzehn, anderthalb Jahre jünger als Jette. Und sie war durch den Zugangstest für die Oberschule Raumdesign gefallen.

Anstatt einfach weiter auf der normalen Schule zu bleiben, hatte sich die kleine Zicke bei Freunden in der Stadt einquartiert, in einer Großraumwohnung über einer Zoohandlung im Erdgeschoss und einem Friseur im ersten Stock.

Ihre Eltern hatten noch keinen blassen Schimmer, sie ließen Lara von der Polizei suchen. Aber Jette hatte sie eine Direktnachricht geschickt, in der sie alles genau zu erklären versucht hatte.

In S66-Süd gab es eine unabhängige Raumdesign-Förderschule die nur besondere Talente aufnahm. Lara hielt sich für begabt und die Eignungsprüfungen der öffentlichen Schulen für ungenau.

Geduldig ließ Lissa sich durch ein paar Dörfer führen. Normale Leute konnten hier sicher wunderschön wohnen, aber für sich selbst fand sie das alles eher gruselig. Wie sollte man seinen Nachbarn hier aus dem Weg gehen, ohne dass jemand bemerkte, das man ihm aus dem Weg ging? In so einem Dorf kannte jeder jeden.

Viele Menschen liebten eine solche *Gemeinschaft.* Lissa schätzte sich glücklich dafür, dass sie immer in den Städten gelebt hatte. Je mehr Leute an einem Ort wohnten, desto weniger fiel der Einzelne auf und desto besser konnte sie sich zurückziehen. Zu viele Menschen gingen Lissa auf die Nerven, Bekannte erst recht.

Später führte Taral sie durch ein paar Straßen der Städte, die meisten davon waren bunt und flimmerten von grellen

Neonschriften. Jede Stadt musste Besseres zu bieten haben, aber das fand ihre kleine Führerin wohl *nicht so spannend.*

Endlich kamen sie auf Ebene 39 an, der ersten Region der Hausverwaltung. Beladene und leere Fahrzeuge sammelten sich vor Transport-Tunneln, Fahrer steuerten ihre Fähren über den Köpfen der Fußgänger entlang, überall herrschte Alltag.

Auf den Laufbändern standen oder liefen Menschen an Wegweisern entlang, manche drängelten sich hektisch an anderen vorbei, welche am rechten Geländer standen und wichtig taten. Lissa und Taral sprangen auch auf ein Laufband auf. Sie drängten sich ans Geländer, um ein paar eilige Gestalten vorbei zu lassen, während der Fußweg sie zu den Bürgerbüros fuhr.

Das Laufband endete vor einem Tor, dessen linke und rechte Seite aus zwei Baumstämmen bestanden. Dazwischen leuchtete ein Text in der Luft. *Nur für Beschäftigte der Hausverwaltung, oder bei besonderen Anliegen.*

„Hier unten bin ich nur, wenn es sein muss", bemerkte Taral und hakte ein Gedächtnis-Upgrade aus dem Ständer aus, der vor dem Eingang der Personalabteilung stand. „Ohne Lageplan ist man hier verloren. Gut, dass sie am Eingang ausliegen." Sie band sich das Gedächtnis-Upgrade um die Stirn und klemmte den Sensor hinter dem linken Ohr fest. „So, komm mit, jetzt weiß ich den kürzesten Weg!"

Fertig! Die letzte Wand war aufgebaut. Eine richtige kleine Hütte mit zwei Zimmern stand jetzt mitten im Rechenzentrum. Aus glattem, dunkelblauem Kunststoffgewebe, und mit durchsichtigem Dach, damit es drinnen hell genug war.

Ein freier Rest vom Abend war genau was Vonek jetzt brauchte, damit ihm alles wieder einfiel, was er noch aufräumen musste. Nur vorsichtshalber, damit morgen niemand behaupten könnte, er ließe den Keller verkommen.

Das Rechenzentrum war sein Leben, seit mehr als zwei Jahren. Und so sollte sein Rechenzentrum auch aussehen. Vorher hatte es nichts gegeben, außer normaler Schule und technischer Fachschule.

Bevor die Ruhe auch nur daran denken konnte wieder einzukehren, zirpte der freundliche Signalton der Sprechanlage.

Wer will denn jetzt noch etwas von mir? Genervt schwang er sich auf den Stuhl vor dem Terminal und nahm das Gespräch an. „Guten Abend, was ist denn jetzt schon wieder los?"

„Alexa, die Software-Forscherin von der globalen Universität, ist schon etwas früher angekommen. Rudis Jüngste hat sie den ganzen Tag durch die Etagen geführt. Du kannst dir vorstellen, wie müde man dabei wird. Spricht etwas dagegen, dass sie heute Abend schon einzieht?"

Der Kollege aus dem Büro setzte ein Lächeln der Marke Extrafreundlich auf. Sprach etwas dagegen? Vonek schaute sich noch einmal gründlich um. Nein, außer dass er nicht damit gerechnet hatte, fiel im nichts Stichhaltiges ein.

„Von mir aus nicht, hier ist aufgeräumt. Alexas Gepäck ist heute Mittag schon angekommen."

„Perfekt wie alles, was sie anfangen!" lächelte der Manager. „Wir kommen dann in ungefähr fünf Minuten runter."

Mitten in der Nacht beschloss Lissa, dass sie sowieso nicht mehr einschlafen konnte, und drückte den Lichtschalter. Warmes Licht füllte das Zimmer gerade so hell aus, dass sie alles sehen konnte. Sie setzte sich wieder aufs Bett. Irgendwie kam ihr die ganze Umgebung noch seltsam vor, aber das würde sicher schnell vergehen.

Es war halb vier in der Nacht. Damit war sie schon fast einen ganzen Tag in diesem Turm – und fast zehn Stunden in der Sicherheit des Rechenzentrums. Nicht, dass der Rest des Hauses weniger sicher gewesen wäre. Aber wirklich zu Hause fühlte sie sich immer nur dort, wo selten fremde Menschen hin kamen.

Mitten im Raum lag ihre Reisetasche herum, daneben der grüne Metallkoffer. Sollte sie ihn endlich auspacken? Der Anfang ihres Experiments schrie regelrecht danach, am Terminal aufgebaut zu werden. Aber eigentlich ... konnte das auch bis nach dem Frühstück warten.

Sie schaute auf ihre Fingernägel herunter. Eine kleine Naturkatastrophe. Der weiße Perlmutt-Lack klebte seit der

Abschlussfeier letzte Woche in der Universität daran, blätterte hier und da ab.

Ihr Experiment, das jetzt zusammen gefaltet im grünen Koffer lag, hatte sie dermaßen in Atem gehalten, dass sie ihr Äußeres gnadenlos vernachlässigt hatte. Dass sie dabei ständig an den elektronischen Bauteilen herum gebogen hatte, zeichnete sich an den Rändern deutlich ab. Es könnte wirklich nicht schaden, sich mal wieder die Fingernägel zu feilen. Und was vom alten Lack übrig war, hatte dort eigentlich auch nichts mehr zu suchen.

Keine drei Schritte entfernt lagen die fast schon funktionsfähigen Adapter die ihr die Nägel ruiniert hatten. Sie waren lückenlos kompatibel mit dem Neural-Interface da drüben, hinter der Wand die sowieso nur dunkelblauer Zierrat war. Also doch Koffer auspacken.

Und schon strichen Lissas verunstaltete Fingerspitzen über die silbern glänzenden Verschlüsse eines mit grünem Kunststoff überzogenen Koffers. Die Scanner erkannten den Fingerabdruck wiedermal nicht sofort. Wie immer brauchte sie zwei Anläufe, bis der Koffer sich öffnete. Lissa schaufelte Krümel und Folien beiseite, die sie gestern massenweise als Polsterung über den Inhalt geschüttet hatte. Einerseits kam ihr das total übertrieben vor, andererseits konnte zu viel Absicherung auch nicht schaden.

Darunter zeigten sich endlich ihre Adapter für das Sensorset. Die kupferfarbenen Kanten glitzerten wie Sterne im rot-gelben Licht, in strahlendem Kontrast zu den verkleideten Bauteilen, deren Haut aus weißem und dunkelgrauem Modelliergel matt und gleichmäßig gefärbt da lag. Lissa hob die Geräte eines nach dem anderen heraus und verteilte sie um sich herum auf dem Boden.

Jeder Fremde hätte nur ein paar Stückchen unbekannter Hardware gesehen. Doch Lissa hatte sie bis ins Detail entworfen, den Assistenten an der Prototypen-Fräse viel zu lange Reden über Machbarkeit und fehlende Sorgfalt erzählt, die acht winzigen Steuerungsplatinen programmiert und aufeinander abgestimmt.

Was fehlte, war etwas Entgegenkommen des Terminals. Ihre Adapter mussten zwischen den Benutzer und das vorhandene Interface geschaltet werden. Solange nur ihre Test-Anwendungen liefen, wurden die Signale, die das Interface ausgab, richtig übersetzt.

Leider hatte ein durchschnittliches Terminal wer weiß wie viele andere Anwendungen und mit den wichtigsten davon produzierten die Adapter größtenteils Chaos. Die Daten kamen verdreht und verknotet im Kopf des Benutzers an oder das Terminal-Programm verstand dessen übersetzte Eingaben nicht. Oft funktionierte die Übertragung minutenlang einwandfrei, dann gerieten die Informationen plötzlich durcheinander.

Alles halb so wild, dachte Lissa. Das Beste an diesem Projekt war doch gerade, dass niemand ihr ein Zeitlimit setzte. Termine und Zeitpläne gab es bloß für Projekte die tatsächlich jemand in Auftrag gegeben hatte.

Dass sie die Selbststeuerung des Hausversorgung optimierte, darauf warteten die Leute. Oder dass sie die virtuelle Austauschplattform der Fachschulen erweiterte, darauf warteten auch Leute. Nur auf dieses Spielzeug wartete niemand. Grundsätzlich war das schade, besonders für die Austausch-Plattform. Aber die Vorteile davon, dass man ohne nervende Fragen von nervtötenden Menschen basteln konnte, überwogen ganz klar.

Achtundsechzig Stockwerke höher sprang Jette vom Laufband ab. Distelstraße 11, hier war die Zoohandlung, im zweiten Stockwerk des Gebäudes waren die Fenster bunt beklebt. Wo ging es hinein? Weder links noch rechts des Ladens war eine Tür, von einer Außentreppe erst recht keine Spur. Sie musste in den Zooladen gehen und fragen.

Natürlich war der mitten in der Nacht nicht geöffnet. *Na toll!* Sollte sie einfach in dem Café abwarten, das zehn Meter weiter rund um die Uhr geöffnet hatte? *Das wäre Aufgeben.*

Mit halb geschlossenen Augen suchte sie in ihrem Gedächtnis-Upgrade nach einem genaueren Stadtplan. Bevor sie irgendetwas finden konnte, schreckte sie auf und drehte sich reflexartig um, so dass ihre glatten, schwarzen Haare nur so flogen. Jemand hatte sie von hinten angetippt. Wieder so eine harmlose Sache. Warum musste sie immer so verdammt schreckhaft reagieren?

Vor Jette stand ein fremder Mann, sie schätzte ihn auf ungefähr zwanzig Jahre, mit halblangem rotem Haar. Er hob die Hände und grinste, als sie sich so unsinnig erschrak.

„Tut mir echt leid, ich wollte dich nicht wecken. Du siehst nur aus, als wenn du dich hier nicht auskennst." Mit einem Zwinkern fügte er hinzu: „Bissige Leute wohnen hier nicht, die haben wir in den Zoo gesteckt."

Jetzt musste Jette doch noch lachen. Ein Einheimischer war genau das, was sie suchte. „Ähm, nun ja, direkt verlaufen hab ich mich nicht. Ich hab nur gerade nachgelesen, wo dieser Block seinen Eingang hat."

„Handelsetagen oder bewohnte Etagen?"

„Bewohnte. In den zweiten Stock muss ich."

„Dann bist du hier fast richtig, bist nur fünf Schritte zu weit gelaufen. Der Zoohändler hat sich letztes Jahr mit den Bewohnern darauf geeinigt, den Eingang in den Kiosk zu verlegen, damit er abends abschließen kann."

Er zeigte hinter sich zu einem Kiosk, dessen Tür weit offen stand. Jette bedanke sich und erkundete den Laden. Auf dem Tresen stand eine Klingel mit einem Schild:

Bin gleich wieder da, klingeln sie nach meinem Hund!

Weiter hinten, neben einem Regal mit Chips und Schokolade, schraubte sich eine Wendeltreppe abwärts. Sie hielt die Hand vor den Aufwärts-Pfeil am Regal, die Treppe hielt kurz an und drehte sich dann aufwärts. Als sie einstieg, sah sie noch kurz, wie der Rothaarige ihr durch die Fensterscheibe zu winkte und verschwand.

Nachdem alle Prototypen ausgepackt und für unbeschädigt befunden worden waren, trug Lissa sie zum Terminal hinüber und legte sie alle auf dem Tisch ab.

Den in die Arbeitsplatte eingearbeiteten Bildschirm benutzt bestimmt niemand mehr, vermutete sie und sortierte die Anschlüsse des ersten neuralen Adapters.

Unter schlichten Bürgern waren flache Bildschirme aus transparenter oder schwarzer Folie noch recht verbreitet. Für den Heimgebrauch waren sie einfach und praktisch, der ganze Haushalt konnte gleichzeitig sehen und man hatte den Kopf frei für ein Gedächtnis-Upgrade. Letztere konnten nicht gleichzeitig mit einem Interface verwendet werden. Sie benutzten zwar andere Stellen für ihre interaktiven Sensoren, blockierten sich aber gegenseitig.

Vielleicht lag es einfach am menschlichen Gehirn, das nicht mit zwei Maschinen gleichzeitig kommunizieren wollte. Aber Lissa mochte nicht so recht an einen Fehler der Natur glauben. Ein kompatibles Gedächtnis-Upgrade sollte ihre nächste große Entwicklung werden, wenn der Anwesenheits-Simulator fertig war.

Nach einem überzeugenderen Namen suchte sie noch. Ihre neuen Geräte würden den Umgang mit Computern um ein Vielfaches vereinfachen und endlich so real erscheinen lassen, wie es die Werbung schon heute versprach.

Das Problem herkömmlicher Datenstirnbänder war, dass man den virtuellen Raum nur aus einem bestimmten Blickwinkel betrachten konnte und sich dabei immer halb in der Wirklichkeit anwesend fühlte. Egal wie man den Raum drehte und wie natürlich die Simulationen gestaltet waren – der Stuhl unter dem Hintern blieb realer und sämtliche Bewegungen im virtuellen Raum waren unabhängig von dem, was man mit seinen echten Füßen anstellen wollte.

Diese abgeschwächte Wirklichkeit ging ihr nicht nur auf den Keks, sie schränkte auch die Möglichkeiten des Raum-Designs stark ein.

Die weiß-grauen Dinger mit den glitzernden Rändern, welche jetzt sorgfältig aufgereiht neben dem Terminal lagen, konnten die simulierte Wahrnehmung gründlich erweitern. Wer sich damit einklinkte, leitete jeden Bewegungsimpuls ans Interface weiter. Jedenfalls so lange, wie er das wollte. Ein winziger Gedanke am Rande des Bewusstseins genügte, um die Verbindung wieder zu trennen. Dabei bekam man auch noch 360° Raumdaten übermittelt, was bedeutete, dass man sich tatsächlich *im virtuellen Raum bewegen* konnte.

Diese Vorstellung würde bestimmt auch Vonek gefallen. Lissa hatte gestern leider nur kurz mit ihm reden können; nach dem langen Tag wären ihr fast die Augen zu gefallen. Aber das war auch nicht unbedingt nötig, schließlich hatte sie schon vor zwei Wochen, als ihr der Arbeitsplatz garantiert worden war, eine Kopie seiner ganzen Personalakte bekommen.

Dann hatten sie sich auch schon für ein paar Stunden online getroffen, und sich gegenseitig alles Mögliche erzählt. Sie hatte das Gefühl, Vonek zu kennen, auch wenn sie ihm erst gestern direkt begegnet war.

Was war schon das, was die Leute als Wirklichkeit bezeichneten – war das etwa weniger wirklich als das Netz? In Lissas Weltbild verschwammen die Grenzen langsam aber sicher.

Inzwischen war es wieder fünf Uhr morgens. Lissa dachte darüber nach, ob sie vielleicht doch noch ihre Fingernägel in Ordnung bringen sollte. Der kaputte Lack war nicht so wichtig, aber die zerrissenen Ränder könnten etwas zerkratzen. Na gut. Wo war die Nagelfeile? Irgendwo in der Reisetasche. Auspacken? Nee, nur nach der Feile graben.

Sirrrrr zirpte der Wecker. Ein leises, angenehmes Summen. Doch perfekt darauf konditioniert, war Vonek sofort wach. Sieben Uhr, schon wieder ein neuer Tag. Ob Alexa wohl schon aufgestanden war? Nein, Lissa – sie wollte ja lieber Lissa genannt werden. Er stand auf, schielte zur Küche hinüber und fand diese vollkommen unberührt. Lissa hätte sich bestimmt wenigstens etwas zu essen geholt, wenn sie schon wach wäre. *Erst anziehen oder erst Tee kochen?* Sich erst anzuziehen war garantiert vorteilhafter, aber kein fertiger Tee in der Küche war keine echte Alternative. *Da drüben hinter der Klappe in der Wand lagern die Roboter-Fliegen ...*

Die mit dem roten Aufkleber markierte Fliege hatte er einmal aufs Tee kochen programmiert, um zu sehen ob es funktionierte. *Sieht ja keiner,* dachte er sich, suchte den Roboter mit dem roten Aufkleber aus dem Schwarm heraus und schaltete ihn ein. Das kleine Silberding reagierte tatsächlich noch auf die geheime „Tee kochen"-Handgeste, schwirrte zum Küchenblock und machte sich am Wasserhahn zu schaffen. *Sieht ja keiner.*

Die meisten Menschen schummelten, wenn sie ihre Online-Abbilder zusammen stellten. Fast jeder wollte irgendeinem Schönheitsideal entsprechen – wenn schon nicht in Wirklichkeit, dann wenigstens auf 3D-Grafiken. Alexa gehörte entweder nicht zu den meisten Menschen oder sie hatte für ihn eine Ausnahme gemacht, weil sich sich sowieso sehen würden.

Gestern hatte sie genauso ausgesehen, wie bei ihrer letzten Verabredung im Netz. Unter den gleichen dunkelbraunen Haaren, die – typisch Techniker – mindestens zwei Jahre Friseur-Boykott lang waren, schauten die gleichen blau-grünen Augen hervor – und beim Sprechen haarscharf an ihm vorbei. Wieder typisch Techniker. Als er noch zur Fachschule ging, hatten ein paar Mitschüler auch immer Probleme damit gehabt, beim Reden andere Leute direkt anzusehen.

Nun ja ... was gab es da überhaupt grafisch zu verbessern? Lissa war einfach sie selbst – und so weiß im Gesicht, als hätte sie ihre Studienjahre in ewiger Finsternis verbracht. Aber sogar das passte irgendwie zu ihr.

Vonek kam aus der Dusche zurück, warf sich schnell den gelb-weißen Arbeitsanzug über und schaute nach der Roboter-Fliege, die gerade die vierte Teekanne zur Seite stellte. Mit einem Sprung landete er vor der Küche und fing den Roboter in der rechten Hand ein.

Ist das eine Endlos-Schleife? Mit der freien Hand schüttete er die drei überschüssigen Kannen in eine Thermosflasche. *Nun ja, es war mein allererstes eigenes Programm.*

Aus der Kommunikations-Ecke hörte er Schritte, eine schneeweiße Hand legte ein hellgraues Ding beiseite und schon sprang auch Lissa in die Küche.

„Guten Morgen, du hast ja schon Tee gemacht! Ist das so was wie Kamille?"

Fröhlich schaute sie in die Kanne, dabei steckte sie fast ihre Nase hinein. Vonek hielt noch immer den jetzt abgeschalteten Roboter in der rechten Hand.

„Ja, Blaue Kamille. Das ist eine Kreuzung aus normaler Kamille und einer asiatischen Variante. Die Sorte soll leuchtend blau blühen."

„Manchmal frag ich mich, ob man als Gärtner überhaupt noch dazu kommt, ganz normale Pflanzen anzubauen. Ständig kommen die mit neuen Kreuzungen an. Aber die hier scheint gut zu sein, hat eine tolles Muster."

Vonek schaute in Kanne und sah ganz normalen, gelblichen Tee. *Sie meint natürlich das Aroma*, dachte er. Alle anderen Menschen hatten Farben für einfach alles. *Guter Punkt, um das Thema zu wechseln.* Falls er auch Farben hatte, konnte er sie jedenfalls nicht sehen.

„Du hast schon mit dem Terminal Freundschaft geschlossen, was?" fragte er beiläufig, während er Tassen aus dem Regal holte.

„Natürlich, ich hab mein Projekt aufgebaut. Wenn du Zeit hast, führe ich dir den Versuchsaufbau vor. Der alte Bildschirm ist eine tolle Arbeitsplatte. War eine gute Idee, den stehen zu lassen."

Den Bildschirm würde er bei Gelegenheit unauffällig frei räumen. „Ab und zu brauche ich den 2D-Schirm noch. Er ist ganz praktisch, wenn man mehrere Sachen gleichzeitig macht. Grundsätzlich kannst du ihn aber haben."

Irgendwann musste er ja lernen, mit dem Neural-Interface umzugehen. Heute war die Chance dazu.

„Was hast du da eigentlich in der anderen Hand?" Lissa bog sich zur Seite, um hinter seinem Rücken vorbei auf die versteckte Hand zu schauen. „Ist das ein Küchen-Roboter? Wie niedlich. Darf ich mal sehen?"

Erwischt! Vonek gab ihr die Silberfliege, die an der Unterseite von einem roten, aufgeklebten Punkt verunziert wurde. Auf ihren zusammengefalteten Flügeln glitzerten winzige Regenbögen zwischen den Drähten, die im Flug die Folie spannten.

„Eigentlich gehört er zum Wartungsschwarm. Dass er auch Tee kocht, kommt von einem kleinen Anfänger-Versuch. Mein erstes eigenes Programm für multifunktionale Roboter."

Lissa schaltete den Roboter ein und ließ ihn vor ihrer Nasenspitze in der Luft flattern. „Hört er auf Worte oder auf Gesten?"

„Inzwischen kann er beides. Für seine richtigen Aufgaben versteht er Worte, aber für verspielte Extras hab ich nur Gesten konfiguriert. Das hier ist aber mein einziges Versuchsobjekt, alle anderen Fliegen hören nur auf Sprache – und kochen mir nie 'nen Tee."

Im zweiten Stockwerk des Stadthauses angekommen, stand Jette nun vor der Wohnungstür. Einfach klingeln? Was sonst, aber was sollte sie sagen? Egal, das würde sich schon irgendwie von selbst ergeben. Also trat sie einen Schritt vor, in den Erfassungsbereich der Lichtschranke, die die Klingel auslöste.

Eine Minute lang geschah gar nichts. *Wahrscheinlich schlafen alle*, nahm sie an und begann schon wieder zu überlegen, wo man am besten bis zum Morgen abwarten konnte. Dann summte die Tür und öffnete sich gerade so weit, dass ein Gesicht mit zerzausten schwarzen Haaren in der Stirn halb durch den Spalt blinzeln konnte.

„Guten Tag, ist ..." sie hatte einfach direkt nach Lara fragen wollen, aber das Gesicht war schon wieder verschwunden. Dafür hörte sie jetzt Stimmen von drinnen, durch die offen stehende Tür.

„Lara, für dich!"

„Ach Mensch, ich schlafe noch halb!"

„Trotzdem jemand für dich." Der Junge schaute noch einmal durch den Türspalt, und rief dann wieder in den Flur. „Weder Eltern noch Polizei."

Endlich öffnete er die Tür ganz. „Lass mich raten: Du bist Jette und suchst deine Schwester. Ob es stimmt oder nicht, komm doch erst mal rein!"

Jette trat ein und fand sich in einem großen, bunten Raum wieder – die Wohnung hatte gar keinen Flur. Grüne Vorhänge aus kletternden Ranken, die sich um kleine Palmen wanden, grenzten innerhalb der Halle sieben Zimmer ab.

Von der weißen Decke hingen ein paar schwer zu deutende Skulpturen an schwarzen Fäden herab. Zwischen den Wald-Wänden an der linken und rechten Seite füllte ein großer, blass gelber Teppich den Boden bis zu einem ovalen Holztisch am hinteren Ende. Ganz hinten endete die Wohnung mit einer bunt bemalten Schrankzeile, die wohl eine künstlerisch gestaltete Küche war.

„Wunderschön! Wie viele Leute wohnen hier?"

„Ein Dauerstudent, drei noch normale Schüler, und eine Künstlerin. Einer der Schüler bin ich, kannst mich Tanilo nennen, und die zweite kennst du. Nummer drei ist auf

Klassenfahrt."

Durch einen Wall aus Grünzeug hörte sie wieder Laras Stimme: „Ja ja, ich bin gleich da!"

„Eine interessante Einrichtung habt ihr. Wachsen die Wände noch weiter?"

„Das lässt sich schwer verhindern." Tanilo zuckte mit den Schultern und schaute auf die Hecke hinter der Lara jetzt wohnte. „Letzten Monat haben wir sie einen Tag lang mit Heckenscheren in ihre Grenzen gewiesen. Zweimal im Jahr ist das immer nötig."

Er machte einen großen Schritt über eine herumstehende Kiste und führte Jette weiter in die Wohnung.

„Mirti hat einmal einen Biologie-Kurs an der botanischen Fachschule besucht. Jeden Abend hat er Gina dann stundenlang von den ach so spannenden Pflanzen erzählt, bis sie sich eine Folie und ein Drahtstück aus ihrer Werkstatt geschnappt und spontan eine grüne Wohnung entworfen hat."

„Und die ganzen exotischen Pflanzen, wo habt ihr die her bekommen?"

„Auch aus Mirtis Biologie-Kurs. Die botanische Fachschule hat einen eigenen Park, oben in den Gärten. Dort hat er alle Samen und Ableger gesammelt, an denen er vorbei gekommen ist. Die alten Blumenkästen haben wir von einem Bekannten aus den Dörfern bekommen, der hätte sie sonst sowieso nur weggeworfen. Also Erde rein, Sammlung rein, und abwarten."

Er zog ein Blatt nach vorne, ließ es zurück schnellen, und zeigte dann nach oben. „Die bunten Dinger an der Decke sind übrigens auch von Gina. Sie hat ein paar Monate in der Verwaltung gearbeitet, dann Kunst studiert, und beschäftigt sich seitdem fast nur noch mit seltsamen Bildern und Gebilden, von denen nur sie so richtig weiß, was sie darstellen."

Aus einem Torbogen von Kletterrosen kam Lara hervor und schielte Tanilo abfällig an. „Ginas beste Figuren stellen Serris Musik dar. Ihr neues Bild könnte dein Kunstverständnis abbilden, vielleicht malt sie aber auch nur ein schwarzes Loch."

Während sie ihre Freundin verteidigte, knotete sie sich mit einem blauen Band die rotbraunen Kringellocken aus dem Gesicht, welche ihr sonst ständig in die Augen fielen. Dann schaute sie auf und seufzte.

„Ach, Jette, was soll das? Ich hab dir geschrieben, damit ihr beruhigt seid. Nicht damit du übermorgen vor der Tür stehst. Willst du mich etwa nach Hause holen?"

Anfangs hatte Jette genau das vorgehabt. Unterwegs hatte sie aber genauer über Laras Brief nachgedacht und fand nun, dass ihre kleine Schwester eine Chance verdiente.

„Das klappt ja doch nicht. Trotzdem wollte ich noch ein paar Sachen mir dir klären. Kannst du dir vorstellen, dass ich Mama irgendwas erzählen muss? Sie hat dich als vermisst gemeldet, früher oder später wird dich also jemand anderes nach Hause bringen."

Daraufhin drehte Lara sich wieder zum Rosentor um und schickte ihre Schwester in den lustigen Bereich hinter dem Teppich.

„Setz dich schon mal in die Küche, kannst dir auch einen Keks nehmen. Ich hole schnell noch die Finken, dann kriegst du meinen ausführlichen Plan."

Maja und Hansi hießen Laras Vögel. Sie nahm die beiden überall mit hin, wo man sie mit Haustieren hinein ließ. Natürlich waren die zwei Lichtfinken jetzt auch hier. Eigentlich waren es zwei ganz normale Lichtfinken, nicht einmal eine spezielle Rasse, aber Lara liebte sie über alles.

Majas Gefieder schimmerte rot, orange und rosa; im Flug warfen ihre Federspitzen weiße Lichtreflexe wie Sterne an die Decke. Hansi dagegen zeigte keine Spur von Rosa, seine Federn glänzten in silbrigen Schattierungen von himmelblau bis tief violett. Er warf keine Reflexionen über sich, stattdessen zeichnete das Licht feine, weiße Linien um jede einzelne Feder.

Ein blau glitzernder Vogel flatterte zwitschernd aus dem Zimmer, hinterher lief Lara mit Maja auf der Schulter. Sie setzte sich zu Jette in die Küche, zog etwas Vogelfutter aus einer Schublade und streute es auf den Tisch.

Als die Finken friedlich pickten, fragte sie wie nebenher: „Machen wir uns auch etwas zum Frühstück?" Noch bevor sie den Satz ganz ausgesprochen hatte, stand sie schon auf und holte eine Tüte mit Haferflocken aus einem Küchenschrank, der von außen mit blauen Fischen bemalt war.

Auf einmal stand auch Tanilo in der Küche und reihte drei Schüsseln nebeneinander auf dem Tisch auf. „Haferflocken sind eine gute Idee. Teil sie schon mal auf, Jette!"

Er schob Jette die Tüte hin. Sie verteile Haferflocken auf die drei Schüsseln, während Tanilo aus einem mit roten Blumen bemalten Schrank eine Flasche Sojamilch holte. „Möchte jemand auch Kakaopulver?"

Lara schüttete Sojamilch und Kakao in ihre Haferflocken und lenkte die Vögel mit einem Salatblatt von ihrem eigenen Frühstück ab.

„Also, das ist so", begann sie, wobei sie in den Haferflocken herum rührte, „die öffentliche Oberschule für Raumdesign will mich ja nicht haben. Dabei hatte ich bei der Aufnahmeprüfung nur einen schlechten Tag. Wiederholen darf ich sie erst nächstes Jahr, aber wenn ich so lange warte, verpasse ich ein ganzes Schuljahr."

„Stimmt nicht ganz, du würdest weiter auf die allgemeine Oberschule gehen."

„Das ist nicht das Gleiche. Ich könnte natürlich die Theorie von einem Jahr schnell nachholen, aber das bringt ja nichts, wenn ich zu spät anfangen kann, mit dem neuralen Interface zu trainieren."

„Haben wir nicht eines zu Hause? Mit dem Hauptanschluss in deinem Zimmer?"

„Das reicht doch gerade so zum Basteln! Ist ja auch egal." Sie ließ das Salatblatt fallen, Maja flatterte aufgescheucht in die Luft. „Ich war gestern bei der privaten Fachschule. Sie haben eine Oberschulklasse, in der man den gleichen Abschluss machen kann wie in der normalen Raumdesign-Oberschule. Danach kann man ohne eine neue Aufnahmeprüfung in die Fachschulklasse.

Ich war also gestern da und hab mit dem Schulleiter geredet. In der ersten Klasse nehmen sie grundsätzlich jeden für ein halbes Jahr auf, erst danach wird gesiebt. Natürlich behalten sie nur die zehn Besten, aber angeblich können alle anderen dann genug, dass sie die Test der öffentlichen Schule mit links bestehen. Wenn ich das nicht schaffe, bin ich wirklich zu doof. Aber einen Versuch ist es auf jeden Fall wert. Ich hab mich sofort angemeldet, nächsten Montag geht es los."

„Okay, das klingt doch alles sehr vernünftig. Warum hast du diese Geschichte nicht gleich genau so vorgetragen? Ich verstehe immer noch nicht, warum du dafür weglaufen musstest."

„Ach, weiß ich auch nicht! Ich war eben total sauer, als das Testergebnis ankam. Und ihr wart doch alle nur noch enttäuscht von mir."

„Stimmt ja gar nicht! Nachdem du heulend in dein Zimmer gerannt warst, haben Mama, Papa und ich den Brief zu Ende gelesen und waren nur enttäuscht von der Schulleitung, dass sie dich wegen einem einzigen Fehler gleich durchfallen lassen. Aber das hat dich ja schon nicht mehr interessiert."

„Stimmt ja wohl! Hansi hat an dem Tag gar nicht gesungen, sogar der war wütend."

„Der Vogel ist nicht gegen die Musik angekommen, mit der du dir unbedingt die Ohren verderben wolltest. Sonst hättest du auch gehört, dass wir etwas später, und abends dann nochmal, an die Tür geklopft haben. Und am nächsten Morgen warst du weg."

„Erzählst du mir auch keinen Quatsch?"

„Warum sollte ich?" Jette angelte sich das Salatblatt, lockte damit Hansi auf ihren Finger. „Wann rufst du zu Hause an? Du hast die Wahl zwischen *jetzt gleich* und *gleich nachher*."

Der blaue Vogel riss ein letztes Stück Salat ab, flog damit eine Runde um den Tisch, landete auf dem Griff eines Küchenschranks und begann zu singen.

„Nur wenn du mitkommst!" antwortete Lara und lächelte zu ihren Finken hinauf.

Was Lissa auf dem Tisch am Interface aufgebaut hatte, sah von Weitem aus wie kleine Adapter, die man zwischen andere Geräte schalten konnte. Ein paar davon hatten einen drittes Kabel, das zu einem mobilen Rechner führte der auf der hinteren Tischkante stand.

Vonek hätte sich die fremdartigen Bauteile gerne sofort zeigen lassen, aber Lissa hatte darauf bestanden, alles auf den Nachmittag zu verschieben, was in irgendeiner Art mit ihrem Experiment zu tun hatte.

Wenn die Haustechnik unter mir leidet, hatte sie angemerkt, *bin genau so schnell wieder weg, wie ich eingezogen bin.* Damit hatte sie wohl Recht. Die Verwaltung würde bestimmt nicht eine Aushilfe einstellen und dies als Grund dafür hinnehmen, dass alles *langsamer* lief.

Aber jetzt war endlich früher Abend, die tägliche Aufgabenliste war für heute leer – teilweise von beiden Technikern erledigt und teilweise von Vonek allein.

Lissa hatte sich gegen Mittag ans Terminal zurück gezogen. Sie hatte noch irgendetwas für die virtuelle Austausch-Plattform der Fachschulen zu tun, ihr offizielles Projekt, das sie neben ihrer Wunderwelt aus Interface-Adaptern und Grafik erweiternden Zusatzprogrammen nicht ganz vergessen durfte.

Vonek sperrte eine aus dem Turm zurück kehrende Roboter-Fliege wieder in das Fach hinter der Wand, in dem die anderen vierundvierzig Fliegen schon abgeschaltet in ihren Ladestationen lagen. Dann ging er um den *Wohnblock*, hinter dem das Terminal stand, herum, und fand Lissa mit dem linken Teil einer halb transparenten Bildschirmbrille vor dem einem Auge und einem Mini-Projektor vor dem anderen.

Wie macht sie das nur, fragte er sich. Obwohl Lissa erst einen Nachmittag lang hier arbeitete, war es nicht das erste Mal, dass er sich diese Frage stellen musste.

Wenn man zwei Ansichten gleichzeitig brauchte, stellte man gewöhnlich zwei Abteile in den gleichen virtuellen Raum. Aber sich zusätzlich dazu in jedes Auge noch ein anderes Bild zu projizieren, das war einmalig. Oder war es der neueste Trick, den unter Programmierern schon fast jeder beherrschte? Vonek fand den Stil seiner Kollegin jedenfalls unglaublich.

Lissa merkte nicht einmal, dass jemand hinter ihr stand. Ihre Gedanken flossen direkt ins Interface, dessen Elektroden auf der Stirn und hinter dem rechten Ohr befestigt waren. Eindrücke aus der Realität drangen durch jedes Sensorset zum Benutzer durch; aber Lissa arbeitete zu konzentriert, so dass sie Vonek nicht einmal bemerkt hätte, wenn sie nur auf ein Stück Papier geschrieben hätte.

Völlig bewegungslos saß sie da; nur ihre Augenlider flimmerten ab und zu, während sie in ihre drei virtuellen Räume starrte. Auf einmal zuckte Lissas Hand zum rechten Auge hoch und warf den Mini-Projektor auf den Tisch.

„Zwei gleichzeitig geht auch nicht", flüsterte sie verärgert und schüttelte den Kopf. Dann legte sie alle Kabel beiseite, versteckte ihr Gesicht in den Händen und sagte, nun schon etwas lauter: „Hast du zufällig etwas gegen Kopfschmerzen da?"

„Einen Moment ..." Vonek trat zwei Schritte zurück an den Rand der Küche, dort kramte er die noch unberührte Packung mit den Kopfschmerztabletten aus einer Schublade. „ ... hier sind welche. Noch ganz neue."

Sie nahm sich gleich zwei Tabletten. „Ich brauche einfach etwas mehr Überblick, ohne ständig die Ansicht zu wechseln. Erst hab ich alle Kanäle – Ton, Geruch, Temperatur und Licht – dreifach mit verschiedenen Daten belegt," sie rieb sich noch einmal die rot angelaufenen Augen, „aber das ließ sich nicht mehr so richtig handhaben. Dann dachte ich, ich hab doch *zwei* Augen ... mit zwei visuellen Ansichten versuche ich aber bis auf weiteres nichts mehr."

„Das wird doch keine Plattform für die Fachschulen, oder?"

„Ach das ... nein, *das* Projekt hab ich bis morgen erst mal zur Seite gelegt."

Alles klar, dachte Vonek, und als nächstes, *so ein Mist*. „Ach so, du bist schon bei deinem eigenen Projekt. Hat es etwas mit mehrschichtiger Wahrnehmung zu tun?"

Alle modernen Benutzer-Schnittstellen basierten auf dem Konzept der mehrschichtigen Wahrnehmung. Die Datenmengen, mit denen man in professionellen Anwendungen umgehen musste, waren einfach zu groß, als dass man sie in grafischen Symbolen brauchbar anordnen könnte. Darum teilte man Information in sechs Kategorien ein, von denen jede in einem anderen Kanal dargestellt wurde.

Symbole in einem virtuellen Raum waren nicht sichtbar, sie sangen einen bestimmten Ton, waren zu bestimmten Winkeln beleuchtet, verströmten einen exakt berechneten Geruch.

Jede Eigenschaft bildete eine in Bezug zu den anderen stehende Information ab. In komplizierteren Oberflächen hatten sogar Temperatur und Oberflächen-Textur jedes Symbols eine ganz bestimmte Bedeutung.

Die Verwendung moderner Benutzer-Schnittstellen war das Einzige, das Vonek jemals Probleme gemacht hatte. Mit durchschnittlichen Varianten konnte er nur sehr langsam umgehen, von komplexen Programmen ließ er die Finger. Verstehen konnte das natürlich nie jemand, die ganze Welt hielt mehrschichtige Designs für das übersichtlichste Konzept seit Erfindung des Computers.

Lissa erholte sich schnell von der gnadenlosen Reizüberflutung. Endlich konnte sie das Projekt jemandem vorführen, ohne dass der erweiterte Raum nach fünf Minuten anfangen würde zu flimmern und sich zu verzerren. Das nervige Problem mit der Stabilität hatte sie heute endlich beheben können. Jetzt übersetzte der Adapter sogar dreidimensionale Spiele in Echtzeit.

„Du musst es selbst ausprobieren", strahlte sie Vonek an, „der Effekt lässt sich nicht treffend beschreiben."

„Dann beschreibe ihn eben ungenau. Was macht dieses Ding?" fragte Vonek, der es nicht allzu eilig hatte, wieder mit seiner mysteriösen Schwäche konfrontiert zu werden.

„Nun ja – es erweitert den virtuellen Raum zu einem 360° Panorama. Du schaust nicht mehr aus einer festen Richtung in den Raum und drehst ihn wenn nötig. Sondern du steht mitten drin und drehst dich im Raum. Man muss sich dafür noch nicht einmal neue Steuerbefehle merken. Dieser neue Kontakt hier," sie polierte eine kupferfarbene Scheibe am Stirnband, „fängt die natürlichen Bewegungen ab und leitet sie an den Rechner um."

„Und wie kommt man da wieder heraus?"

„Einfach raus wollen. Sobald der Kontakt einen Widerspruch misst, wird die Verbindung unterbrochen. Das macht alles dieser kleine Extrarechner hier auf dem Tisch."

Sie hielt den weißen Adapter in die Luft, der zwischen dem Terminal und dem um zwei Sensoren erweiterten Interface-

Stirnband hing. Ein drittes Kabel aus zwei isolierten Drähten verband es mit dem mobilen Rechner.

„Na gut – mit welcher Anwendung soll ich es ausprobieren?"

„Für den Anfang reicht die Dateienverwaltung. Ich hab da noch einen zweiten Anschluss." Sie zog ihren grünen Koffer aus der Ecke neben dem Tisch, und packte eine zweite Sensoren-Ausstattung aus. „Wir gehen zusammen rein, damit du dich nicht gleich verläufst."

Zuerst half sie ihrem Kollegen das Stirnband mit den neuartigen Sensoren richtig anzulegen, dann schloss Lissa auch ihr Zweitgerät an und schaltete den Ausgabekanal des Terminals um.

Der virtuelle Raum baute sich Schicht für Schicht um sie herum auf. Ein Quadratmeter nach dem anderen breitete sich vor ihren Füßen aus, der Fußboden einer hohen Halle, genauso real wie die Außenwelt. Lissa schloss die Augen, um besser sehen zu können.

Weit hinten, am Ende der Halle, formten sich acht Wände aus weißem Nebel heraus. Die Umgebung war vollständig geladen. Lissa schaute sich in dem Achteck um. Wo war Vonek gelandet?

Sie fand ihn nur zwei Schritte hinter sich, wo er gerade den Root-Knoten des Dateisystems entdeckt hatte. Der Knoten sah aus wie ein Kasten, in den ein Fußball gerade gut hinein gepasst hätte. Die Seiten des Wurzelknotens waren spiegelglatt, aber sie spiegelten nicht, sondern standen einfach matt gelb und oben hellrot da.

„Ist das hier die Wurzel des Dateisystems?"

„Ja, von hier aus lässt sich der ganze Speicher durchsuchen", erklärte sie. „Dass alles so glatt aussieht, kommt nur daher, dass die Oberflächen zu langsam berechnet werden. Ich musste sie abschalten, damit sie nicht die ganze Umgebung bremsen."

„Und so geht der Verzeichnisbaum dann wohl auf ..." er tippte den Root-Knoten mit dem Zeigefinger an und eine Säule materialisierte sich darüber. „So etwas nenne ich intuitive Bedienung! Aber woran erkennt man die Details über das Dateisystem?"

Lissa ließ den Kasten durch ein Augenzwinkern einen Meter höher wachsen, kniete sich davor auf den virtuellen Boden und antwortete: „Die Eigenschaften werden genauso abgebildet, wie in der standardisierten Umgebung fürs normale Neural-Interface. Für eine Statistik über die Speicherbelegung kannst du dran riechen, die Rechte verschiedener Benutzergruppen zeigen die Töne an."

Die üblichen Eigenschaften von Datenobjekten wurden schon exakt nachgebildet, daran hatte Lissa anderthalb Nächte lang programmiert. Jetzt durfte sie endlich zuschauen, wie der erste Anwender mit der erweiterten Umgebung zurecht kam.

Ihr erster Anwender schien leider nicht ganz glücklich darüber zu sein, eine bekannte Darstellung wieder zu finden.

„Also hat der lokale Speicher ... zwischen drei und vier Millionen Dateien, Verweise auf entfernte Daten nicht mitgezählt. Stimmt das?"

„Warum soll es nicht stimmen? Mit dem selben Duftmodell arbeitet man jeden Tag, das ist der Standard. Kennst du doch. Und jetzt denk mal an einen bestimmten Benutzer."

Aus dem grauen Rauschen des Kastens trat ein heller Glockenklang in den Vordergrund. Vonek überlegte kurz und meinte dann: „Der nervige Peter aus der Verwaltung hat zum Glück nur reinen Lesezugriff aufs ganze System."

„Kann es sein, dass du mit den Statistiken irgendwie unsicher bist? Was hier gerade läuft, ist wirklich nichts weiter, als eine mehrdimensionale Umsetzung von Grafik und Steuerung. Die nicht visuellen Anzeigen sind wie immer, damit kannst du nichts falsch machen."

Daraufhin schaute Vonek peinlich berührt hinter dem nun über einen Meter hohen Wurzelknoten hervor. „Nun ja, weißt du, wenn ich genauso schnell wie du wäre, dann wäre ich auch Programmierer geworden. Aber aus irgendeinem Grund erkenne ich die Eigenschaften nicht so schnell, die sind alle so ähnlich."

„Alles ist eine Frage der Übung," widersprach Lissa und blinzelte den Root-Knoten wieder auf seine alte Größe herunter.

Dadurch stand nun die Säule mit vielen kleineren Kästen

daran zwischen ihren Gesichtern. Plötzlich musste sie grinsen

„Es wird höchste Zeit, dass wir mal wieder einen ordentlichen Software-Fehler im Hausnetz bekommen."

Lissa ließ eine Handgeste vor dem Kasten tanzen, öffnete damit die exakte Detail-Ansicht. Eine Wand aus blau schimmernden Zahlen und Beschriftungen strömte aus dem Kasten hervor und baute sich einen halben Meter vor ihrer Nase auf. Der Text schwebte vor ihr her, als sie um den Verzeichnisbaum herum ging, um sich neben ihren Kollegen zu stellen.

„Schau mal, das hier ist sowieso viel nützlicher als eine grobe Statistik."

Die gleiche Geste rückwärts ließ die Eigenschaften-Seite wieder im Kasten verschwinden. Diesen Befehl kannte Vonek, er öffnete die Seite wieder und schob sie neben sich. Mit einer ähnlichen Handbewegung öffnete er die Eigenschaften eines Verzeichnisses, stellte sie schräg neben die andere Seite.

„So kann man sich ja viel leichter orientieren! Endlich mal ein schönes System."

„Die beste Funktion hast du noch gar nicht gesehen. Der Adapter kann schließlich noch mehr, als Sachen realer aussehen zu lassen, mit denen man auch auf herkömmliche Art zurecht kommt."

„Mach's doch nicht so spannend. Darf ich auch die nächste Stufe schon sehen?"

„Im Prinzip geht das schon," Lissa überlegte einen Moment, „aber ein paar theoretische Erklärungen im Voraus wären sicher hilfreich. Die echte erweiterte Projektion erklärt sich nicht unbedingt von selbst."

S66-Süd, Distelstraße, rechte Seite, hier war ja schon der Kiosk! Um diese Zeit – es war früher Abend – wirkte die Gegend schon viel belebter. Fröhliche Stimmen drangen aus dem Kiosk, auch die gläserne Tür des Zooladens stand weit offen. Jette hüpfte vom Laufband.

Vor dem Schokoladen-Regal und der Wendeltreppe hatten es sich die Studenten bequem gemacht. Nur einer ließ sich offen als Dauerstudent bezeichnen, die anderen hatten sich nur als Schüler vorgestellt. Dennoch schienen zumindest zwei davon hoch motivierte, angehende Dauerstudenten mit besten Erfolgsaussichten zu sein.

Gina, die Künstlerin, hing neben Mirti, dem ewigen Studenten, auf ein paar Kissen herum, die sie anscheinend aus der Wohnung im zweiten Stock mitgebracht hatten. Tanilo hockte mit zwei weiteren Kissen vor der Treppe und Lara lehnte an einem Regalbrett voller Schokoriegel, ebenfalls mit einem mitgebrachten Kissen im Rücken. Vier nur leicht überraschte „Hallo"-Rufe schallten zur Tür hin, als Jette darin auftauchte.

„Und?" Lara schaute gespannt zu ihr auf.

„Alles okay," sagte sie nur.

„Ich kann also hier bleiben?"

„Verdammt, ja! Mama hat ihre Meinung nur insofern geändert, dass du die ersten paar Tage nicht alleine hier bleiben sollst. Den Rest der Ferien bleibe ich ebenfalls hier."

Lara sprang auf und umarmte ihr Schwester. „Das ist doch perfekt! Bis zum Wochenende kannst du Tanitas Zimmer haben."

„Lässt du mich mal wieder los? Danke."

Mirti hob das herunter gefallene Kissen auf und lehnte es wieder ans Regal. Dann schaute er zu den beiden Mädchen hinauf. Er hielt es für passend, das freie Zimmer etwas näher zu erklären.

„Tanita kommt erst im September zurück. Sie ist gerade für ein Weltraum-Semester auf Saturn-7. Das ist ausgerechnet die älteste Raumstation im ganzen Sonnensystem, aber ihr gefällt es dort so gut, dass sie noch fünf Wochen länger bleibt."

Nun meldete sich auch Gina zu Wort. „Der Mirti will nur zeigen, dass er im Moment Geschichte studiert. Na los, erzähl uns noch, wie alt Saturn-7 ist, vor wie vielen Jahren die erste Raumstation gebaut wurde und wann zum ersten mal die Namariden vor der Tür standen!"

Obwohl Mirti sich jede Mühe gab, gelangweilt auszusehen, konnte er nicht ganz verstecken, dass er sich wiedermal über die Gelegenheit zum Angeben freute.

„Siebenundzwanzig Jahre, Einhundertdreizehn Jahre, und sechsundfünfzig Jahre. Die namaridische Kolonie hatte uns natürlich schon viel früher entdeckt, aber erst Kontakt aufgenommen, als wir ihnen mit Uranus-1 zu nahe gekommen sind. Soll ich noch mehr Geschichte aufsagen?"

„Nein danke, dort wartet jemand im Eingang, mit einem schweren Rucksack", rettete sich Tanilo vor einem Vortrag.

„Der ist nicht schwer, ich schleppe ja kein Vogelfutter mit mir herum", entgegnete Jette. Trotzdem warf sie ihren Rucksack vor ein Regal und setzte sich zu den anderen. „Warum dürft ihr hier einfach so herum sitzen?"

„Der alte Marek freut sich, wenn wir auf seinen Laden aufpassen. Er ist seit gestern nicht mehr hier gewesen", antwortete Gina. „Marek führt den Laden nur aus Spaß, weil er hier immer fremde Leute sieht. Als Beschäftigung und so. Wenn er keine Lust zum Arbeiten hat, ist nur sein Hund Jojo hier – wenn er den nicht gerade mit in die Gärten genommen hat."

Tanilo streckte den Arm hoch und griff nach dem *„Klingeln sie nach meinem Hund!"*-Schild. „Jojo ist wundervoll dressiert. Wenn man etwas mitnehmen will das Geld kostet, stellt er sich vor die Tür, bis man ein paar Sterntaler in den Korb an seinem Halsband legt. Manchmal reicht ihm aber auch ein Keks."

Er spielte mit dem Schild herum, stand auf um es zurück zu stellen. Auf dem Rückweg schnappte er sich eine handvoll Schokolade.

„Was diese Dinger hier angeht, haben wir ein gewisses freies Kontingent. Wer möchte noch so einen Schokoriegel?"

„Die sind doch immer frei," bemerkte Jette. „Bei uns im Dorf zählen sie zur Grundversorgung; das wird hier unten kaum anders sein."

„Ja, die normalen mit Marzipan schon, aber nicht die in der grünen Verpackung."

„Was ist an denen anders?"

„Sie sind aus Diät-Schokolade. Zugegeben, Marek schenkt sie uns nur, weil sie sowieso niemand kauft", erklärte Tanilo. „Er hat mal eine Ladung davon probeweise bestellt, aber solange es genug kostenlose Schokolade hier gibt, wird er sie nicht los. Wie gesagt, er braucht den Laden nur als Beschäftigung für lange Vormittage."

„Und damit Jojo sich wichtig fühlen kann. Hunde tun gerne

etwas Sinnvolles." Mirti hatte wieder Gelegenheit für einen Kommentar gefunden.

„Nicht wundern, Jette," warf Tanilo ein, *"Tiermedizin und Verhalten* steht als Nächstes auf seiner Liste."

„Mirti, du wirst ja immer interessanter. Welche Fächer willst du denn insgesamt studieren?"

„Alle."

„Und wie viele hast du schon?"

„Sechs. Jedenfalls so gut wie."

Der Abend wurde ziemlich lang. Kurz vor Mitternacht kam Jojo herein gerannt, beschnupperte seine Gäste und legte sich in sein Hundekörbchen vor dem Tresen. Als Mirti eine Flasche mit irgendeinem Zuckerwasser aus dem Regal zog, sprang Jojo auf, um den aus Weidenzweigen geflochtenen Korb an seinem Halsband zu zeigen.

„Ist ja schon gut," flüsterte Mirti und streichelte dem Hund das lange, grau-braune Fell, während er eine kleine Münze aus seiner Hosentasche kramte. „Du bist ein ganz braver Jojo."

Der Hund rollte sich zur Seite und ließ sich jetzt von Lara streicheln.

„Manchmal ist es gar nicht so eindeutig, was Geld kostet und was nicht", dachte Mirti laut vor sich hin. „In Philosophie haben wir das Thema durch genommen und stundenlang darüber diskutiert. In Geschichte kommt es nochmal dran. Planwirtschaft studiere ich zum Glück erst in neun Jahren, da wird das Thema bestimmt nochmal erklärt. Und trotzdem bleibt das System unlogisch weil historisch gewachsen."

„Und trotzdem ist noch niemandem ein besseres System eingefallen," dachte Gina genauso laut mit.

„Vielleicht fällt es mir ja eines schönen Tages ein."

„Wir können ja die ganze Entstehung nochmal grob nachvollziehen ..."

„ ... fangen wir also noch einmal bei *es gab einmal eine Zeit* an?"

Die anderen waren still und beobachteten die Schau. Nun war Gina wieder dran.

„Ja, fangen wir nochmal bei *es war einmal* an. Nur historisch, nicht logisch oder psychologisch. Noch vor wenigen Jahrhunderten musste so viel Kleinkram von Menschen gemacht werden, dass grundsätzlich fast jeder produktiv arbeiten musste. Wer mehr arbeitete, sollte auch mehr von der Gesamtproduktion abbekommen, darum war es eine brauchbare Idee, den Geldkreislauf auf Leistungen jeder Art anzuwenden."

„Aber unfair war es von Anfang an."

„Ja, unfair ist alles irgendwie, aber das System hat lange stabil funktioniert. Stabilität hat nichts mit Gerechtigkeit zu tun."

„Da muss ich dir Recht geben", übernahm Mirti das Gespräch, „der auf einfach alles bezogene Tauschhandel mit einem universellen Tauschmittel hat funktioniert, wenn auch nicht wie geplant, falls überhaupt geplant. Und irgendwann ging den Menschen die Arbeit aus. Einerseits war Einkommen für jeden notwendig, andererseits war Einkommen fest an Arbeit gekoppelt, aber es mussten nicht mehr alle Menschen arbeiten, um alle zu versorgen. Damit hätten wir das zum x-ten mal festgestellt."

„Also zum nächsten logischen Schritt: Handel und Produktion mussten getrennt werden. Das vollständig umzusetzen, wäre aber wieder genauso unfair, weil die paar Figuren, die die Arbeit für alle machen, ja auch etwas davon haben sollen."

„Gut zusammengefasst, Gina! Damit man nicht mehr arbeiten muss um zu leben, Arbeit sich aber trotzdem lohnt, behalten wir also das Konzept *Geld* bei, wenden es aber nur noch auf überflüssige Extras an. Eine anständige Grundversorgung wird jedem garantiert und wer trotzdem noch arbeiten will, kann sich dafür Luxusspielzeug leisten – wie zum Beispiel Diät-Schokoriegel, die eigentlich ein Widerspruch in sich sind. Arbeit darf sich auch nicht zu sehr lohnen, sonst will ja wieder jeder welche haben."

Gina drehte einen dieser Diät-Schokoriegel zwischen zwei Fingern hin und her, während sie über den nächsten Satz nachdachte. „Dann bestehen noch immer drei Probleme. Welche Tätigkeiten zählen überhaupt als Arbeit, welche Arbeit sollte wie bezahlt werden, was gehört zur Grundversorgung?"

„Willkommen in der Gegenwart! Im Allgemeinen haben wir

die Balance ganz gut getroffen, finde ich. Oder ist hier irgendjemand unzufrieden? Dann mal eben den Finger heben!"

Niemand meldete sich. Stattdessen tapsten Schritte am oberen Ende der Wendeltreppe.

„Schwierig sind nur die ständigen Anpassungen, wenn neue Erfindungen zum Standard werden", redete Mirti weiter. „Manche Neuheiten werden viel zu spät zur Grundversorgung. Und einigen Blödsinn will ich gar nicht haben, obwohl ich ihn schon längst umsonst kriegen würde ..."

Die Schritte blieben stehen, kurz darauf begann die Wendeltreppe sich zu drehen. Wie bei jedem früheren Versuch, war die Diskussion in der Gegenwart stecken geblieben. Denn nun drehten sich alle Köpfe zur Treppe, aus der wenige Sekunden später Serris heraus trat. Seine ewig unruhigen Finger spielten mit dem abgerissenen Ende einer Gitarrensaite.

„Also, wenn wir für diese ständig kaputten Saiten ständig arbeiten müssten, würde ich einfach Sänger werden."

„ ... und wieder passiert etwas, genau an der Stelle, an der es interessant wird. Es gibt also doch ein Schicksal. Ebendieses will nicht, dass wir die Antwort auf alle Fragen der Welt finden! Wie kriegst du die Saiten eigentlich immer zerrissen?"

„Jule ist krank, darum konnten wir heute nicht spielen," antwortete der Musiker vor der Treppe. „Ein paar Stunden waren Ranajo und ich trotzdem im Übungsraum und haben uns zusammen ein neues Lied ausgedacht. Dann hab ich zu Hause noch eine Weile an der Melodie gebastelt, bis auf einmal die Saite hin war."

Er wickelte den Draht los, den er beim Reden um seinen Mittelfinger gedreht hatte, und hielt ihn verlegen grinsend hoch.

Tanilo tippte den Info-Ring an seinem linken kleinen Finger an, so dass dieser einen Ausschnitt aus den neuesten Veranstaltungsnachrichten in die Luft projizierte.

„Schon gelesen? Hier steht kein Wort davon, dass ihr übernächstes Wochenende beim Stadtfest auftretet."

Serris überflog die Anzeige mit einem kurzen, verächtlichen Blick. „An diesem Tag sind wir drei Ebenen höher zu hören.

Jetzt, wo wir endlich den Wagen haben, können wir auch etwas weiter weg auftreten. Um den neuen Transporter einzuweihen, schaffen wir unsere ganze Anlage nach N33, zur Eröffnungsfeier des renovierten Planetariums."

„Kaum seid ihr mobil wollt ihr weg, oder was?" Tanilo ließ die Anzeige wieder im Ring verschwinden, warf Serris ein Kissen zu und lehnte sich lachend zurück.

Für einen Transporter, in den alle Instrumente, Verstärker, Scheinwerfer, Projektoren, Duftzerstäuber, Klimamaschinen, Verkabelungen und Spezialeffekte hinein passten – welche die Band bisher größtenteils nur in Form von Wunschzettel-Einträgen besaß – hatten alle Musiker ein Jahr lang Aushilfsarbeiten erledigt.

Hier zwei Wochen lang Kekse verkaufen, dort jeden Montag für jemanden den Hausflur putzen, jeden Sonntag das Geld zusammen schmeißen. Nach genau einem Jahr hatten sie es geschafft. Die erste größere Anschaffung, die nicht als *Kulturgut und Künstlerbedarf* frei zu bekommen war, konnte bezahlt werden.

Ausgesucht war sie natürlich schon lange vorher. Jetzt stand der schwarz grundierte Schwebewagen in der Garage und wartete nicht nur darauf, passend lackiert zu werden, sondern erst recht auf die erste Tour in eine andere Stadt.

Lissa kritzelte auf einer Folie herum, deutete die sechs Anzeigekanäle der erweiterten Projektion mit schwarzen Linien an, spaltete sie mit grünen Linien in achtzehn Teil-Kanäle. Dabei bekam sie immer mehr den Eindruck, dass man den verdichteten, virtuellen Raum nur durch Praxis kennen lernen konnte. Erklärungen waren noch nie so kompliziert gewesen.

„Jedes Objekt in einer Übersicht hat von jetzt an doppelt so viele Eigenschaften, weil jede in Nah-Wert und Fern-Wert gespalten ist. Schau mal", sie zeichnete die Temperatur als blaue Wolke um einen Kasten, „das hier ist jetzt mal die Temperatur eines Symbols in herkömmlicher Darstellung. Sie sitzt an der gleichen Stelle im Raum wie das Symbol selbst, dadurch hat jedes Symbol nur genau eine Temperatur. Und jetzt entfernen wir sie", der Stift zog eine grüne Linie nach links vom Kasten weg, und eine zweite nach rechts, „nach hier, und gleichzeitig nach hier. Das Symbol hat so zwei Temperaturen, die räumlich voneinander getrennt sind. Die Eigenschaften eines Objekts sind also nicht mehr an dessen Position gebunden, verstehst du? Genauso funktioniert auch der Klang."

Sie malte einen roten Kringel, zog ihn dann mit einer weiteren grünen Linie nach oben weg. „Die scheinbare Geräuschquelle, von der aus man die Benutzerrechte hört, liegt ein paar Zentimeter neben dem Symbol, so dass sich so viele Geräuschquellen mit verschiedenen Daten belegen lassen, wie der Benutzer heraus hören kann. Mit etwas Übung können wir damit beliebig viele Arten von Metadaten auf unsere fünf armseligen Sinne projizieren."

Sie legte den Stift auf die Folie und fügte hinzu: „Nun ja, um das System auszunutzen, muss man vielleicht recht früh anfangen. Sonst müsste man es jahrelang trainieren."

Das wird nichts, hätte Vonek beinahe bemerkt, sagte aber nur: „Sei bitte nicht zu enttäuscht, wenn ich mich am Anfang ziemlich blöd anstelle. Mal sehen, bei wie vielen Tönen pro Symbol ich nicht mehr mitkomme!"

Die eigenen Sinne lückenlos zu koordinieren, dabei im rauschenden Datenstrom noch kleine Details zu erfassen, gehörte zu Voneks altem Problem, das er seit seiner Kindheit zu verstecken versuchte.

Lissa packte die zwei Interface-Adapter aus dem grünen Koffer aus, in dem sie den ganzen Tag lang ordentlich gefaltet auf ihren Einsatz gewartet hatten.

„Natürlich starten wir den Versuch mit der gleichen Ansicht die du schon von gestern kennst. Dann schalte ich eine Erweiterung nach der anderen dazu, in Ordnung?"

„In Ordnung", bestätigte Vonek, während sie die Elektroden an seinem Kopf zurecht rückte.

Ein virtueller Raum entfaltete sich am Rande seines Bewusstseins, breitete sich bis zu einem Horizont aus, an dem ein virtueller Himmel die Ebene berührte. Die zweite Welt wurde schnell intensiver. Sie konnte sich an Wirklichkeit mehr als gut mit der ersten messen, als Himmel und Boden schließlich zusammen trafen.

Der Tisch in seinem äußeren Blickfeld störte. Vonek schloss die Augen; sofort übernahm der virtuelle Raum das Ruder. Halb durchsichtige, glasige Wolken schwebten in der Luft umeinander. Im glänzend dunkelblauen Boden funkelten eisige Sterne.

„In welchem Programm sind wir?" fragte er, als er Lissa neben sich entdeckte.

„In so etwas wie einem Spiel", lächelte das Mädchen. „Ich hab es neulich erst entworfen, speziell als Übung für neue Anwender. Hier kann man alle Fähigkeiten trainieren, die man neu dazu lernen muss, wenn man vom herkömmlichen Neural-Interface auf mein Erweitertes umsteigt. Schau dich erst mal in Ruhe um."

Er sah sich um, beobachtete die schwerelosen Gebilde, die durch die Luft und um ihn herum schwebten. Bemerkte das symmetrische Linienmuster des hellen, pastell-bunten Himmels. Die schneeweißen Lichter im Boden. Diese Sterne sahen besonders verrückt aus.

„Sind die Sterne in oder unter dem schwarzen Glas?" fragte er, als er die Lichtpunkte angestrengt zu orten versuchte.

„Wie fühlen sie sich denn an – nah oder fern?" fragte Lissa zurück.

Er konzentrierte sich auf die Punkte, gab es dann auf und versuchte, den Nachthimmel unter seien Füßen als ein Ganzes zu betrachten.

„Irgendwie sind sie beides gleichzeitig. Die Glasscheibe ist ungefähr vier Zentimeter dick, jeder Stern leuchtet in einer anderen Entfernung von der Unterseite, aber trotzdem sind sie alle noch drin. Ist das deine Spaltung von Objekt-Zugehörigkeit und Raum-Position?"

„Ja, du bist schon sehr nah dran. Die beiden Lichter dort", ihr opalfarbener Fingernagel deutete in die Tiefe der Bodenplatte, „wie weit sind die ungefähr weg?"

„Sie gehören zur Platte, also sind sie nur wenige Zentimeter weg. Aber gleichzeitig sind die ungefähr", er blinzelte, um die flackernden Punkte genauer zu erkennen, „etwas mehr als hundert Meter weit unten."

„Sehr gut, die doppelte Position ist doch gar nicht so kompliziert. Hörst du auch etwas?"

Als er darauf achtete, hörte er tatsächlich den leisen Gesang der Lichtpunkte. Vonek schaute einen Stern an, und dessen Melodien übertönten die anderen.

„Der helle Punkt hier vorne hat drei Stimmen. Einen Orgelklang von knapp links daneben, ein zartes Zirpen von da", er zeigte auf einen anderen Stern, von dessen Ort aus er den ersten Stern spielen hörte, „und ein Rauschen wie Wind, das von direkt hinter ihm kommt."

„Unglaublich, findest du nicht auch? Jetzt hör mal dem roten Punkt zu."

Ein größerer, feuerroter Stern erschien in der Glasscheibe. Dieser hatte eine einfache Flötenmelodie, zu der ein weiterer Orgelklang spielte. Der Orgelklang aber gehörte gleichzeitig einem anderen Objekt.

„Singt der anderthalb Töne?" frage Vonek verwirrt.

„Finde es heraus", antwortete Lissa nur.

Er blendete die Flötenmelodie aus und verfolgte den Orgelklang, der aus zwei Quellen gleichzeitig zu spielen schien, ohne dass es zwei Töne gewesen wären.

Einmal stammte der Ton direkt aus der Mitte des rot strahlenden Sterns. Die zweite Quelle lag irgendwo weiter oben, über seinem Kopf. Vonek schaute auf, verfolgte den Ton. Dort fand er eine der glasigen Wolken, die den Orgelklang spielte der gleichzeitig auch dem Stern gehörte. Nach einem Moment der kompletten Verwirrung erkannte er die Verknüpfung zwischen den zwei Dingen.

„Ist das eine Art von Verweis?", vermute er vorsichtig. „Eine Verknüpfung zwischen dem Stern und diesem – nennen wir es mal *Wolke*?"

„Ja, genau!" Lissa bestätigte seine Idee. „Behaupte nie wieder, dass du dich blöd anstellen würdest!"

„Das hier sind also zwei verknüpfte Symbole. Zeigt die Verknüpfung auch ihre Eigenschaften, zum Beispiel die vorgesehenen Reaktionen auf Veränderungen am Gegenstück?"

„Riech mal dran, dann siehst du sie."

„An der Wolke? Nein, die riecht nach gar nichts."

„Entschuldigung, ich meine, an der Verknüpfung," lächelte Lissa, „um deren Eigenschaften geht es schließlich."

„Wie jetzt – ich soll an der Verknüpfung riechen? Aber die ist doch der Klang."

Der Orgelklang summte noch immer seine schlichte Melodie zwischen Stern und Wolke.

„Na und? Der Ton duftet auch. Nach den Eigenschaften der Verknüpfung die er darstellt," erklärte sie, fast so geduldig wie der Orgelklang.

Vonek wusste nicht so recht was er tun sollte. Die erweiterte Projektion wurde ihm für den Anfang etwas zu verrückt.

Na gut, dachte er dann, *dieser Klang soll also einen eigenen Duft haben. Wo könnte der sein?*

Er stellte sich ein Gummiband vor, das die beiden Geräuschquellen verband. Der Geruch müsste von einem Etwas ausgehen das den Raum des Bandes ausfüllte.

Jetzt schaute Lissa verwirrt aus. „Kommst du zurecht?"

„Ja, ich habe es gleich. Noch einen Moment, bitte ..."

Der Orgelklang spielte zwischen den Symbolen, das Gummiband in seiner Vorstellung vibrierte – und auf einmal stieg ihm Pfefferminz in die Nase. Der Geruch des Klanges!

„Na also, ich glaub ich rieche es jetzt! Pfefferminz, oder?"

„Ja, natürlich. Vorhin hat die Verknüpfung noch besser funktioniert. Das muss ich morgen nochmal testen."

„Aber sie funktioniert doch", wandte er ein. Schließlich hatte er den Pfefferminz-Geruch richtig erkannt.

„Es sollte nicht so lange dauern. Der Klang und sein Duft müssen eins sein. Genau wie die Symbole und ihre Klänge, oder die Klänge und ihre Positionen."

„Oh nein, das sind sie bestimmt. Es liegt an meiner Nase, die kommt mit Geräuschen nicht klar."

Die opalfarben schimmernden Fingerspitzen griffen nach einer vorbei ziehenden Wolke. Lissa schien nicht mehr zu wissen, wie sie mit ihrem Schüler umgehen sollte. Ihr hübsches Gesicht erstarrte, als kratzten Ideen von schrecklichen Planungsfehlern im Konzept der ganzen erweiterten Projektion am Rand ihres Bewusstseins.

„Ist es denn nicht alles so ähnlich wie draußen? Jede Abbildung hat eine hauptsächliche Eigenschaft, und diverse nebensächliche Eigenschaften die in den Vordergrund treten, wenn man darauf achtet. Das sollte eigentlich annähernd natürlich wirken."

Sie spielte mit dem glasig-weißen Wolkenobjekt herum, knete Muster hinein. Dann ließ sie es total verdreht und verknotet wieder fliegen.

„Machen wir erst mal eine Pause?" schlug Vonek aus reiner Verlegenheit vor.

Das ließ Lissa sich nicht zweimal sagen. Ihr virtuelles Abbild verschwand aus dem Raum. Aus einer zweiten Realität hörte er ihre Stimme. „Das ist doch mal eine gute Idee!"

Der Gedanke daran, jetzt auch den virtuellen Raum zu verlassen, schaltete Vonek an den Schreibtisch zurück. Einen Moment brauchte er, um sich dort wieder zu orientieren, dann nahm er vorsichtig das Stirnband ab.

Bestimmt würde Lissa morgen den ganzen Tag nach einem Fehler im System suchen, wo gar keiner war. Vonek wusste, wo der Fehler lag. Aber sollte er einfach so davon erzählen? Unmöglich.

„Ein wundervolles Programm," bemerkte er. „Das ist Wirklichkeit in doppelter Intensität. Geht das Spiel noch weiter?"

„Ja, im Prinzip geht es noch viel weiter. In den letzten Stufen komme nicht einmal ich zurecht. Aber bis die Verknüpfungen eindeutig sind, geht gar nichts!"

Lissa war alles gleichzeitig. Deprimiert, peinlich berührt, stinksauer auf sich selbst, und wiedermal vom Ehrgeiz gepackt.

„Bis morgen früh finde ich garantiert heraus, was mit der Synchronisation schief gelaufen ist. Dann testen wir das Programm nochmal zusammen, in Ordnung?"

„Dein Programm funktioniert, Lissa. Der Fehler liegt nur hier!" Er zeigte sich selbst einen Vogel, stützte dann das Kinn in die Hände und starrte die Wand an.

Die Programmiererin neben ihm zog seinen rechten Ellenbogen von der Tischkante, schnappte sich seine Hand.

Vonek starrte weiter die Wand an. *Jetzt bloß nichts Falsches sagen.*

„Was soll das heißen?" hakte sie nach. „Meinst du immer

noch, dass du dich zu blöd anstellen würdest? Du bist doch mit allen anderen Projektionen sofort klar gekommen, also kann es nicht an dir liegen. Die Verknüpfung hat eine Macke, sonst nichts."

„Ach ja? Und warum brauche ich mit dem normalen Interface genauso lange?"

„Nun ja, du verwendest es nicht so oft."

„Genau, ich benutze den Bildschirm. Du weißt schon, diese altmodische Tischplatte hier!"

Der nächste Abend endete nicht weniger katastrophal. Lissa bewunderte Voneks Fähigkeiten im Bereich der Hardware zu sehr, um akzeptieren zu können, dass er auf der Software-Ebene eine komplette Null war.

Um es zu widerlegen, hatte sie ihn überredet, *einfach mal gemeinsam das Terminal zu erkunden*. Heute ein anderes Beispiel: Nachrichten in Zeitschriften suchen, diesmal mit dem einfachen, normalen Sensorset.

Verzweifelt klinke er sich aus und warf das Datenstirnband auf den Tisch. Er kam sich unglaublich dumm vor.

„Wie soll man sich da drinnen nur zurecht finden?"

Lissa loggte sich auch aus und griff ratlos nach Voneks Daten-Stirnband. Was ging schief? Sie konnte beim besten Willen nicht begreifen, was an der multimedialen Oberfläche unübersichtlich sein sollte. Während sie die kleinen, goldenen Sensoren zwischen den Fingern drehte, suchte sie weiter nach irgendeinem Detail, das sie nicht erklärt hatte.

Im Grunde funktionierte der simulierte Raum genauso wie ein echter, nur dass man die Synchronisation der Sinne zu Gunsten einer breiteren Übersicht aufgeben konnte. Hier draußen, in dem was man Realität nannte, bedeutete beispielsweise das Geräusch eines tropfenden Wasserhahns nichts weiter als das, was man auch sehen konnte. Dieselbe Tatsache fingen alle Sinne synchron auf, und bildeten sie nur anders auf dem Bewusstsein ab. Bei so viel Redundanz konnte man nicht viele Details gleichzeitig erfassen.

Um die Kapazität des menschlichen Bewusstseins effizienter zu nutzen, teilte die Darstellungsschicht eines Computers alle relevanten Informationen in – je nach

Komplexität bis zu sieben – Gruppen ein. Jede Gruppe wurde auf einem passenden Sinn abgebildet.

Das Dateisystem war eines der einfachsten Beispiele. Den Kern jedes Objekts darin stellte ein farbiges Symbol dar – ab damit auf den Kanal *Sehen*! Dieses Symbol hatte eine bestimmte Schräglage und war von einer Textur überzogen. Damit konnte der erste Kanal drei Werte anzeigen: Was ist es, wie wichtig ist es, und welche Art von Daten enthält es.

Die nächsten Details – welchem Benutzer und welcher Gruppe es gehört – hatten darin keinen Platz, wurden also an den nächsten Kanal *Hören* geschickt, als Klangfarbe und Tonhöhe. Eine grobe Statistik darüber, wann die Datei zuletzt gelesen und geändert wurde, ließ sich an Temperatur und Geruch ablesen.

Ihre neue, erweiterte Projektion nutzte das gleiche Prinzip, nur dass sie einige sekundäre Kanäle mit verwendete. Dadurch verfünffachte sich die Bandbreite des Benutzers. Der Einstieg war natürlich nicht einfach. Aber die ersten zwei Testbenutzer hatten sich nach ein paar Stunden trotzdem halbwegs daran gewöhnt, dass der spezifische Ton eines Symbols je nach Kontext anders aussah, obwohl er gleich klang.

Beim zweiten Test hatten sie die Veränderungen sogar sinnvoll deuten können, anstatt sich nur immer von Neuem verwirren zu lassen. Diese Tester waren zwei andere Studentinnen gewesen, die Lissa anfangs nur an ihr Experiment gelassen hatte, damit sie aufhörten danach zu fragen.

Schließlich nahm auch sie ihr Daten-Stirnband ab, und legte beide Bänder sorgfältig in den Koffer zurück.

„Dir fehlt bestimmt nur die Übung. Versuch es nachher erst mal mit der Verzeichnisstruktur. Dabei kommen die Daten schon gut sortiert bei dir an. Du weißt ja, Dateitypen siehst du als Symbol, den Besitzer der Datei zeigt der Ton an, und die Sicherheitsstufe erkennst du am Geruch. Insgesamt hat eine Datei in der kürzesten Ansicht also nur drei Farben. So Kleinkram wie Temperatur und Oberfläche brauchst du erst in der Detail-Ansicht, oder wenn du näher an das Symbol heran gehst."

„Und wie sortiere ich Dateien nach Geruch?" Vonek konnte die Steuerung immer noch nicht ganz nachvollziehen. „Dafür müsste ich mir den Geruch der gesuchten Sicherheitsstufe vorstellen, damit das System erkennt, wonach und in welche Richtung sortiert wird, oder?"

„Ja, in Theorie ist dir doch alles klar."

„Aber das funktioniert so nicht! Wie soll ich mir einen Geruch so eindeutig vorstellen, dass er vom Interface erkannt wird?"

Langsam kamen sie dem Kern des Problems näher, glaubte Lissa. „Du sollst dir ja nicht direkt den reinen Geruch vorstellen, sondern das Bild davon. Also den Teil vom Geruch, den man sehen kann. Der Rest geht dann von alleine. Meistens reicht es, wenn du an Farbe und Oberfläche denkst, damit ist die Sicherheitsstufe schon ziemlich genau eingegrenzt."

„Farbe ist aber Dateityp, und Oberfläche ist Änderungsdatum. Wenn der Geruch jetzt noch eine eigene Oberfläche hätte ..."

Bis jetzt war Vonek nur ratlos gewesen. Jetzt klingelte es plötzlich in seinem Gedächtnis und er hätte weinen mögen. Schon als kleines Kind hatte er nie verstanden, woher die anderen Kinder ihre Farben nahmen, als sie in der Schule zu Musik gezeichnet hatten. Und immer wenn er mit seinen Kusinen am Küchentisch bunte Bilder gemalt hatte, waren ihm die Vorlagen der Mädchen völlig unverständlich geblieben.

Onkel Timo hatte nebenan Gitarre geübt. Seine Kusinen hatten dann immer eifrig gelbe und grüne Formen gezeichnet. Wenn die Küche nach Keksen geduftet hatte, hatten sie das Papier vorher rosa und braun grundiert. Dann waren sie mit ihren Bildern zu Tante Ine gelaufen und hatten stolz gezeigt, wie toll sie die Küche gemalt hätten.

Vonek war es peinlich gewesen, dass er nur malen konnte was für seine Augen sichtbar war. Früher bei Tante Ine, wie auch später in der Schule, hatte er sich einfach Muster ausgedacht.

Einem Sprachlehrer war das einmal aufgefallen.

Punktabzug hatte er damals bekommen, weil der Lehrer gemerkt hatte, dass er die gleichen Wörter in verschiedenen Farben ausgemalt hatte, anstatt seine Hausaufgaben *in Ruhe und richtig zu machen.*

Aber welche Farbe war denn *richtig*, wenn doch jeder Schüler andere nahm, nur eben jeden Tag die gleichen? Um dieselbe Frage ging es anscheinend auch im Computer.

Halb in Trance spürte er von weit weg, wie Lissas Fingerspitzen sein Gesicht berührten, es zur Seite drehten. Ein weiß schimmernder Fingernagel wischte etwas kaltes von seinem linken Auge.

„Was ist los? Stimmt etwas nicht?" Lissa flüsterte, ein völlig neues Zittern lag in ihrer Stimme. Ihre besorgten Finger glitten seine Wange hinunter, zu seiner Hand. „Wach auf, Vonek! Du hörst mich doch, oder?"

„Ich kann es nicht sehen. Noch nie. Alles außer Bildern ist für mich unsichtbar."

Damit war es gesagt. Es nützte nichts mehr, sich irgendwie am Thema vorbei zu mogeln, wie früher als kleiner Schüler.

„Ich glaube, das ist so eine Art von indirekter Blindheit."

Die silberne Roboter-Fliege fing eine Teedose auf, die Lissa ihr mit der rechten Hand zu warf, während sie mit der linken eine Tüte mit Keksen auf riss.

„Hallo Vonek, du hast es ja schon wieder geschafft, vor mir auf zu stehen. Guten Morgen!"

Von der Küche aus konnte sie ihren Freund nur halb von hinten sehen. Er stand zwischen den Kabelschluchten des Netzwerkknotens, tat irgend etwas mit den Anschlüssen der zweihundertzehnten Etage, trug den gleichen grünen Arbeitsanzug wie gestern. Die glatten, rotblonden Haare fielen ordentlich gekämmt auf seine Schultern. Mehr als dieses alltägliche Bild erkannte Lissa nicht, aber das genügte.

„Hey, komm doch mal her! 210-Ost kann eine Minute warten, oder?"

Sie raschelte mit den Keksen, als wollte sie einen Hund anlocken. Als sie selbst merkte, wie kindisch das wirken musste, warf sie die Tüte einfach auf den Tisch. Eine hauchdünne Schicht aus Krümeln legte sich über das helle

Holz und wirbelte auf, als Lissa sich auf das Sofa davor fallen ließ.

„Ist ja schon gut. Was machst du da eigentlich in meinem Zimmer?" Vonek erschien am Eingang. Der kleine Roboter drängelte sich mit der Teekanne an ihm vorbei und war vor ihm in der Sitzecke.

„Wegen gestern. Ich glaube wir sind dabei, etwas Wichtiges heraus zu finden. Ganz bestimmt gibt es einen Namen für deine – nennen wir es Halbierung der Sinne. Wenn das Phänomen bekannt ist, dann lässt es sich bestimmt auch austricksen. Du willst doch nicht für alle Zeiten offline bleiben, oder? Das hast du wirklich nicht verdient."

Der Techniker blinzelte sie schräg an, fing den Roboter auf dem Rückflug ein, kam dann aber doch zu ihr herüber.

„Natürlich, du willst also auf die Suche gehen, nach Theorien und womöglich noch anderen *Fällen*."

„Wer hat denn etwas von *Fällen* gesagt? Zugegeben, auf den ersten Blick könnte man annehmen, dass du eine seltsame Behinderung hast. Aber heute Nacht hatte ich eine andere Idee. Du hattest nie Schwierigkeiten mit der Außenwelt, oder? Es ist nur das Netz, beziehungsweise dessen Benutzer-Schnittstelle."

„Ja, und? Mit der Wirklichkeit komme ich zurecht, weil die nicht so viele relevante Schichten hat", sagte Vonek und dachte sich einen brauchbaren Vergleich aus. „Jemand mit nur einem Fuß hat doch auch um so weniger Probleme, je langsamer er laufen darf."

„Bis er einen neuen Fuß bekommt, dann ist das Thema erledigt. Um bei diesem Beispiel zu bleiben, was ist wenn ein Außerirdischer Räder anstelle von Füßen hat?"

„Dann könnte er rollen anstatt zu laufen, bräuchte also keinen neuen Fuß mehr. Worauf willst du damit denn hinaus?"

Endlich setzte auch er sich aufs Sofa, wieder hob sich ein Wirbel aus Kekskrümeln in die Luft. Lissa pustete über den Tisch und schnippte den letzten Krümel weg, während sie nach den richtigen Worten suchte.

„Sehen wir es mal so: Laufen und Rollen sind zwei gleich gute Möglichkeiten vorwärts zu kommen. Rollen hat sogar

Vorteile, weil man auf ebener Erde viel schneller ist. Bis ein Läufer auf die Idee kommt, eine Treppe zu bauen."

„Das Neural-Interface!"

Mit einem Schlag leuchtete es Vonek ein. Das lebende Byte neben ihm rechnete mit zwei grundlegend verschiedenen Formen von Wahrnehmung. Einer differenzierten Form und einer Vielschichtigen – nicht mit einer Vollständigen und einer Lückenhaften. Und das Interface wandte sich nur an eine davon.

„Ja, genau das meine ich," bestätigte sie. „Deine Sinne können nicht alle krank sein, sie funktionieren nur *anders.*"

„Eine schöne Theorie, aber wo sind die Vorteile davon, dass mir zu jedem Eindruck so viele Eigenschaften fehlen? Ich meine, inwiefern ist es nicht schlecht, wenn Töne nur Höhe und Klangfarbe haben, aber keine richtige Farbe, keine Form, und keinen Geruch? Mich hat das immer nur Nerven gekostet."

„Hast du nicht einmal erwähnt, dass du so gut wie nie Kopfschmerzen hast?"

„Ist das etwas Besonderes?"

Mit einem halben Keks in der Hand berichtete Lissa von ihrer spontanen Theorie.

„Kann ich noch nicht genau sagen. Der Vorteil könnte aber darin liegen, dass in deinen Kopf schlicht mehr Input rein passt. Dadurch, dass jedes Detail weniger Eigenschaften hat, musst du auch weniger gleichzeitig verarbeiten, wenn zehn Sachen gleichzeitig passieren, dabei alle fünfundvierzig Roboter-Fliegen um dich herum schwirren, sowie eine Projektion voller bunter Signal-Lämpchen in der Luft blinkt. Sag mal, war dir jemals etwas *zu viel auf einmal*?"

„Jetzt wo du es sagst – damit mir der Kopf brummt, muss schon extrem viel gleichzeitig passieren. Zu viele Menschen sind natürlich ein Sonderfall, die gehen mir sofort auf den Keks."

„Natürlich, mir auch. Aber praktisch niemand von den Leuten, die mir an der Universität über den Weg gelaufen sind, verträgt zu laute Musik, wenn der Raum gleichzeitig warm ist und intensiv nach etwas riecht. Ein Bekannter von mir hat immer die Lüftung aus gestellt, damit der Wind nicht noch mehr Muster zeichnet. Zu viel Lärm macht jeden irre, und Lärm kann alles sein, auch Wind oder Schattenspiele an der Wand."

„Das sind genau die Sachen, die ich nie verstanden habe. Wie soll Licht Lärm sein? Das passt genauso wenig, wie Wind Licht ist."

Er konnte sich noch immer nicht vorstellen, wie andere Menschen die Welt sahen.

„Differenzierende Wahrnehmung", dachte Lissa laut.

Eine gute Stunde später saß Lissa zwei dunkelblaue Wände weiter hinten am Terminal. Ihre selbst entwickelten Adapter arbeiteten noch nicht zuverlässig genug mit dem Suchprogramm fürs Nachrichten-Netz zusammen. Darum recherchierte sie mit dem normalen Interface, das ihr schon fast primitiv vor kam.

Wie durch felsige Schichten in einem Gebirge grub sie sich durch alte Zeitschriften, offene Räume voller plaudernder Menschen, durch Nachrichten-Archive und zeitversetzte Diskussionen.

Nichts.

Über die verschiedensten Störungen und Krankheiten wurde geschrieben und geredet. Lissa fand sich in Selbsthilfegruppen wieder, in denen Fremde sich über Psychosen und Therapien austauschten, von denen sie nie zuvor gehört hatte.

Am frühen Nachmittag gab sie die oberen Schichten auf. Im Netz der einfachen Menschen würde sie nichts finden, das Voneks Welt auch nur nahe kam.

Es musste doch wenigstens ein Fachwort geben. Lissa grub in allen bekannten Datenbanken herum. Die Beschreibung des Phänomens war klar und verständlich – vollständiges Fehlen der sekundären Wahrnehmung. Aber kein einziger medizinischer Informationsdienst kannte so eine Krankheit. Sie lud eine Syndrom-Beschreibung nach der anderen in ihr Interface, aber keine passte hundertprozentig.

Da war die Rede von unwillkürlichen Verfärbungen auf einem Sinn, im Volksmund auch Klangfarbenfilter genannt, bei dem sich ein Kanal der sekundären Wahrnehmung plötzlich veränderte. Dagegen gab es verschiedene Behandlungsmethoden, auch eine Liste möglicher psychologischer Ursachen.

Das schien Voneks Problem schon recht nahe zu kommen, traf aber nicht den Kern. Ihr Freund hatte keine irreführenden Eindrücke, sondern gar keine. Lissa hatte ihm sogar wie eine Studentin bei der Selbstanalyse beschreiben müssen, wie ein normaler Mensch sah, hörte, und fühlte. Nach fast einer halben Stunde in öffentlichen Datenbanken und Selbsthilfegruppen gab sie das freie Netz auf und zog weiter.

Sie musste in speziellen Subnetzen suchen, auf den Austausch-Plattformen der Fachschulen, danach in den Archiven der globalen Universität. Vielleicht wussten ja die Namariden schon mehr über Menschen als sie selbst.

Die Namariden stammten von einem Planeten, der Lichtjahre weit entfernt eine andere kleine Sonne umkreiste. Ihre Kolonie im Orbit des Uranus, in künstlichen Höhlen auf dem Mond Umbriel, war älter als alle irdischen Raumstationen. Auf sich aufmerksam gemacht hatte sie aber erst, als die erste Station der Menschen den Uranus umkreiste und regelmäßig über ihren Himmel zog.

Mit Geschichte hatte Lissa nie viel anfangen können, sie kannte Namariden nur als nette Mitschüler an der Universität. Die wurde seit ein paar Jahrzehnten von beiden Völkern gemeinsam geführt; alle heutigen Raumstationen waren für für Namariden und Menschen gleichermaßen konstruiert.

Auf den zwei Welten besuchte man sich dagegen nie, das war eine stille Übereinkunft. Ein Mensch würde in namaridische Gebäude sowieso nicht hinein passen. Umgekehrt hätte ein kleiner, blauer Besucher mit acht Armen auf der Erde vor jeder Bordsteinkante Klimmzüge machen müssen. Ein Namaride war schließlich selten mehr als vierzig Zentimeter groß – dafür konnte er die acht Tentakel unter seinem Kopf wahlweise als Arme oder Beine benutzen.

Ihren vier namaridischen Freunden schrieb Lissa regelmäßig Briefe. Sie konnten alle die gleiche Schrift lesen, auch wenn sie sich im direkten Gespräch immer der dafür entwickelten *Interstellaren Zeichensprache* hatten bedienen müssen.

Hier war sie also angekommen. Das Netzwerk der Fachschulen, der Hochschulen und der unabhängigen Wissenschaftler war ihre große Hoffnung, nachdem die Welt der breiten Öffentlichkeit nichts hergegeben hatte.

Die Informationspakete aus den Bereichen Medizin und Psychologie verrieten genauso wenig wie das öffentliche Netz. Musste sie erst in die Vortragstexte der optionalen Kurse gehen?

Neben ihren Pflichtkursen konnten die Studenten Zusatzkurse aus allen denkbaren Bereichen wählen. Der neurologische Fachbereich bot dafür hunderte verschiedener Themen an, davon viele über höchst seltsame und seltene Störungen.

Lissa suchte auch darin, las siebzehn Texte an und keinen zu Ende. Schließlich glaubte sie, eine ziemlich treffende Beschreibung gefunden zu haben.

Die Mappe von Informationspaketen war als Überblick für fortgeschrittene Studenten gedacht, die einen Kurs *Einführung in regressive Entwicklungsstörungen* besuchten. Sechs kaum erforschte Störungen waren beispielhaft aufgelistet. Lissa kopierte sich die Zusammenfassungen ins Kurzzeitgedächtnis, dann lud sie sofort ein vollständiges Paket nach.

In schweren Fällen auch das *Fehlen jeglicher Eigenschaften, mit Ausnahme der primären Wahrnehmung.* Das musste es sein. Vonek konnte Schall ganz normal hören, nur eben nicht sehen oder riechen.

Endlich war das Datenpaket kopiert. Sie speicherte es auch im Terminal, falls sie etwas wieder vergessen sollte.

Angeborene oder durch Unfall erworbene Binding-Insuffizienz.

So, jetzt hatte sie also ihr Fachwort.

Für Leser, die mit Sprache mehr anfangen konnten als mit künstlichen, bildlichen Erinnerungen, hing ein Text am Datenpaket. Sie ließ ihn aus Gewohnheit anzeigen. Erfahrungsgemäß steckten in den vom Dozenten formulierten Texten oft Details, die im überspielten Gesamtbild untergingen.

Symptome und Auslöser der Binding-Insuffizienz

Ein Merkblatt aus Kurs N115, von Dr. Andod

Bei gesunden Menschen teilt sich die bewusste Wahrnehmung jedes Sinnes in zwei Ebenen. Im Vordergrund steht der so genannte „primäre Kanal", der oft auch als „Basis-Eindruck" bezeichnet wird. Der primäre Kanal der Augen ist das Bild. Primärer Kanal der Ohren ist der Klang, d.h. von den Ohren aufgefangener Schall wird primär als Geräusch gehört. Dabei hören alle Menschen den gleichen Ton bei der gleichen auslösenden Schallwelle.

Die „sekundären Kanäle", auch als „synästhetischer Eindruck" bekannt, bilden eine detaillierte Verarbeitung des Eingangsreizes ab; sie variieren von Person zu Person. Alle Eigenschaften eines Reizes, die nicht im Basis-Eindruck enthalten sind, werden auf sekundären Kanälen bewusst. Um beim Beispiel des Geräusches zu bleiben, sind das unter anderem Form, Farbe, Oberflächen-Textur und Geruch. Klang und Frequenz werden vom primären Kanal erfasst und gehören somit nicht zum synästhetischen Eindruck.

Im Alltag verschwimmen diese zwei Ebenen der Wahrnehmung teilweise zu einem Gesamteindruck. Da aber nur der Basis-Eindruck unter mehreren Menschen eindeutig ist, und damit zur Kommunikation taugt, klammern wir alle sekundären Kanäle weitgehend aus unserer Sprache aus. Ausnahmen finden sich vorrangig im Bereich der bildenden Kunst.

Noch komplizierter kann man Hören kaum beschreiben, dachte Lissa nach dem dritten Absatz, und las weiter.

Der neurologische Vorgang, der aus dem Basis-Eindruck die sekundären Kanäle erzeugt, wird als „Hyper Binding" bezeichnet. „Binding" steht darin für den Vorgang, mehrere Eindrücke sinnvoll miteinander zu verknüpfen. „Hyper Binding" steht dafür, dass die verknüpften Eindrücke aus dem

Basis-Eindruck erst entstehen.

Wenn dieser Prozess unterbrochen wird, liegt eine auf die absolut notwendige Basis verringerte Binding-Kapazität vor. Der Betroffene hat zwar keine Probleme damit, Basis-Eindrücke verschiedener Sinne miteinander zu verknüpfen, hat aber keinerlei Zugang zu synästhetischen Eindrücken.

Im Alltag haben Betroffene normalerweise keine Probleme, deshalb spricht man bei der Binding Insuffizienz nicht von einer Behinderung oder Krankheit. Allerdings sind sie in ihrer Berufswahl oft eingeschränkt.

Einige Betroffene haben Schwierigkeiten im Umgang mit vielschichtigen Computer-Bedienoberflächen und können daher nicht oder nur schwer in der Informatik arbeiten. Wir vermuten, dass diese Personen auch in der Kunst nicht weit kommen würden, da das Hyper Bindung eine wichtige Grundlage der menschlichen Kreativität ist.

Arme Studenten, der Text ist noch länger ...

Neben Unfällen mit Nervenschäden, kann dieses Phänomen auch genetische Ursachen haben, durch die der Betroffene in den ersten Lebensjahren zu einer bestimmten Entwicklungsstörung neigt.

Beim gesunden Kleinkind trennt sich die Verarbeitung der Sinne im ersten Lebensjahr. Nach Abschluss dieser so genannten „Divergenz-Phase" beginnt die „Konvergenz-Phase", welche sich über mehrere Jahre hinziehen kann.

Dabei werden die grob verarbeiteten Eingangsdaten der einzelnen Sinne integriert, so dass jede Qualität, die die Eindrücke eines Sinnes aufweisen, als sekundärer Kanal auch allen anderen Sinnen zur Verfügung steht.

Da auch der Schulbeginn in die Zeit der Konvergenz-Phase fällt, bilden sich schnell die typischen Verknüpfungen von Buchstaben und Zahlen zu sekundären Eigenschaften wie z.B. Farben.

Wurde die Konvergenz-Phase übersprungen oder abgebrochen, fehlen dem Kind mehrere oder alle sekundären Kanäle. Leider gibt es noch keine Möglichkeit, eine gestörte Integration der Sinne früh genug zu erkennen, um die

Wahrnehmung mit gezieltem Training zu fördern.

Im schlimmsten Fall findet die Integration überhaupt nicht statt, oder bricht so früh ab, dass der betroffene Mensch gar keine synästhetischen Eindrücke kennt.

Therapien sind keine bekannt, bei den wenigen dokumentierten Fällen auch nicht notwendig. Man nimmt an, dass die erforderlichen neuralen Verknüpfungen schon im Grundschüler-Alter nicht mehr hergestellt werden können.

Umgangssprachlich nennt man die Binding Insuffizienz auch „Halbsichtigkeit".

Geschafft! Das *Merkblatt* war eine ganze Menge an Text, eher ein Abheften-und-Nachschlagen-Blatt.

Aber was bedeutete dieser fachliche Standpunkt nun? War ihre ausgedachte Theorie von einer *differenzierenden Wahrnehmung* falsch oder nur eine andere Sichtweise?

Im Text hieß es wörtlich: *deshalb spricht man bei der Binding Insuffizienz nicht von einer Behinderung oder Krankheit.*

Also war Voneks Bild von der Welt auch laut Dr. Andod nicht *falsch*, natürlich nicht, es war nur *anders*. Und die gängigen Programme nutzten recht intensiv sekundäre Kanäle, um dem Benutzer immer mehr Information auf einmal zu bieten.

Wie unfair!

Was konnte sie jetzt noch tun? Es würde bestimmt nicht schaden, zurück ins populäre Netz zu gehen und ganz unverbindlich in ein paar lässigeren Foren nach *Halbsichtigkeit* zu fragen.

Es war schon spät am Abend, als Lissa das Datenstirnband ab nahm. Weder ihre Arbeit, noch das Experiment waren heute voran gekommen. Ein ganzer Tag im Netz, für nichts als ein paar Worte.

Wie sah die Welt eigentlich für einen Namariden aus?

In dem Aufbau aus blauen Wänden, der ihre Wohnung bildete, raschelte eine Kekstüte.

„Hey, Vonek, räumst du da etwa den Tee weg?"

„Der steht seit heute Morgen hier!"

„Kalt ist er umso besser, lass einfach alles stehen."

„Hast du etwas heraus gefunden?" Ein von rotem Haar umrahmtes Gesicht schaute erwartungsvoll aus der Tür-Lücke zwischen zwei Trennwänden hervor.

„Nun ja, wir haben jetzt die wissenschaftliche Definition," gab Lissa ihren kleinen Erfolg bekannt, „und die Adresse von jemandem, der sich damit auskennt."

„Dann zeig mal her!" Vonek kicherte und griff nach der Folie, in die sie den langen Text geladen hatte.

„Solange ich kein halber Außerirdischer bin, ist alles in Ordnung."

„Der Autor unterrichtet auf Mars-5 ..."

„ ... so ein Mist, also doch!"

Mit der Folie in der Hand, die schwarz auf cremeweiß das Merkblatt anzeigte, hing er schief auf seinem Sofa herum und lachte Lissa über den Rand des Zettels hinweg an.

Wahrscheinlich hat es heute eine harmlose Überlastung im Kraftwerk gegeben, vermutete sie.

Wenn er einen Grund hatte, mit dem Roboter-Schwarm in den Untergrund hinab zu klettern, war er immer besonders gut drauf.

Manche Leute haben eben seltsame Vorstellungen von einem schönen Arbeitsplatz.

Vorsichtshalber schaute sie in das Fach, in dem die fünfundvierzig Roboter-Fliegen lagerten. *Es war wohl doch eher ein mittelmäßiger Störfall,* schätzte sie den Zustand von zwei Robotern ein, deren Flügel gerade von einer handvoll gelblichem Reparatur-Staub wieder hergerichtet wurden. Der Staub gab sich alle Mühe, würde aber bestimmt noch die halbe Nacht brauchen, um das angekohlte Muster von silbernen Drähten und bunt schillernden Folien aus winzigen Partikeln neu aufzubauen.

„Lissa, kein falsches Mitleid mit Maschinen!" rief der Techniker ihr zu. „Dieser Text hier ist genau das, was ich schon vor Jahren gebraucht hätte. Zum Unter-die-Nase-halten gegen Typen, die einen schief anglotzen."

Mitten in der Nacht stand Lissa auf. Das Thema *Halbsichtigkeit* war zu verrückt, um bis zum Morgen zu warten. Leise ging sie zum Terminal hinüber.

Vonek sieht das alles viel lockerer, fand sie. *Kein Wunder, für ihn ist es ja auch nicht verrückt, eher anders herum.*

Verrücktheiten mit simulierter Wahrnehmung waren ihr Spezialgebiet. Immer mehr Daten schmetterten ihre Programme auf jeden einzelnen Sinn – und dieses Prinzip schien immer wunderbar anzukommen. Jetzt plötzlich tauchte hier jemand auf, der genau das Gegenteil brauchte.

Lissa hatte bereits eine ungefähre Vorstellung von einer Programm-Oberfläche für Halbsichtige. Einfach musste sie gar nicht sein, nur möglichst visuell. Wenn die Anzeige auf Grafik beschränkt war, mussten die Informationen entweder sehr dicht gepackt oder besser im virtuellen Raum verteilt werden. Damit eröffneten sich ganz neue Herausforderungen für Designer.

Sie hatte in mehreren Foren ihre Fragen hinterlegt. Ob wohl schon jemand geantwortet hatte? Lissa öffnete ihre Lesezeichen, wechselte in den ersten virtuellen Gemeinschaftsraum. In den hinterlegten Antworten quatschten ein paar Spinner herum. Die nächsten zwei Räume waren kaum besser, die Antworten reichten gerade mal von „was soll'n das sein?" bis „da vorne geht es ins Forum für Drogenmissbrauch."

Sie ließ die Spinner ausblenden, fand ein paar Rückfragen von ernsthaft Interessierten und hinterließ ihnen als Antwort einen Verweis auf das Merkblatt von Andod. Ein paar Teilnehmer fragten, ob sie Näheres zum Thema wüsste. Genau das suchte sie jedoch selber erst.

Im vierten Raum fand sie die erste Antwort, die sie nicht einfach mit einem Verweis auf den gestern gefundenen Text abfertigen konnte. Natürlich war es auch eine zeitversetzte Antwort, der Absender hatte ihr eine kurze Video-Nachricht hinterlassen. Darin sagte sein komplett orange gefärbtes Online-Abbild nur drei Sätze:

„Du weißt, wovon du redest. Das allein ist schon selten. Wenn du mehr wissen willst, können wir uns in vier Stunden hier treffen."

Die orange Person nannte sich Cle. Weder der noch die Cle, kein Wohnort, keine persönlichen Angaben. Cle hatte nichts über sich veröffentlicht und auch seinen Avatar entsprechend gestaltet. So viel Geheimnis-Spielerei hatte Lissa noch nie erlebt.

Die Antwort war vor zweieinhalb Stunden gespeichert worden, in neunzig Minuten würde sie sich also ein genaueres Bild von diesem Niemand machen können. Sofern sie sich nicht gerade total veralbern ließ.

Drei Uhr... Lissa hatte ihr Interface doch noch gegen das neue getauscht. Es war stabil genug, das hatte sie einfach beschlossen. *Cle wird sich gleich anmelden, wenn er nicht auch nur ein Spinner war.*

Dieser öffentliche Raum wirkte mit dem richtigen Interface überhaupt erst wie ein echter Raum. Sie schaute sich um, sah die fantastischen Online-Abbilder von Menschen durch die grünen Kulissen des simulierten Parks spazieren, hörte kurzen Bruchstücken verschiedener Unterhaltungen zu.

Hinter einer Hecke mit rot-gelben Blüten spielten ein paar Jugendliche ein auf den Boden gezeichnetes Brettspiel. Dieser Raum war offensichtlich ein beliebter Treffpunkt.

„Hallo Lissa, da bist du ja!"

Wie aus dem Nichts stand plötzlich jemand hinter ihr. Aus den Augenwinkeln erkannte sie etwas leuchtend Oranges.

„Cle?"

„Ja, wer sonst."

Sie drehte ich um und stand der Figur aus dem Video gegenüber. Auch jetzt hätte sie nicht sagen können, mit wem oder was sie es zu tun hatte.

„Warum machst du so ein Geheimnis aus dir?"

„Weil ich es satt habe, mich hinter schicken Fassaden zu verstecken. Irgendwann ... reicht es einfach."

Das kann ja lustig werden, dachte Lissa. „Dann würde ich einfach als ich selbst auftreten. Das macht einiges einfacher."

„Nein, ich glaube kaum, dass das eine gute Idee wäre."

Der oder die Fremde schien sich viel natürlicher zu bewegen, als alle anderen Avatare. Konnte das Einbildung sein – oder waren hier noch mehr neuartige Adapter im Spiel?

„Du wolltest etwas wissen," fuhr er oder sie fort, „über so genannte Halbsichtigkeit. Ein blöder Begriff, aber leider auch sehr passend."

Sie schlenderten einen von roten Blumen gesäumten Weg entlang, wie viele andere Gruppen, als wenn sie sich gelassen unterhielten.

„Warum bist du so sehr hinter dem Thema her? Du hast in mindestens fünf Räumen gefragt."

„Wegen einem Freund von mir. Ich muss heraus finden, wie ich ihm mit dem Computer und so helfen kann. Hast du eigentlich einen Grund dafür, dass du so geheimnisvoll tust, oder macht dir das nur Spaß?"

Die orange Figur schaute Lissa an, als hätte sie gerade eine ziemlich ahnungslose Bemerkung gemacht.

„Soll ich mir vielleicht gleich ins Bürgerprofil schreiben: Vorsicht, der hat eine Macke im Kopf? Bei meinem ersten Versuch, offen mit dem Thema umzugehen, wäre ich um ein Haar von der Fachschule geflogen."

Lissa blieb stehen. Wo gab es denn so was?

„Warum denn?"

„Programmierung und Raum-Design sind nicht so einfach, wenn man nur einen Kanal pro Sinn hat. Zumindest", Cle schaute verächtlich auf seine ebenfalls orangen Finger herab, „solange man diese üblichen Schnittstellen verwendet. *Damit* ist natürlich vieles schwierig."

Das beeindruckte Lissa nicht gerade wenig. Cle hatte anscheinend die gleiche Entwicklungsstörung wie Vonek und lernte Programmierung. Ihr Freund hatte es längst aufgegeben, mehrschichtige Software überhaupt nur zu verwenden. Dieser Fremde ließ sich wohl aus Prinzip von nichts aufhalten.

„Soviel muss ich zugeben, Raum-Design hab ich inzwischen abgewählt", erzählte Cle weiter, „aber Programmierung ziehe ich durch. Egal was die Leute zu meinen Methoden sagen. Ein paar Dinge musste ich nämlich extra für mich neu erfinden. Was ist das für ein Freund, der ein Problem mit Programm-Oberflächen hat?"

Cle zog weiter mit Lissa durch den virtuellen Garten.

„Ein Kollege aus dem Rechenzentrum unter meinem Turm," deutete sie an, ohne Namen zu nennen. „Seit Jahren ist er dort der perfekte Techniker, hält das ganze Haus fast alleine am Laufen. Aber mit einem herkömmlichen Neural-Interface kommt er einfach nicht klar."

Sie kamen an einer hohen Palme vorbei, an deren Stamm eine Ranke mit gelben Blüten empor wuchs. Cle pflückte eine Blüte ab, drehte sie zwischen den Fingern und sah zu, wie sie Blatt für Blatt in den Kies rieselte.

„Kein Wunder", meinte die orange Figur, „das liegt am üblichen Raum-Design. Immer möglichst viel Information auf einmal, damit man nie suchen muss; so lautet der Grundsatz. Wenn mehr Details dargestellt werden müssen, als ins Symbol passen, nimmt man Töne dazu. Und wenn das immer noch nicht reicht, wird der Raum eben parfümiert. Hast du schon mal dran gedacht, dass die ganze Benutzerführung auf Erfahrungswerten des Anwenders beruht?"

Der Garten endete an einem simulierten Meer. Sie bogen nach rechts auf die Uferpromenade ein, an der noch mehr gelbe Blüten wuchsen.

„Ja, natürlich", erwiderte Lissa, „ein Geruch allein ist bei Weitem nicht deutlich genug, um exakte Daten abzubilden. Aber wenn man sich in eine Weile einarbeitet, speichert das Interface die Farbe, in der man ihn gesehen hat. Darüber kann man ihn dann normalerweise steuern ..."

„*Normalerweise.*" Cle riss die nächste Blüte ab und ließ sie in staubigen Krümeln auf den Kies unter seinen Füßen rieseln. „Und was bitte ist *normal*?"

„Normal ist, was die Mehrheit für normal hält." Lissa seufzte und starrte aufs Meer hinaus, das im Licht einer violetten Sonne glitzerte. „Die Welt hat nie behauptet gerecht zu sein. Davon reden nur die Menschen ständig."

„Du weißt wirklich, wovon du redest." Cle schaute sie an, dann griff er in die Luft, wo vor der Hand eine Tafel mit Schaltknöpfen erschien. „Wann sehen wir uns wieder?"

„Wann hast du denn Zeit?"

„Morgen nach der Schule", schlug die orange Figur vor. „In deiner Zeitzone ist es dann leider wieder drei Uhr morgens."

„Geht es auch etwas später, vielleicht fünf Uhr?"

„Noch besser, dann schaffe ich sogar noch die Hausaufgaben. Ich schicke dir später einen Link zum neuen Raum."

„Na dann, bis morgen!"
Die orange Figur tippte auf einen der Knöpfe und verschwand.

Am nächsten Morgen stand Lissa pünktlich um kurz vor drei auf. Zwei Stunden hatte sie eingeplant, um mehr über Cle heraus zu finden.

Der Fremde dort draußen war nicht nur irgendein zweiter Halbsichtiger. Er besaß auch genau die angepasste Schnittstelle zum Netz, die Lissa gestern noch entwerfen wollte. Ein Anfänger war ihr zuvor gekommen. Da wollte sie wenigstens erfahren, wer es war.

Im öffentlichen Bürgerprofil stand überhaupt nichts, nicht einmal die Kennung des Turmes von dem aus er sich anmeldete. Diese wurde automatisch hinterlegt, aber der getarnte Hacker hatte es offensichtlich geschafft, sämtliche persönlichen Angaben aus der frei zugänglichen Registrierung zu löschen.

Mit normalen Interfaces war so etwas nicht möglich, das wusste Lissa noch sehr gut aus ihrer eigenen Zeit an der Fachschule. In einem Kurs über die Grenzen der Sicherheit hatte sie mit ein paar Freunden Bastel-Interfaces gebaut, die nicht nur die vorhandenen Schnittstellen erweiterten, sondern sie vollständig ersetzten. So ließen sich Verbindungsprotokolle einseitig verändern, ganze Subnetze abhören, und insbesondere konnte man viele planmäßig verborgene Daten anzeigen und speichern lassen.

Das selbst gebastelte Neural-Interface, das Cle allem Anschein nach benutzte, ermöglichte ihm also nicht nur einen Netzzugang ohne natürliche sekundäre Wahrnehmung, sowie unverzerrte Bewegungsfreiheit wie ihre Adapter auch. Es musste auch die tiefer liegenden Zugriffe ersetzen, um Schreibschutz und ähnliche Sperren zu umgehen. Wer auf der Welt könnte das warum nötig haben?

Fragen nach einem Warum schob Lissa gleich beiseite. Wenn Cle ihr gestern nicht nur Märchen erzählt hatte, war auf jeden Fall das Anfänger-Syndrom im Spiel. Dann hatte jemand gerade gelernt, wie etwas ging, und musste es sofort ausprobieren.

Entweder der Typ in orange wollte *nur spielen*, oder sie wusste sowieso noch nichts darüber, mit wem sie es tatsächlich zu tun hatte. Oder spielte sogar eine ganze Gruppe mit demselben Avatar? Wenn dieses Hacker-Interface jeden Ursprung verschleiern konnte, brauchte sie sich auch darüber nicht zu wundern.

Hab ich da nicht noch etwas in der Spielzeug-Kiste?

Ihr eigenes Anfänger-Syndrom hatte Lissa zwar schon seit ein paar Jahren hinter sich, aber dass sie eines ihrer frühen Experimente weggeworfen hätte, daran konnte sie sich nicht erinnern.

Im Koffer war bestimmt kein Platz mehr für alles ...

Sie kniete auf dem kalten Boden, um ihren grünen Koffer aus der Ecke neben dem Terminal zu zerren. Unter dem doppelten Boden lag so einiges an Kleinkram, das sie ausrangiert oder über neuen Projekten vergessen hatte.

In einem Fach an der Seite tastete sie nach der schiefen Kugel aus Modelliergel, streifte die raue, schlampig bearbeitete Oberfläche mit einem Finger, schob ein störendes Kabel weg, packte dann die Kugel und zog sie hervor.

Da bist du ja!

Die schiefe, raue Kugel, aus der zwei genauso hellgraue Kabel heraus führten, war gewiss kein Meisterwerk, was Design und Schönheit anging. Damals, in einem gewissen Kurs an der Fachschule, war es ausschließlich um fehlerfreie Funktion gegangen. Die Hülle sollte nur halten, also die empfindliche Technik darin schützen.

Jetzt wird es schwierig. Wo hab ich den Chip gelassen?

Das Kabel mit zehn Adern und dem Übersetzer in der Mitte war alleine wertlos. Es gehörte ein Programm dazu, das die drei Basis-Schichten der normalen Verbindungsprotokolle überbrückte.

In ihrem Zimmer, in der hintersten Ecke des Schranks, lag eine Schachtel mit Kopien alter Programme. Lissa blätterte durch die Chips, die mit Jahreszahlen beschriftet, aber auch seit Jahren nicht mehr sortiert worden waren. Endlich fand sie das richtige Jahr und ließ die offene Schachtel achtlos vor dem Schrank liegen. Die uralte Speicherkarte lud sie ins Terminal.

Der alte Schülerversuch ließ sich sogleich anstandslos

installieren. *Also ran an die Hardware!* Mit Nagelschere und Pinzette öffnete sie den Anschluss des Sensorsets, schnitt die Adern des normalen Kabels vorsichtig ab. Dann polierte sie die Stelle glatt und klebte die Enden ihres Kabels eines nach dem anderen fest.

Das andere Ende wurde mit ihren neuen Adaptern verbunden. Hier hatte sie von vornherein nur Steckverbindungen verbaut, was die Sache sehr vereinfachte.

Sollte sie diese abenteuerliche Konstruktion wirklich gleich aufs Netz loslassen? *Ein kleiner Test hier im Haus wäre nicht schlecht,* dachte sie, und meldete sich mit einer Gast-Kennung an. Mit einem normalen Datenstirnband dürfte sie jetzt nur Lesezugriff auf frei gegebene Bereiche im Dateisystem haben. Die persönlichen Bereiche der Bewohner sollten völlig unsichtbar sein.

Vor ihr stand der große Schreibtisch mit Voneks Bildschirm in der Tischplatte. Lissa sah die alten schiefen und die neuen formschönen Bauteile vor sich liegen. Das bunte Kabel aus zehn isolierten und verdrillten Adern lief an ihrem Arm entlang hoch zum Stirnband, dessen Elektroden kühl auf ihrer Haut hafteten. In einer zweiten Wirklichkeit, genauso real wie der Tisch, schaute sie in die virtuelle Eingangshalle, in die sie nach der Anmeldung verschoben worden war.

Mit der Handgeste für *Navigation* öffnete sie eine Ansicht auf das Dateisystem. Als Gast sah sie, wie erwartet, nur den ungeschützten Bereich.

Na los, es muss gehen!

Sie dachte sich näher an die Symbole heran. Und dann geschah es. Lissa hatte kaum daran geglaubt, dass ihr Spielzeug heute noch funktionierte, aber dort waren sie. Hinter dem Symbol für den öffentlichen Speicher schimmerte ein Verzeichnis in der Luft. Alle zwanzig Millionen Bewohner des Turms, sortiert nach Stockwerken, Regionen, Orten und Namen, stellten sich symmetrisch geordnet auf.

Lissa streckte die Hand aus und berührte das Symbol für Stockwerk 227. Eine Windrose erschien daneben, sie wählte die nördliche Region. Mit einem Blinken bestätigte die Windrose ihr den Zugriff, das folgende alphabetische Verzeichnis ließ sie ein Dorf und einen Namen auswählen.

Der unbeschränkte Lesezugriff lief also einwandfrei. *Es wird Zeit, den gefälschten Schreibzugriff zu testen,* fand Lissa.

Sie suchte sich einen schönen Namen aus, dachte daran ihn zu ändern – und der neue Name erschien unter dem echten. Das Interface hatte ihn direkt aus ihren Gedanken gelesen, und nun wartete das System auf ihre Bestätigung.

Meine Güte, bin ich heute gemein, dachte sie, als ihre Hand vor dem Abbruch-Schalter halt machte, sich dann fast wie von selbst zum Okay-Schalter bewegte.

Gespeichert!

Irgendein Anton, von dem sie nie zuvor gehört hatte, hieß jetzt Heinz. *Das gibt Ärger.* Sofort änderte sie den Namen wieder zurück und verließ das Dateisystem.

Wieder in der Eingangshalle angekommen, meldete sie sich als Gast ab, und als Alexa, ihr richtiger Zugang, wieder an. Es war schon zehn nach vier.

Jetzt bleibt keine ganze Stunde mehr, um Cle zurück zu verfolgen.

Der geheimnisvolle Cle kam aus der Schule, wenn es hier in Nordwest-Europa drei Uhr Nachts war. Das ergab eine Zeitverschiebung von ungefähr elf Stunden. Ob es wohl Sinn machte, in den Schüler-Verzeichnissen der Fachschulen in Neuseeland und Ost-Asien zu suchen? Nein, in der passenden Gegend gab es fast hundert Häuser mit eigenen Informatik-Schulen, das Gebiet war einfach zu groß.

Lissa entschloss sich, Cles Spuren dort zu suchen, wo er sich garantiert Zugriff erschlichen hatte. Und zwar mit seinen eigenen Mitteln. Andere kannte sie sowieso nicht.

In der Eingangshalle schaltete sie ihren Adapter-Computer dazu. Der virtuelle Raum vor ihrem inneren Auge dehnte sich und breitete sich nach hinten aus.

Wollen wir jetzt Katz und Maus spielen?

In ihren persönlichen Nachrichten lag schon das versprochene Informationspaket von Cle. Es enthielt einen Verweis auf den Raum, den er sich für heute ausgesucht hatte. Sie konzentrierte sich auf den Absender. Das leere Benutzerprofil erschien um sie herum.

Mach schon, diese Ansicht kenne ich doch! Lissa fokussierte einen Punkt hinter den Kulissen aus öffentlichen, aber nicht ausgefüllten Textfeldern. Die Wände aus leeren Feldern verblassten, um den Blick auf die nächste Schicht freizugeben.

Geändert am, geändert von, Versionierung blockiert. Lissa musste breit grinsen, als sie den letzten Eintrag des Änderungsprotokolls sah. Hatte dieser Anfänger tatsächlich einen Anfängerfehler gemacht?

Das müssen wir noch üben, Junge. Sie dachte an das tiefer liegende Zugriffsprotokoll und schob die aus einem Nebel auftauchende Textwand neben sich.

Lektion eins: Wenn du schon brav die Versionierung abschaltest, auch den Namen des letzten schreibenden Benutzers fälschst, dann ...

Sie steckte die linke Hand hinter den Rücken, um keine versehentlichen Steuer-Gesten zu zeigen.

... dann musst du auch den Zeitpunkt des letzten Schreibzugriffs fälschen!

Auf der neuen Textwand fand sie das Datum, filterte die Liste und suchte die Uhrzeit. In der Sekunde, in der Cle sein Profil gelöscht hatte, waren auch siebzehn andere Profile geändert worden. Also schaute sie noch einmal zur zweiten Ansicht des Profils hinüber und sah die Uhrzeit genau an, bis diese sich in Millisekunden und Nanosekunden aufteilte. In dieser Auflösung war der Zeitpunkt im Zugriffsprotokoll eindeutig.

Die Protokollzeile des einzigen Schreibzugriffs, der Cles Benutzerprofil geändert haben konnte, enthielt natürlich, wie immer, die global eindeutige Kennung des schreibenden Benutzers.

Eine Minute vor fünf kam Lissa zurück zur vertrauten Eingangshalle, damit auch zu ihren Nachrichten. Der dort noch immer wartende Verweis brachte sie auf eine öffentliche Austausch-Plattform, die einer belebten Innenstadt nachempfunden war. Sie fand sich auf einer breiten Straße wieder, deren Ränder innen von kleinen Mandelbäumen, außen von Läden gesäumt wurde.

Unter einem rosa strahlenden Blütenbäumchen hockte die orange Figur und wartete auf sie. Lissa setzte sich neben Cle an den Straßenrand.

„Hallo Cle, wie geht es deinem Leguan?"

Cle sprang auf und musste sich kurz am Baumstamm festhalten.

„Woher weißt du von Sally?" zischte er, und ließ den Baum langsam wieder los.

„Nun ja, du hast doch neulich erst in dieser einen Expertengruppe für Reptilien gefragt, was man machen kann, wenn ..."

Lissa redete absichtlich so lässig, als würde sie nur über die Dekoration sprechen. Um nicht zu Cle hoch schauen zu müssen, stand sie auf und lächelte fröhlich, während sie sich virtuellen Sand von der Hose fegte.

„Okay, du hast mich also enttarnt. Hätte ich mir ja gleich denken können. Zeigst du mir wenigstens meinen entscheidenden Fehler?"

„Kein Problem, das mach ich nachher. Wolltest du mir nicht noch etwas über", sie suchte kurz ein gutes Wort, „differenzierende Wahrnehmung erzählen?"

„Das hab ich vor, stimmt. Aber vorher erzählst du mir, was du neugieriges Mädchen über mich heraus gefunden hast. In Ordnung?"

„In Ordnung. Ich hatte ja noch gar keine Zeit, um etwas Relevantes zu finden. Hab nur vorhin kurz zurück verfolgt, in welchen öffentlichen Räumen du dich in den letzten zwei Wochen herum getrieben hast. Außer Rechnern und Leguanen, scheinst du nicht gerade viele Interessen zu haben."

„Doch, hab ich, doch normalerweise melde ich mich mit meinem richtigen Zugang an. Dieser hier ist gefälscht", gab Orange zu, „und wird höchst wahrscheinlich gelöscht, sobald unser Haustechniker etwas merkt."

„Mit einer falschen Kennung solltest du dich aber nicht an Diskussionen beteiligen, aus denen man auf den oder die echte Cle schließen könnte. Gib mir zwei Wochen Zeit, dann finde ich deinen richtigen Namen heraus."

„Ist ja schon gut, du kannst mir später gerne Nachhilfe erteilen. Gestern war ich übrigens noch bis in die Nacht damit beschäftigt, in diversen Foren hinter dir her zu räumen."

„Wie meinst du das?" fragte Lissa. Hatte sie etwas Falsches

geschrieben?

„Du hast mindestens fünf Verweise gesetzt, auf diesen ätzenden Zettel von Dr. Andod. Damit den niemand falsch versteht, hab ich überall noch meine Meinung dazu vermerkt."

Er oder sie setzte sich wieder unter den Baum und zog Lissa am Handgelenk mit hinunter.

„Ich fand das Blatt ganz informativ." Lissa zeichnete mit dem kleinen Finger ein Muster in den Sand, um ihre Hände irgendwie zu beschäftigen. „Was stimmt daran denn nicht?"

„Der Inhalt ist in Ordnung, aber der Stil! Ist dir gar nicht aufgefallen", fragte Cle aufgebracht, „dass dieser Schubladendenker jeden für gestört hält, der nicht exakt nach seiner Vorstellung funktioniert?"

„Dann könnte er ja gleich die ganze Welt therapieren. Bis jetzt hab ich nur diese eine Seite von ihm gelesen. Vielleicht war die ja nur ungeschickt formuliert." Das Muster im Sand zwischen Lissas Füßen bekam noch mehr Schnörkel und Punkte.

„Ja, das könnte man freundlicherweise vermuten, bis man persönlich mit ihm redet." Cles Finger pickten ein vertrocknetes Blatt auf und legten es in die Mitte des Sand-Musters. Dabei fing er an, mehr von Andod zu erzählen.

„Natürlich war ich noch nicht auf Mars-5. Bevor ich zur Universität kann, muss ich noch ein Jahr Fachschule aushalten. Andod war einmal wegen einer Konferenz auf der Erde, da hab ich mich gleich bei ihm gemeldet. Verstehst du, ich wollte mal jemandem treffen, der weiß wovon er redet. Zu Hause versteht ja doch keiner, dass ich nicht falsch, sondern anders höre."

Das Muster im Sand hatte jetzt schon fünf Blätter. Lissa malte noch ein paar Kringel dazu.

„Was hat er gesagt?"

„Am Anfang war er total in Ordnung. Also, seine Konferenz war in dem Turm in Alaska, darum habe ich ihn nur im Netz getroffen ..."

„Ost-Asien ist davon ja fast so weit weg, wie der Neuseeland-Turm."

„Wie bitte?" Cle schaute alarmiert auf. „Eben hieß es noch, du hättest nur ein paar Diskussionen zurück verfolgt."

Mit ihrem unschuldigsten Blick fügte Lissa ein Steinchen in ihr Sandmuster ein und erklärte: „Hab ich ja auch nur. Deine Zeitzone hast du selber verraten. Du kommst von der Schule, wenn es bei mir drei Uhr früh ist."

„Ach, verdammt! Du musst mir unbedingt Nachhilfe geben. Was du so alles heraus findest ... ich hab Andod also im Netz getroffen. Natürlich nicht hier, sondern in einem geschlossenen Raum.

Zuerst hat er mich einen komischen Test machen lassen, der feststellen sollte, ob ich wirklich keine sekundäre Wahrnehmung habe, sie also nicht nur sehr schwach ist. Als ich dann später erwähnt habe, dass ich in der Schule schon öfter Probleme hatte – beziehungsweise die Lehrer mit mir ein Problem hatten, insgesamt war ich nämlich immer ganz gut – da hat er auch meine Eltern und den Klassenlehrer eingeladen. Hat ganz sachlich erklärt was Halbsichtigkeit ist, wie sie vermutlich entsteht, und dass er das Phänomen nicht für krankhaft hält. Draußen komme ich schließlich bestes zurecht.

So weit, so gut. Trotzdem haben die bekloppten Erwachsenen mir nach dem Gespräch davon abgeraten, etwas mit Datenverarbeitung zu studieren. Damit wäre ich früher oder später überfordert, meinten die. Also hab ich's erst recht gemacht."

„Und was Andod damit zu tun?"

„Der Teil kommt gleich. Meine Eltern waren also überzeugt davon, dass Datenverarbeitung die falsche Beschäftigung für mich wäre. Also bin ich nochmal zu Andod ins Netz gegangen. Eigentlich wollte er an diesem Tag schon zurück zur Raumstation fliegen, ich hab ihn gerade noch erwischt. Und was erklärt der mir?

Der sagt mir einfach so, dass ich mich doch lieber nach Aufgaben umsehen soll die weniger mit Software zu tun haben. Die Benutzer-Schnittstellen wären leider für *gesunde* Menschen gemacht. Da benutzt der Typ doch tatsächlich das Wort *gesund* für alle, die nicht wie ich sind. Aber nein, ich hab ja keine Krankheit, nur eine harmlose Entwicklungsstörung.

Wenn er selber glauben würde, was er aus politischer Korrektheit schreibt, hätte er mir wenigstens eine Chance gegeben."

Lissa fegte einen Teil des Sandmusters weg, um ihn neu zu malen. „Dazu fällt mir nur ein Wort ein, das in die Schublade *sagt-man-nicht* gehört. Aber du hast ja alles richtig gemacht, du bist heute trotz allem Programmierer. Wie lange hast du gebraucht, um dein Interface zu entwickeln?"

Darin bestand der nächste Teil von Cles Geschichte.

„Wie man die Dinger überhaupt selbst basteln kann, hat mir eine Hacker-Gruppe beigebracht, die ich an der Fachschule kennen gelernt hab. Die haben mir auch die erste Version programmiert. Erst danach konnte ich richtig am normalen Unterricht teilnehmen; mit den herkömmlichen Geräten war ich viel zu langsam."

„Und als systemnahe Technik auch im Unterricht dran kam, hast du dein Interface noch weiter verbessert?"

„Aber klar doch! Nach und nach hab ich so viele Erweiterungen eingebaut, dass ich damit sogar mehr kann, als die anderen Schüler. Leider musste ich alles alleine machen, nachdem die Hälfte meiner Gruppe wegen illegalen Experimenten von der Schule geflogen war."

„Pass bloß auf, dass du nicht als Nächstes fliegst", bemerkte Lissa, der ein ganz deutliches Anfänger-Syndrom auffiel.

„Ach was, so schlimm wie die bin ich wirklich nicht."

„Deinen zweiten Zugang löschst du noch heute?"

„Ja, mach ich. Zeigst du mir nachher auch, wie man Spuren richtig löscht? Ein paar Erweiterungen haben wir beide unabhängig voneinander entwickelt. Ich bin mir jedenfalls sicher, dass du sie auch hast. Das sieht man."

„Eine natürlich-räumliche Darstellung der Umgebung, sowie direkte Umleitung von Bewegungen. Man sieht es dir an."

Dieses Interface baue ich nach, dachte sie. *Für Vonek. Und für mich.* Wenn Cles Programm-Oberflächen alle Daten auf die primäre Wahrnehmung projizieren konnten, dann waren alle anderen Kanäle frei. Vielleicht sogar für mehrere, parallele Räume.

„Verrätst du mir auch, unter welchem Titel du dein Projekt eingetragen hast? Zu gerne würde ich versuchen eine Kopie für Vonek zu basteln."

„Wer ist Vonek?"

„Wegen ihm bin ich doch überhaupt erst hier her gekommen", erklärte sie, als ihr einfiel, dass sie tatsächlich noch keinen Namen genannt hatte.

„Ach so, dein Techniker. Der Typ der es sich in der Hardware-Welt bequem gemacht und die zweite Wirklichkeit abgehakt hat."

„Zweite Wirklichkeit?"

„Soll dieses virtuelle Universum hier", Cle zeigte auf die Straße und die Spaziergänger, „etwa weniger echt sein?"

„Nein, ich rechne normalerweise aber nur mit einer Realität, die dafür mehrere Ebenen hat."

„Auch eine treffende Vorstellung."

„Also, hast du das Projekt nun offiziell eingetragen?"

„Bin ich blöd? Dann sieht sofort jeder, dass mein neues Neural-Interface auf einem Prototypen basiert, dessen ursprüngliche Erfinder ein halbes Jahr später wegen Identitätsdiebstahl zu Zugriffsbeschränkungen und Schulverweisen verdonnert wurden."

Cle warf ein Steinchen mitten ins Sand-Muster und zeigte ihr einen Vogel.

„Dann wird man nach früher eingebauten Hacks suchen und dabei meinen eigenen finden. Entschuldige bitte, aber das sind dann keine akzeptablen Forschungsbedingungen mehr."

„Ist ja in Ordnung, Cle! Falls es dich interessiert, mein Interface, zumindest der legale Teil, ist in der globalen Technologie-Datenbank als Projekt eingetragen. Ich stelle sogar jede Woche einen aktuellen Statusbericht zusammen. So könnte jeder alles gleich nutzen, wenn sich denn jemand trauen würde."

„Und warum traut sich keiner?"

„Meine Adapter greifen ziemlich radikal in die Wahrnehmung ein", vermutete sie. Das musste es sein, wovor die meisten Kritiker tatsächlich Angst hatten.

„Die Universität fördert das Projekt zwar ohne Ende, man

hat mir sogar einen idealen Arbeitsplatz organisiert. Aber die Kritik einzelner so genannter Wissenschaftler reicht von *überfordert die meisten Menschen*, bis zu *wer es schafft, damit effizient zu arbeiten, hat sich schon so umgestellt, dass er in der Außenwelt nicht mehr zurecht kommt.* Sag mal, kannst du dir vorstellen, an zwei Orten im Raum gleichzeitig zu sein?"

„Klar, das muss so ähnlich sein, als wenn man die Augen offen behält, während man etwas mit einem herkömmlichen Sensorset macht."

„Geht das auch mit drei oder vier Orten?"

„Mit etwas Übung lassen die sich bestimmt auch noch koordinieren", meinte Cle ganz zuversichtlich.

„Mit Stufe drei kämst du dann zurecht. Und könntest du gleichzeitig an jedem Ort etwas anderes tun? Das ist Stufe vier."

„Das könnte schon schwierig werden. Was ändert sich in Stufe fünf?"

„Da führe ich zusätzliche Raum-Dimensionen ein", erzählte Lissa, als wäre es das Normalste der Welt. „Drei sind auf Dauer etwas wenig, finde ich."

„Nun ja, ich kann mir gut vorstellen, dass die normale Raumzeit viel zu flach wirkt, wenn man sich erst mal daran gewöhnt hat. Aber warum sollte jemand sich nicht mehr zurecht finden? Im Gegenteil, das wäre ein Intensiv-Training für die räumliche Vorstellungskraft."

„Endlich versteht mich mal jemand", fand Lissa, während sie das verwischte Muster um die Steinchen herum neu zeichnete. „Ich bin mir ziemlich sicher, dass dein geheimes Projekt vielen Leuten helfen könnte, die mit virtuellen Raum so ihre Probleme haben. Ich hab da eine Idee, wie wir es anonym veröffentlichen können."

Cle ließ ein Blatt fallen, das er gerade in ihr Sand-Muster legen wollte, und schaute sie erwartungsvoll an.

„Wie denn?"

„Wir lassen es offiziell von jemand anderem erfinden."

„Nette Idee. Hast du schon jemanden dafür im Adressbuch?"

„Natürlich nicht, es ist mir nur gerade so eingefallen. Also, was hältst du davon: Auf der Raumdesign-Fachschule in meinem Turm dürfen die Schüler jedes Jahr einen Monat für ein Praktikum oder aufwendige Experimente frei nehmen. Ich biete einfach eine Stelle für einen Praktikanten an ..."

„... und der *erfindet* dann mit dir zusammen mein Interface."

„Genau so. Später kannst du das Projekt dann wieder *übernehmen*."

„Das hört sich gut an, einen Versuch ist es wert. Falls du mehrere Bewerber für den Praktikumsplatz hast, schick mir bitte eine Liste. Ich möchte mir mein Pseudonym dann selbst aussuchen."

„Mach ich, gar keine Frage! Soll ich dir jetzt noch schnell zeigen, wie du die Spuren deines gefälschten Zugangs vollständig entfernen kannst?"

„Kannst du nicht aufpassen?" fuhr Tim einen fremden Jungen an. Dann wandte er sich wieder Laras Hausaufgaben zu. Sie hockten auf einer niedrigen Mauer in der Pausenhalle, die eigentlich gar keine Halle war, sondern ein breiter, verwinkelter Gang aus bunt gekachelten Mauern, glänzenden Glastüren, rankenden Zimmerpflanzen und herum liegenden Schultaschen.

Lara lachte leise hinter der Folie, die sie vor der nächsten Stunde noch lesen wollte. *Tim ist eine faule Sau,* dachte sie und unterdrückte ein Kichern, *aber irgendwie niedlich.* Es war erst ihre zweite Woche auf der Fachschule, doch schon schrieb jemand ständig von ihr ab.

„Hast du dir schon die freien Stellen fürs Sommer-Praktikum angeschaut?"

Lara glaubte nicht wirklich daran, dass Tim sich jetzt schon Gedanken über etwas machte, das noch länger als zwei Tage hin war. In der letzten Pause hatte sie die Angebote kurz überflogen und konnte sich schon jetzt nicht entscheiden.

„Vielleicht bewerbe ich mich einfach überall und warte ab, welche Stelle ich zuerst bekomme."

„Du hast wohl zu wenig zu tun", bemerkte Tim. „Ich warte noch ab, bis alle Angebote veröffentlicht sind. Sonst taucht mein Traum-Praktikum genau dann in der Liste auf, wenn ich gerade für ein anderes zugesagt habe."

„Oder du darfst einen ganzen Monat langweiligen Kram machen, weil alle guten Plätze schon weg sind." Sie zog ihrem neuen Freund die Hausaufgabe weg, steckte alle herum liegenden Folien in ihre Tasche. „Wir sollten langsam wieder zum Klassenraum gehen, sonst kommen wir noch zu spät."

Viele Stockwerke darunter, im Rechenzentrum unter der Erde, formulierte Lissa ihre Anzeige, die bald zwischen allen anderen in den Schulnetzen der drei passenden Fachschulen aufgelistet stehen würde.

Es schien eine Ewigkeit her zu sein, dass sie selbst Listen mit Praktikumsplätzen durchsucht hatte. Sie kopierte ein paar ähnliche Anzeigen und versuchte den Text einfach anzupassen.

Schließlich hielt sie ihre Formulierung für akzeptabel. Also schickte sie es ab. Jeder Schüler konnte das Stellenangebot jetzt lesen, in der Raumdesign-Fachschule, der Fachschule für Datenverarbeitung, und auch in der wählerischen Privatschule, die ebenfalls Raumdesign und Programmierung unterrichtete.

Fachrichtung	Entwurf von Benutzer-Schnittstellen
Voraussetzungen	keine
Schwerpunkte	– Abbildung bekannter Programme auf angepasste Umgebungen. – Design für eingeschränkte Benutzer. – Hoch verdichtete Darstellung großer Datenmengen.
Einsatzort	Basis
Anbieter	Haustechnik

Die Anzeige sortierte sich ein – zwischen einem Praktikumsplatz beim Betreiber einer Foren-Plattform und einer Stelle bei einem kleinen Entwickler-Team, das bisher noch keine brauchbaren Produkte veröffentlicht hatte. Dort fand Lissa sie sehr gut aufgehoben.

Bei den Worten *Basis* und *Haustechnik* würden viele Anfänger schon gar nicht mehr weiter lesen. Die Größte der wenigen nicht frei zugänglichen Sicherheitszonen von innen zu sehen, danach waren fast alle Jugendlichen verrückt.

Zehn Verschlüsse klickten an zehn Schultaschen, an Laras Platz klickte auch ein Speicherchip.

„Warum lässt du das Programm nicht in deinem Verzeichnis?" fragte Tim neben ihr, der gerade seine Notizen-Folie aufrollte.

„Ich mache mir lieber auch eine Kopie, falls ich aus Versehen etwas lösche. Oder falls es so wegkommt, wie mein Zettel!"

Lara schubste Tims Hand weg, zerrte ein halb beschriebenes Blatt aus der Rolle. „Das war meins!"

Tim schüttelte seine Folie aus, aber es fielen keine weiteren Zettel heraus. Also rollte er sie wieder auf und steckte sie in die Tasche. „Oh, tut mir leid. Du schreibst immer so wenig mit, kannst du dir alles sofort merken?"

„Eigentlich erklärt sich das meiste von selbst. Schreiben wir die Übung für morgen wieder zusammen zu Ende?"

„Vielleicht. Erstmal möchte ich aber versuchen, das alleine zu verstehen. Gehen wir wieder ein Stück zusammen nach Hause?"

Lara und Tim hatten zur Hälfte den gleichen Weg, so dass sie bis zur Kreuzung Distelstraße/Tannenweg zusammen gehen konnten. Doch heute war Lara in Gedanken schon ein paar Wochen in der Zukunft.

„Ich gehe aber noch nicht sofort", antwortete sie. „Weißt du, ich möchte echt nicht riskieren, dass mir jemand die beste Stelle wegschnappt, so dass ich den ganzen September lang komischen Kram bei komischen Organisationen machen muss."

Tim zuckte nur mit den Schultern, schwang sich seine Tasche auf den Rücken und meinte: „Das ist doch noch eine Weile hin. Außerdem sammeln die meisten Organisationen erst alle Bewerbungen, bevor sie den Besten auswählen. Nicht den Schnellsten."

„Lass und trotzdem mal gucken!"

In der langen Halle zog sie Tim zum nächsten Info-Stand hinüber und ließ die Liste an der gelb-orange gemusterten Wand anzeigen.

„Auf dem Hintergrund kann man gar nichts lesen!" Damit winkte er den Text ein paar Zentimeter weiter in die Halle.

„Jetzt stehen wir aber im Weg." Lara schaute über die Schulter in zur Tür strömende Schüler-Fluten und schob die Liste wieder ein Stück zurück. Hinter ihr hatte sich schon eine kleine Gruppe versammelt, die auf Zehenspitzen ebenfalls nach besonderen Praktikumsplätzen Ausschau hielt.

„Das hier könnte interessant sein." Sie zeigte auf den Eintrag einer Abteilung für Tests und Fehlersuche.

„Da steht aber, man braucht gewisse Vorkenntnisse."

„Dann eben nicht. Was ist mit dem hier?"

Diesmal stoppte der langsam aufwärts fließende Text bei einer Anzeige in der *keine Vorkenntnisse, nur echtes Interesse* gefordert wurden. Anbieter war ein *loser Verband von Software-Forschern.*

Grinsend kopierte Tim den Eintrag in seine Notizen-Folie. „Das ist garantiert ein fröhlicher Verein auf der ewigen Suche nach dem endgültig perfekten Betriebssystem."

„Oder ein privates Labor, in dem heute die Software entwickelt wird die in zehn Jahren überall läuft."

Auch Lara kopierte sich die Anzeige, dann ließ sie die Liste einen Eintrag weiter laufen und starrte mit offenem Mund auf die letzten zwei Zeilen.

„Die Basis selbst sucht einen Praktikanten!"

Hinter ihr raschelten ein paar Folien. Tim schaute seine Freundin ungläubig an.

„So etwas hat es seit fünf Jahren nicht gegeben."

„Woher weißt du das?"

„Der große Typ rechts hinter mir hat es eben gesagt. Der links hinter mir auch."

Lara speicherte auch diese Anzeige, dann steckte die Folie ein.

„Sollen wir uns wirklich bewerben?" fragte Tim etwas unsicher.

„Natürlich", erwiderte Lara, „hier steht es doch: Keine

Vorkenntnisse erforderlich. Diese Chance bekommen wir vielleicht nie wieder. Jedenfalls wollte ich in fünf Jahren nicht mehr hier sein."

„Sie werden höchstens einen von uns nehmen."

„Wahrscheinlich keinen. Aber wir müssen es trotzdem beide versuchen, okay?"

Leise zischend öffnete sich der Transportschacht, der direkt in den Ersatzteil-Lagerraum ein Stockwerk über dem Rechenzentrum führte. Eine faustgroße, silbern glänzende Fliege flatterte auf hauchdünnen Kunststoff-Flügeln daraus hervor.

Lissa stand vom Terminal auf, stoppte den fliegenden Roboter und hob mit zwei Fingerspitzen ein schwarz lackiertes Metallteil von seinem Rücken.

„Was schleppst du denn durch die Gegend?"

Es war eine der Dichtungen, die jedes Jahr erneuert werden mussten. *Die sind doch alle noch so gut wie neu,* erinnerte sich Lissa an den Wartungsplan, *und werden außerdem von einfachen Saison-Arbeitern gewechselt.*

Was um alles in der Welt war da unten im Kraftwerk los? Mit der schwarzen Dichtung in der Hand folgte Lissa dem Roboter die Treppe hinunter. Auf der letzten Stufe angekommen, hörte sie schon eine vertraute Stimme durch einen zitternden Wald aus abschirmenden Vorhängen.

„Lissa, bist du das? Du kannst wohl Gedanken lesen. In welchem Abschnitt ist jetzt die Temperatur in der vierten Fusionskammer?"

Sie schob einen der grauen Vorhänge beiseite, hielt die Lampe an ihrem Armband vor die Temperatur-Anzeige. Dort erkannte sie einen grünlichen Schatten.

„Ist alles mitten im grünen Bereich", versicherte sie.

Als sie sich eine Haarsträhne aus dem Gesicht wischte, warf die Lampe einen weißen Fleck an die Decke. Sie fluchte stumm über die kaputte Hintergrundbeleuchtung und schaltete ihr eigenes Licht wieder ab. Hinter dem zweiten Vorhang stieg ihr ein dünner Geruch von verbrauchtem Reparatur-Staub in die Nase, hinter dem nächsten abschirmenden Gewebestreifen hielt sie die Luft an.

„Warum rufst du mich denn nicht gleich?"

Sie drückte Vonek die Ersatz-Dichtung in die Hand und griff reflexartig nach einer Rolle Isolierung, als sie das rauchende Kabel über sich sah.

„Es ist doch gar nichts passiert, jedenfalls nichts Größeres." Mit der freien Hand fegte er den Rauch zur Lüftung hoch. „Das sind nur wieder diese Bastler mit der neuen Fabrik. Sind vor ein paar Tagen ans Netz gegangen und hatten vorher den Energieverbrauch zu niedrig eingeschätzt. Natürlich hat ihnen gestern die Sicherung den Strom abgedreht", er streute eine handvoll Reparatur-Staub über die Dichtung, woraufhin die letzten Lücken sich von selbst versiegelten, „und was macht deren Spinner vom Dienst?"

„Überbrückt diverse Sicherungen oder zapft gleich den Nachbarn an?"

„Nein, noch naiver. Jemand hat sich in die Datenbank der automatischen Regulation gehackt und dem Gebäude einfach mehr Leistung zugeteilt." Vonek lächelte über so viel Dummheit. „Nur eine Viertelstunde später hat sich der Kühlkreislauf überhitzt und den Reaktor abgeschaltet. Der Rest der Stadt wird vom Notsystem problemlos versorgt, aber diese Nervensägen lass ich bis morgen im Finsteren."

Inzwischen hatte Lissa die schmorende Isolierung wieder zusammen geflickt. Die Hitze, in welcher der weiße Kunststoff geschmolzen war, kam von einem Rohr, das nur Zentimeter daneben verlief. Das hatte sich bereits auf eine erträgliche Temperatur abgekühlt. Also war sie einem in der Nähe schwebenden Roboter die restliche Rolle Isoliermaterial zu.

„Da wollte sich bestimmt ein ahnungsloser Bastler ein paar Taler für dieses ach-so-tolle neue Spiel verdienen. Soll ich mir den mal vornehmen? Wenn der spielen darf, will ich auch."

Als er Lissas schadenfrohes Gesicht sah, musste Vonek noch einmal lachen. *Was für ein gemeiner Vorschlag!*

„Von mir aus – aber sprich es bitte vorher mit der Verwaltung ab, die haben etwas gegen willkürliche Selbstjustiz."

„Hey, das ist eine *Erziehungsmaßnahme*."

„Dafür ist die Abteilung für Schule und Erziehung zuständig, ruf am besten Merle an. Die freut sich, wenn sie einen Fall an *Profis* delegieren kann."

Als alle Reaktoren wieder einwandfrei arbeiteten – und die jaulende Lüftung mit dem Rauch so weit fertig geworden war, dass man wieder ohne drohende Heiserkeit reden konnte – bestand Vonek auf einen Kontroll-Rundgang durch den betroffenen Abschnitt des Kraftwerks.

Das kam Lissa gerade recht, um von dem oder der geheimnisvollen Cle zu berichten, der/die mit einem selbst entwickelten Sensorset sogar *normale* Netz-Benutzer übertraf. Natürlich war ihr nach Reparatur-Staub und schmelzendem Plastik duftender Freund von dieser Vorstellung begeistert. Erst recht von dem Vorschlag, eine Kopie davon im eigenen Keller aufzubauen.

„Nächsten Montag schau ich mal nach, wie viele Bewerbungen für das Praktikum wir haben", beendete sie ihre Geschichte auf der Treppe nach oben.

„Na, dann wird es aber ganz schön voll hier unten, mit noch einem Erfinder", bemerkte Vonek. „Wirst du den Ärmsten schon mittags oder erst abends nach Hause schicken?"

„Machst du schon wieder gemeine Scherze? Wenn es dir besser passt, lege ich die Arbeitszeiten für unseren kleinen Lehrling so zurecht, dass du ihn gar nicht zu sehen bekommst."

Die Wolke aus fünfundvierzig fliegenden Robotern verschwand gerade in ihrer Kammer, als die beiden Techniker wieder in ihrer *Wohnung* hinter Netzwerk-Knoten und Klima-Steuerung ankamen.

„Ich schau noch kurz nach, ob Cle mir schon einen neuen Link geschickt hat," sagte Lissa. „Machst du irgendwas zum Abendessen?"

„Ja, nachher", lenkte Vonek ein. Denn wie er schon nach wenigen Tagen festgestellt hatte, würde Lissa früher oder später verhungern, wenn er ihr nicht ab und zu eine Scheibe Brot ans Terminal brachte.

Ein Informationspaket von Cle wartete tatsächlich schon in Lissas Nachrichten. Ein Verweis ins Netz fehlte. Auf eine schlüssige Ausrede hoffend, überspielte sie sich das Paket ins

Gedächtnis.

Wie ein zerrissenes Taunetz ließen sich viele Punkte aus künstlichen Erinnerungen nieder. Sie formten das schattenhafte Traumbild eines Fluchtversuchs. Cle hatte nicht vor, sie noch einmal zu treffen.

Etwas an diesem Informationspaket war ungewohnt. Es enthielt nicht nur neutrales Wissen, welches sich im Kopf des Empfängers einsortierte. An diesen Daten hingen menschliche Gefühle – welche die groben Filter eines Neural-Interfaces nicht überspringen konnten. Ob das ein weiterer Hack von Cle war?

Dunkle Nebel von unbestimmter Angst überlagerten das Wissen darüber, dass er oder sie den gefälschten Zugang wie versprochen löschen würde. Mit der normalen Kennung traute Cle sich nicht mehr, die gleichen Räume zu betreten, in denen er vorher schon aufgefallen war.

Und schattenhaft eingeprägte falsche Freunde fragten nach, wo er ständig war. Eine schwarze Wand zerriss zu grellen Blitzen der Erkenntnis, dass jemand sich an den falschen Cle erinnern und so den echten erkennen würde. Die Foren!

Daten konnte man aus Speichern löschen, jede Spur von ihrer früheren Existenz für alle Zeiten löschen. Aber wenn sie bereits gelesen waren, blieb eine blasse Kopie übrig, im Gedächtnis des Lesers.

Es war egal, wie nie-da-gewesen die zweite Kennung fürs Netz war. Genug Menschen hatten Cle im Netz getroffen oder auf hinterlegte Nachrichten geantwortet. Je öfter der echte Cle im Netz auftrat, desto wahrscheinlicher wurde es, dass sich jemand erinnerte, die Person hinter dieser virtuellen Fassade schon einmal getroffen zu haben.

Lissa kehrte in den realen Raum zurück und starrte ein paar Minuten lang die beruhigend eintönige Wand an.

Eine faszinierende Funktion, einfach irre, dachte die Forscherin in ihr.

Dort gerät ein überfordertes Kind grundlos in Panik, dachte der Rest.

Was konnte Cle nur angestellt haben, um sich von einem Tag zum anderen so radikal zurück zu ziehen?

Keine Frage, sie musste den echten Cle finden. Die global eindeutige Kennung des falschen Zugangs hatte sie noch – aber dummerweise hatte Lissa selbst ihm gezeigt und erklärt, wie man sämtliche Spuren einer Kennung aus dem Netz entfernte. Keine Chance, da war nichts mehr zu finden.

Was hab ich sonst noch in der Hand über dieses orange auftretende Etwas?

Lissa zählte alle Fundstücke auf, die sie nach ihrem ersten Treffen gesammelt hatte. Cle hatte in allen Text- und Video-Nachrichten, die er in vier verschiedenen Expertengruppen hinterlassen hatte, immer einen ähnlichen Stil durchscheinen lassen.

Dann war da noch Sally der Leguan. Millionen von Menschen hielten Leguane. Aber war Sally ein verbreiteter Name für grüne Echsen?

Auf jeden Fall würde sie eine kleine Ewigkeit brauchen, darin fühlte sich Lissa sicher. Jeder Anhaltspunkt, der auf den echten Cle hinweisen konnte, musste gegen die internen Zugriffsprotokolle der jeweiligen Plattform geprüft werden. Danach würde sie immer erst ihre eigenen Spuren löschen müssen. *Viel zu kriechend langsam,* fand sie diese primitive Vorgehensweise.

Irgendwann, fiel ihr endlich ein, *muss ich die fünfte Stufe der Simulation einmal bei voller Auslastung testen.*

Plötzlich fest entschlossen, öffnete sie den Verschluss des Datenstirnbands und zog es fester, bis sich die kleinen Elektroden an der Innenseite tief in ihre Stirn gruben.

Jetzt ist eine einmalige Gelegenheit!

Jeder Millimeter würde die Signalstreuung verringern und sie schneller sehen lassen. Die mehrdimensionale Projektion war ein sensibles Gebilde, das schnell ungenau erschien, wenn die exakt berechneten Signale der Schnittstelle auf dem letzten Übertragungsweg gestört wurden. Streuung bremste, denn dann müsste sie innehalten, um sich neu zu konzentrieren.

Die kühlen Sensoren stachen auf ihrer Haut, als Lissa den Verschluss zu drückte, die Verbindungen ihrer selbst gebauten Hardware noch einmal prüfte, und sich schließlich anmeldete.

Gleich ist es vorbei, sagte sie sich dabei.

Durch fast zwei Millimeter weniger Streuung musste die Simulation realer werden als die Außenwelt. Letztere würde von einer wirklicheren Welt überstrahlt werden und aus ihrem Bewusstsein verschwinden, mit ihr auch der eisige Schmerz auf der Stirn.

Nachdem das Terminal ihre Anmeldung bestätigt und sie in die Eingangshalle gestellt hatte, schaltete sie um. Der Schreibtisch war fort. Der Stuhl war fort, aufgelöst mitsamt dem Menschen darauf. Von hier an gab es nur noch eine Welt – eine so intensive, *reale* Welt, dass alles zuvor gewesene in einem längst vergangenen Traum verschwamm.

Soll ich wirklich gleich zur fünften Stufe umschalten?

Der letzte Test mit der achtdimensionalen Raumzeit war besser als erwartet verlaufen. Ihr Testraum war schon eine halbe Stunde lang stabil geblieben, bevor sie die Orientierung verloren und den Versuch gestoppt hatte.

Nun gut, es geht los!

Vor ihrem geistigen Auge baute sie die Schalter auf. Einen nach dem anderen stellte sie sich die grau-gelben Hebel vor, alle identisch, von 0/links nach 9/rechts nummeriert.

Die ersten vier Schalter waren bereits nach unten geklappt, über die Stufen null bis drei dachte Lissa nach stundenlangen Versuchen mit ihren Testprogrammen schon gar nicht mehr nach. Die nächsten zwei Schalter warteten auf den richtigen Gedanken, bewegten sich langsam auf halbe Höhe, und klappten dann genau gleichzeitig um.

Der Raum wurde keineswegs größer oder lauter. Er wurde nur *räumlicher*. Über den drei üblichen Raumdimensionen stapelten sich vier weitere auf. Lissa spürte ihre Gegenwart sofort, sie konnte die matt glänzenden Wände sehen, so wie Musik, Stimmen, Bewegung und Wind in einem Zimmer.

Nach wie vor weigerte sich ihr Bewusstsein, mehr als nur drei Dimensionen in das Bild *vor* ihren Augen aufzunehmen. Also blieben sie im Hintergrund, zwischen allen gewohnten sekundären Kanälen.

Mit der mehrfach erweiterten Projektion kam Lissa noch schneller voran, als sie es sich zugetraut hatte. Nachdem sie die vier Austausch-Plattformen, in denen Cle vor Kurzem über technischen Kleinkram geredet hatte, auf jeweils einer Ebene abgebildet und erfolglos nach Beiträgen von ähnlichen Personen durchforstet hatte, nahm sie sich den virtuellen Raum der Tierfreunde vor, in dem sie den Hinweis auf Sally Leguan gefunden hatte.

Der Beitrag war natürlich gelöscht. Dafür gab es in anderen dort hinterlegten Nachrichten viele niedliche Bilder von bunten Echsen, so dass Lissa sich fast wie im Zoo vor kam.

Sally war ein grüner Leguan. Woher wusste sie das überhaupt? Offenbar hatte Cles inzwischen gelöschtes Informationspaket auch ein Foto enthalten. Fast jedes Paket enthielt hier Tierfotos, in diesem Forum schien das ein verspielter Brauch zu sein.

Bestimmt erinnert sich jemand an Sally, hoffte Lissa, öffnete das Grafik-Programm und versuchte, sich so gut wie möglich an das Bild zu erinnern, das sich noch in ihrem Gedächtnis befand. Der grüne Leguan erschien im Zeichenwürfel, vielleicht nicht ganz wie das Original, aber hoffentlich ähnlich genug.

Mit dem gespeicherten Leguan-Bild in der Hand suchte sie nach dem offenen Raum, in dem sich die Tierfreunde in Echtzeit trafen. Sie fand die schlampig gezeichnete, kitschige Simulation eines Waldrandes. Lissa setzte ihren ahnungslosesten Gesichtsausdruck auf. So stellte sie sich zu einer Gruppe von fünf Leuten und fragte höflich.

„Entschuldigung, ich möchte ja nicht stören, aber habt ihr letztens jemanden mit diesem Leguan gesehen? Mein Kleiner hat die gleiche komische Entzündung an den Zehen. Neulich stand hier noch, was man am besten dagegen macht, aber heute finde ich den Beitrag nicht mehr."

Die fünf schauten das Foto an, kommentierten es mit „oh wie süß" und „das sieht aber gar nicht gut aus". Schließlich zeigten sie auf eine andere Gruppe, die sich unter und auf einem großen Baum versammelt hatte.

„Wir kennen uns leider nur mit Spinnen aus."

„Die Echsen-Experten treffen sich da drüben."

„Frag mal den mit dem hellblauen Hemd!"

Sie bedankte sie freundlich und gesellte sich zu den

Echsen-Experten. Der Mann im hellblauen Hemd saß auf dem untersten Ast des Baumes, wo er mit einem Mädchen diskutierte das am Stamm lehnte.

Ruhig wartete Lissa unter dem Ast, das Bild gut sichtbar in der Hand. Bis die beiden ihr Gespräch unterbrachen, um sie fragend anzusehen. Dann wiederholte sie die Geschichte vom verschollenen Beitrag.

Das Mädchen am Baumstamm nahm ihr das Foto aus der Hand, um die rote Kralle besser sehen zu können.

„Der Kleine ist wohl auf ein giftiges Blatt getreten. Das kommt davon, wenn man sie aus dem Terrarium lässt, ohne vorher die Zimmerpflanzen weg zu räumen. Hast du da nicht neulich jemandem eine Salbe empfohlen?"

Sie reichte das Foto dem Mann auf dem Ast, der es vor sich in der Luft hin und her rotieren ließ.

„Ja, stimmt, das war vor ein paar Tagen. Hab für den Typen extra den kryptischen Namen von einer Tube abgeschrieben, die ich für meine Echsen immer in der Hausapotheke habe."

Er öffnete ein Verzeichnis vor seiner linken Hand, griff eine Datei heraus und warf sie zu Lissa hinunter.

„Hier steht der Name drin, du kannst ihn einfach an die nächste Apotheke schicken. Und ab jetzt passt du besser auf deinen Leguan auf, in Ordnung?"

„Oh, danke!" Lissa verstaute den Namen in der Hosentasche. „Wo kann ich das am besten bestellen, wenn meine Apotheke es nicht hat?"

„Neu hier? Schau mal dort hin", er zeigte zwischen zwei Sträuchern hindurch, wo eine Hütte im Wald stand. „Wie heißt denn dein Leguan?"

„Mona und Nini heißen sie, ich halte zwei zusammen."

„Süße Namen", lächelte er.

„Stell mal ein paar Bilder hier rein", rief das Mädchen ihr hinterher, als sie bereits zur Hütte lief.

Darin befand sich ein Zooladen, in dem man alle Arten von Tier-Zubehör bestellen konnte. Zwischen Käfigen, farbenfrohem Futter und Spielzeug in allen Größen sah Lissa sich um, bis die Verkäuferin sie ansprach.

„Äh, guten Tag," erwiderte sie, „ich suche das hier ..." sie zog eine Kopie des Namens aus der Tasche, schob ihn unsicher über den Ladentisch. Unglaublich blöd kam sie sich dabei vor.

Die Verkäuferin warf einen kurzen Blick auf die Datei, welche hier als kleiner, weißer Zettel dargestellt wurde, und ließ sich eine Liste anzeigen.

„Das wurde vor ein paar Tagen erst nachgeliefert. Wir haben ein paar Tuben im Lager, aber ich muss noch eben prüfen, ob sie nicht schon vorbestellt sind."

Eine weitere Liste öffnete sich neben der ersten.

Die aktuellen Bestellungen ... Lissa war absolut sicher, dass Cle das Medikament hier bestellt hatte. Wer sich den halben Tag mit dem Netz befasste, war einfach nicht der Typ der zur Apotheke an der Ecke ging, um nach Salbe für Leguane zu fragen. Selbstverständlich musste er dafür seine wahre Identität verwendet haben. ... *jetzt oder nie!*

Während die Verkäuferin mit der Liste beschäftigt war, schloss Lissa kurz die Augen. Sie konzentrierte sich auf die unsichtbaren Dimensionen und blendete sich aus dem virtuellen Raum aus. Die sichtbare Oberfläche des Tierforums brauchte sie jetzt nicht mehr.

Ihr altes Bastel-Interface übernahm automatisch die geöffnete Datenbank. Tabellen und Verknüpfungen standen wie halb transparente Gitter unübersichtlich im Raum und blockierten gegenseitig die Sicht aufeinander.

In dieser Ansicht musste sie erst einmal Ordnung schaffen. Jede Tabelle der Zooladen-Datenbank konnte auf genau einer begrenzten Fläche angezeigt werden. Sie stellte so viele Tabellen-Wände um sich herum auf, wie sie überblicken konnte. Damit war der normale Raum voll.

Mit den restlichen Tabellen tapezierte sie die Fläche der vierten und fünften Pseudo-Dimensionen. Die Hyperräume von sechster und siebenter Dimension hielt sie sich frei.

Dann waren da noch die Verbindungen zwischen den vielen Tabellen. Diese brachte Lissa auf der Ebene zwischen fünfter und sechster Raum-Achse unter, wo sie sich als schmale, summende Linien abbildeten. Ein würziger Duft erfüllte diese Fläche, offenbar waren die Verknüpfungen um viele Details bereichert.

Die meisten Listen waren unwichtig für Lissa. Sie war nur

hinter den Bestellungen der letzten Woche her. In der jetzt gut sortierten Datenbank fand sie eine Tabelle, die Personenkennungen und Artikelnummern einander zuordnete. Welche Nummer hatte der Artikel wie-hieß-er-noch?

Alle Produkte und ihre Nummern standen in einer zweiten Tabelle, die Lissa in einer anderen Ebene fand. Diese zwei Tabellen drehte sie auf die frei gebliebene Wand zwischen sechster und siebenter Dimension, womit sie endlich einen Überblick hatte. Jetzt roch es auch hier nach Verknüpfung.

Lissa hörte genau hin und erkannte das schüchterne Zirpen einer eins-zu-viele-Beziehung. Jedem Artikel waren – über die Nummer – keine, eine, oder mehrere Bestellungen zugeordnet.

Mit einem Blinzeln filterte sie die zweite Tabelle. Dies blendete alle Namen aus, in denen nicht das gesuchte Wort vor kam. Ein einzelner Eintrag blieb übrig.

Die Tabelle der Bestellungen passte sich von selbst an die neue Ansicht an, so dass neun Bestellungen übrig blieben. Das waren acht zu viel. Lissa brauchte Genaueres über die neun Kunden.

Als sie die Zeilen näher heran zog, brach von einem Moment zum anderen der Raum um sie herum zusammen. Nach dem ersten Schock versuchte sie aufzustehen, musste aber feststellen, dass es keine Höhe mehr gab, in die hinein sie hätte aufstehen können. Von dem wundervollen, höherdimensionalen Raum war nichts weiter übrig, als eine flache Ebene. Und in der Ebene leuchtete Schrift.

Hätte Lissa sich hinsetzen können, hätte sie das jetzt getan. Dass sie damit nicht gerechnet hatte, war schon mehr als nur weltfremd. Sie befand sich schließlich im Kassensystem eines einfachen Zoo-Versandhauses. Das konnte durchaus total veraltet sein. Es *war* total veraltet.

Die andere Möglichkeit wäre gewesen, dass es angepasst und hoch optimiert war, aber so viel unnötige Spielerei traute sie dem Zooladen nicht zu. Die Datenbank bot keine automatische grafische Oberfläche an; hinter den flachen Tabellen war sie direkt auf der Text-Konsole gelandet.

Na gut, dann eben so. Resigniert fing sie an, die Daten mit den alten Kommandos abzurufen, die sie vor Jahren in der Schule gelernt hatte. Der Text schien senkrecht vor ihr zu stehen und schob sich Zeile für Zeile nach oben, bis er in der Unendlichkeit aus ihrem Blickfeld verschwand. Es ging nur sehr langsam voran.

Auf einmal tauchte eine zusammenhanglose Zeile auf. In oranger Schrift leuchtete sie zwischen den anderen, weißen Zeilen hervor:

„Es ist die sechste Bestellung."

Sie starrte auf die orange Zeile. Was um alles auf der Welt ging hier vor? Noch eine Zeile folgte:

„Die von Donnerstag um zehn nach neun."

Orange war die Farbe von Cle, in genau diesem Orange war die geheimnisvolle Figur stets aufgetreten. Lissa dachte das Kommando für *Ansicht schließen und zurück*. Die Zeichen leuchteten weiß in der Eingabezeile auf.

Schon spannte sich wieder ein Raum über der Ebene auf. Dieser hatte nur genau drei Dimensionen, zwei Tabellen standen nebeneinander an der Wand. Davor, neben ihr, stand die orange Person.

„Danke, dass du nach mir suchst. Das tust du doch oder?" Cle drehte sich zu ihr um. „Die ganze Zeit hab ich gehofft, dass du mich findest."

Lissa wollte sagen, wie sie sich freute, ihn doch noch wieder zu sehen. Aber zwischen verschiedensten gemeinen Kommentaren fiel ihr keine nette Bemerkung ein. Halb zu Cle gedreht, spielte sie mit ihren Fingern herum, musterte zum x-ten mal den immer noch aussagelos einfarbigen Avatar.

„Was soll ich dich jetzt zuerst fragen? Warum du mir nicht einfach geschrieben hast? Oder warum du zufällig genau jetzt hier auftauchst?"

Hektisch, ein wenig verzweifelt, mit einer ganz neuen Stimme, schob Cle beide Fragen auf. „Das erkläre ich dir später – bitte, du musst mir jetzt woanders helfen!"

„Ach ja, und bei was?"

Jetzt fing auch Cle an, nervös mit den Fingern zu spielen. „Mein Interface ... Ich hatte es jemandem ausgeliehen, einem Freund – zumindest war er das bis vorhin. Und kaum war ich kurz weg, musste der gleich die nicht so ganz legalen Funktionen testen."

Zwei orange Hände rissen sich aus dem Finger-Knoten los und schlossen die Tabellen an der Wand.

„Weißt du, ich hab den ganzen Kram immer nur so als Hobby gebastelt. Um zu sehen, ob es funktioniert. Bin nie negativ aufgefallen. Und nun hat dieser Spinner meine Benutzerkennung übernommen, um damit die öffentlichen Profile seiner Lieblingsfeinde mit Quatsch zu überschreiben. Total kindischer Kram, nicht einmal ein Politiker war betroffen ... nur alle Typen, die er persönlich mal ordentlich ärgern wollte. Und für diesen kindischen Quatsch kriege ich den Ärger, wenn nicht morgen früh alles wieder in Ordnung ist ... oder niemand die schreibende Kennung zurückverfolgen kann."

„Die zweite Möglichkeit ist keine", stellte Lissa fest. „Dann würde man eben alle Personen überprüfen, die mit den Betroffenen zu tun hatten. Über zwei Ecken muss jeder bei dir landen, das heißt, nächste Woche kannst du dir eine neue Schule suchen."

„Ja, schon klar ... aber weißt du denn nun, wie wir an die letzte Version der Benutzerprofile heran kommen?"

Sie klammerte ihre ständig ruhelosen Finger auf dem Rücken zusammen und überlegte kurz, bis ihr ein Dienst einfiel, den ein paar Bekannte von Jupiter-8 nach ihrer Rückkehr zur Erde ins Leben gerufen hatten.

„Wenn die Profile älter als eine Woche waren, müssten sie schon im *Archiv* liegen."

„Archiv?"

„Das Archiv erstellt regelmäßige Momentaufnahmen von begrenzten Teilen des Netzes. Bewahrt sie so lange auf, wie das Kultur-Museum im spanischen Turm genug Speicher hat. Jede dritte Woche im Monat ist eine neue Kopie der Profile aller Menschen fertig. Falls ich noch halbwegs auf dem Laufenden bin, waren sie vorletzten Dienstag dran."

Schreib den Netz-Historikern morgen etwas Nettes, notierte sich Lissa auf einem simulierten Zettel, der eine private Datei im Terminal abbildete. Die alten Versionen waren schnell gefunden.

Mit den kopierten Profilen in der Tasche, führte Cle sie schließlich in die Benutzer-Datenbank seines Hauses. *Neuseeland-2*, stellte Lissa fest, *dachte ich mir schon fast.*

Gemeinsam riefen sie das erste überschriebene Profil ab, versuchten es zu ändern – und trafen auf die erste Blockade. Mitten in der Luft glühte ein Schriftzug auf:

Nee, so einfach kommt hier bis auf Weiteres keiner mehr rein! Schönen Gruß von Marvy, ihrer freundlichen Haustechnikerin.

„Verdammter Mist", entfuhr es Cle, „der Erste hat sich nach den paar Minuten schon gemeldet! Jetzt ist wohl alles gesperrt."

Kann bitte mal jemand den hysterischen Jugendlichen abschalten? dachte Lissa, sagte aber „Lass uns die Kollegin erst mal testen. Bestimmt ahnt eure Marvy, dass sie es nur mit dem schlechtesten Schülerstreich des Jahres zu tun hat. Ich glaube, diese Sperre ist ganz oberflächlich."

Das Einfachste wäre gewesen, an genau dieser Stelle einzulenken und ein sauberes Nachrichten-Paket mit den archivierten Profilen direkt im Rechenzentrum abzuliefern. Aber Lissa sah in der Sperre mehr als nur einen Schreibschutz. Sie sah eine Herausforderung.

Direkt vor ihnen stand eine Kollegin aus dem anderen Haus im Weg. Nicht persönlich, aber immerhin als unterzeichneter Spruch. Das roch verdächtig nach einer Einladung zum Spiel, und sie waren an der Reihe.

„Was Cle kaputt macht, bringt Cle auch wieder in Ordnung", sagte Lissa halb zum Text, halb zu sich selbst. Dann trat sie einen Schritt zurück, schloss die Profil-Ansicht und konzentrierte sich auf die Leere um sie herum.

Der virtuelle Raum löste sich auf, um Platz zu schaffen für ein Labyrinth aus verschachtelten Skulpturen. Lissa erkannte die komplexe Struktur des Einwohner-Verzeichnisses, es war genauso aufgebaut wie das von ihrem Turm.

Aber das ganze Verzeichnis in einem einzigen Raum war kaum zu verwalten. Normalerweise verwendete man es nur über einen sortierten Katalog.

Gesperrt. Gesperrt. Und noch einmal gesperrt. Alle vereinfachten Ansichten des Verzeichnisses waren deaktiviert. Marvy hatte nur diese eine, chaotisch wirkende Projektion zugelassen. Warum hatte sie überhaupt eine Ansicht freigegeben?

„Alles klar", meine Lissa, „die Technikerin will dich veralbern. Vielleicht bekommst du ja ihren Job, wenn du es schaffst, in dieser Projektion etwas zu korrigieren."

Zynisch grinsend starrte in einen wilden Wald aus verketteten Symbolen, die über ihrem Kopf kreuz und quer verbunden waren und dabei sangen wie ein Orchester.

„So kommen wir hier nicht weiter", stellte sie fest. „Dieser Raum, der zeigt uns nur seine Oberfläche. Ich meine, es bleibt zu viel hinter den Kulissen."

Cle sah sich hilflos um. „Ob es hilft, wenn wir die Transparenz noch höher drehen?"

„Dann wird alles ein einziger Nebel."

Auf einmal wusste Lissa genau, was sie vor hatte. Als hätte sie ihr ganzes Leben auf diesen einen Moment gewartet, stellte sie sich die Stufenregler vor und griff in Gedanken nach dem vierten Schalter.

Mit der imaginären Hand am Regler zur vierten Stufe der Simulation hielt sie inne. Cle hier zurück lassen? Nein, das ging einfach nicht.

„Cle, kannst du ein neues Modul installieren, draußen im Terminal?"

„Grundsätzlich ja, warum?"

„Der Raum ist zu flach. Wir können ihn *räumlicher* machen, aber du brauchst ein Zusatzmodul fürs Interface. Ich überspiele es dir, dann geht es sofort vorwärts."

„Ich weiß zwar nicht, worauf du hinaus willst ..." Ohne lange zu zögern, streckte die orange Figur eine Hand vor, deren Innenseite sich zu einem Anschluss verformte. „ ... aber Hauptsache *du* weißt noch, was du tust."

Lissas Handfläche formte einen passenden Anschluss. Als sie sich trafen, wurde das Programm, von einem hellen Zischen begleitet, kopiert.

„Hast du es installiert?"

„Moment – wohin genau?"

„Es ist ein EA-Proxy, häng es zwischen deinen Interface-Treiber und die normale Netz-Oberfläche."

„So, gleich ist es ... drin! Und jetzt?"

Jetzt? Da blieb nicht viel zu erklären. Die vierte Simulationsstufe musste man sehen.

„Denk an eine Reihe von Schalthebeln, mindestens sechs."

Lissa sah ihre Schalter sofort wieder, wartete aber einen Moment auf Cle.

„Sie sind da. Welchen soll ich umschalten?"

„Die ersten fünf von links – aber nicht erschrecken!"

„Was wird denn passieren?"

Langsam legte sie ihre Schalter gleichzeitig um, wobei sie eine passende Antwort fand:

„Jetzt zeige ich dir den Weg in die achte Dimension."

Die Welt um sie herum löste sich auf, verschwand zu einem Nichts. Nicht zu Schwärze und Leere. Dieses Nichts war mehr, als nur das Fehlen von Dingen.

Was fehlte, was der Raum an sich. Kein Links und Rechts, kein Oben und Unten, nur ein einziger Punkt blieb vom Universum.

Dieser Punkt vereinte das Hier mit dem Jetzt – und faltete sich auf. So wie drei Dimensionen gerade zusammen gebrochen waren, dehnten sich sieben Neue aus. Und bildeten einen Raum, der *noch mehr Raum* war.

Lissa blieb still stehen, die imaginäre Hand noch an den Schalthebeln, und suchte. Wie bei den kurzen Tests der Entwicklungsphase, suchte sie erst ihre Standpunkte im neuen Raum. Erst dann öffnete sie langsam die Augen und sah eine Welt von drei Orten aus.

Beruhigt stellte sie fest, dass Cle instinktiv genauso vorsichtig war. Die zwei Körper der einen Person wachten gerade aus dem Schockzustand der ersten Übersetzung auf.

„Was ist das für ein Ort?" fragte Cle in Stereo.

„Der gleiche wie vorher", erklärte sie. „An wie vielen Orten meinst du zu sein?"

Cle überlegte, schaute sich um. „Ich glaube, es sind zwei.

Einmal bin ich hier, und dann ... nun ja, genauso *hier*. Verdammt, es ist beides ein *hier*, obwohl es gleichzeitig auch zwei verschiedene Orte sind."

Das erste Mal dauerte es immer, bis man sich in einer neuen Dimension zurecht fand. Lissa erinnerte sich noch gut an ihre eigenen ersten Experimente mit erweitertem Raum. Gerade hatte sie vier zusätzliche Dimensionen an einem Stück auf Cle los gelassen, was natürlich nicht sofort gut gehen konnte.

Also langsam erklären, nahm sie sich vor, *und möglichst verständlich.*

„Also, das ist so, wir haben jetzt sieben Raum-Dimensionen. Die drei bekannten, und noch vier daneben. Das macht zwei Räume und eine Linie. Fühlst du die Linie der siebenten Dimension?"

Während Cle in seiner Vorstellung vom Raum nach einer Linie zwischen den zwei Körpern suchte, tastete auch Lissa erst mal nach ihrer siebten Dimension. Sie spürte deutlich die Gegenwart ihres ersten dreidimensionalen Körpers, sowie die des zweiten.

Irgendwo musste etwas Flaches sein ... da! Einmal gefunden, fühlte sich ihre eindimensionale Projektion genauso real an, wie die beiden dreidimensionalen.

„Was ist los, hast du dich schon gefunden?"

„Ja, glaube ich jedenfalls", antwortete Cle. „Eindimensional zu sein, fühlt sich komisch an. Und trotzdem bin ich gleichzeitig zweimal dreidimensional. Das braucht ein wenig Gewöhnung."

Gut, das war geschafft! Aber so konnte niemand arbeiten, die drei Teilräume mussten sich dafür zusammenfügen.

„Cle, können wir noch etwas weiter gehen? Diese drei Teile sind ein Ganzes. Nur wenn du sie als Einheit wahrnimmst, kannst du sie effizient steuern. Meinst du, dass wir jetzt gleich noch eine Stufe höher schalten können?"

„Hab ich denn eine Wahl?"

„Aussteigen, und mich alleine weitermachen lassen. Nein, eigentlich hast du keine Wahl."

Sie kannte Cle nicht gerade gut, aber eines hatte sie verstanden. Er oder sie, wer immer es war, wollte diesen Raum kennen lernen. Nichts auf der Welt würde Cle dazu bewegen, an diesem Punkt abzubrechen. Mehr Wirklichkeit als das Universum her gab, das war nicht nur ihr eigenes, ewig unerreichbares Ziel. Es war auch das von Cle.

„Also los, Augen zu, Schalter vorstellen!" Eilig zerrte Lissa die Schalter-Reihe in ihre Vorstellung zurück.

Schon nach den wenigen Minuten in dieser eingeschobenen Stufe sehnte sie sich in einen geordneten Raum zurück, egal wie viele Richtungen er haben mochte.

Den Zwischenstopp mit drei plus drei plus einer Dimensionen hatte sie nur eingelegt, damit der Anfänger sich leichter orientieren konnte. An ihren Nerven zerrte diese Spaltung jede Sekunde mehr. Der fünfte Hebel klappte um.

Endlich wieder Eines. Sie öffnete die Augen, sah in den virtuellen Raum und sah ihn mit drei schlichten Dimensionen. Die anderen vier waren da, waren genau hier und überall. Lissa konnte sie klar und deutlich fühlen, auf einer parallelen Ebene. Neben ihr war auch Cle in der fünften Stufe angekommen.

„Wo sind die Dimensionen hin?" fragte er, als er wieder einen normalen Raum sah.

„Sie sind hier, dein Bewusstsein kann sie nur nicht darstellen", begann Lissa eine Erklärung.

„Warum nicht?"

„Weil es nicht dafür konstruiert ist. Stell es dir einmal so vor", sie zeigte ihre rechte Handfläche, „das hier ist jetzt mal eine Leinwand. Oder besser, ein 3D-Monitor. Der ist eine Komponente deines Bewusstseins, welche anzeigt, was deine Augen so alles aufschnappen. Das sind nie mehr als drei Dimensionen, also kennt der Monitor auch nicht mehr. Was brauchen wir, um trotzdem mehr Richtungen abzubilden?"

Sie drehte die linke Handfläche nach vorne, bevor sie mit der Erklärung fort fuhr. „Einen zweiten Monitor! Wenn wir sowieso einen zweiten Monitor neu erfinden, dann bauen wir ihn gleich für so viele Dimensionen, wie wir brauchen. Das sind n-3, wenn n die Anzahl aller Raumdimensionen ist."

Für einen Moment schaute Cle leicht verwirrt auf die Handflächen, die Bildschirme darstellen sollten, und schien dann zu verstehen, worauf Lissa hinaus wollte.

„Also sehe ich vor mir die ersten drei Dimensionen, so wie einen gewöhnlichen Raum – und wo ist der zweite Monitor?"

„Ja, genau das meine ich. Die anderen vier Dimensionen siehst du in deinem Kopf, wie eine bildliche Vorstellung. Wie eine Erinnerung."

„Sehe ich nicht."

„Doch, siehst du. Versuch nur nicht, dich gezielt darauf zu konzentrieren. Der Rest vom Raum ist manchmal nur ein unklares Gefühl, dass etwas da ist. Halt es fest, und schon baut sich so eine Art von Bild auf."

„Kapier ich nicht."

„Hier, fang auf!"

Lissa zog einen roten Ball aus der Tasche und warf ihn Cle zu. Reflexartig fing er das Ding auf und ließ es sofort wieder fallen.

„Was war das?"

„Was *ist* das", korrigierte sie ihn. „Es liegt auf dem Boden, aber suche nicht mit den Augen danach. Ich habe einen Ball geworfen, der nur in drei Dimensionen eine Ausdehnung hat. Den drei letzten, nicht den ersten. In Bewegung hast du ihn gesehen, wie war das?"

„Gesehen hab ich gar nichts. Irgendwie *wusste* ich, dass dort etwas ist. Als hättest du ihn eine Sekunde früher geworfen ... und ich hätte mich daran erinnert."

„Na also, es geht doch. Zu viel Denken schadet am Anfang nur, wenn man lediglich zurecht kommen will."

In der erweiterten Welt schaute sie auf den Boden, wo der rote Ball lag. „Gibst du mir mein Spielzeug zurück?"

„Lass mich mal kurz alleine suchen – sag mal, warum hattest du den Ball überhaupt dabei?"

„Hab meine Testumgebung nicht vollständig abgeschaltet. Diese Raum-Erweiterung ist bisher alles andere als stabil, eigentlich ist sie noch in der Entwicklungsphase."

„Ach ja? Was kann denn theoretisch passieren, wenn ... ach, da ist ja der Ball!" Cle hob die rote Kugel auf, dann stand er ratlos damit herum. „Wie bewege ich den Ball jetzt? Gefunden habe ich ihn."

„Die *Erinnerung*, in der du ihn gefunden hast, ist nicht nur ein Bild in deinem Kopf. Du stehst mitten drin. Kannst du dir vorstellen, wo im erweiterten Raum du gerade stehst?"

„Einen Moment ... es funktioniert! Jetzt versuche ich mal, den Arm zu bewegen."

Zehn Sekunden später steckte Lissa den Ball wieder in die 7-dimensionale Projektion ihrer Hosentasche.

Im Umgang mit zusätzlichen Dimensionen stellte Cle sich deutlich geschickter an, als ihre Freundinnen an der Universität. Letztere hatten Lissas erweiterte Projektion in einem früheren Stadium ausprobiert und nach einer halben Stunde aufgegeben. Kein Wunder, denn mit den Verfeinerungen der letzten Monate war das Programm heute fast vollständig.

Sie verschoben alle überflüssigen Daten in die hintersten Ecken – von denen es im erweiterten Raum mehr als genug gab. So schafften sie es nach einer Weile, dem restlichen Verzeichnis eine überschaubare Struktur zu geben.

Die richtigen Bürgerprofile filterte Cle auf eigene Art heraus. Zuerst wurden die kleiner gewordenen Daten-Skulpturen nach den nun endlich erkennbaren eindeutigen Namen sortiert. Dann färbte er alle Symbole transparent, bis auf die mit den gesuchten Namen. So ließen sich die vierzehn verpfuschten Profile relativ schnell zurück setzen.

Nachdem das letzte Profil vom Quatsch befreit war, verließen sie die das Einwohner-Verzeichnis. Probeweise ließen sie sich einen Benutzer anzeigen. Alles schien wieder auf dem Stand von letzter Woche zu sein.

„Insgesamt sind wir bestimmt schon einige Stunden unterwegs", bemerkte Cle. „Ich sollte jetzt langsam wieder nach Hause gehen."

„Du bist zu Hause", lachte Lissa, „und sitzt dort an deinem Terminal. Schon vergessen?"

„Du weißt genau, wie ich das meine. Nach *draußen*."

„Wolltest du mir nicht vorher noch zwei Fragen beantworten? Warum du dich so aufwendig suchen lässt und was du im Zoo-Versandhaus gesucht hast."

Cle setzte sich auf den Boden des fremden Benutzerprofils, umklammerte mit den Armen seine virtuellen Knie und versuchte eine Erklärung.

„Du hast doch gesagt, dass ich meinen gefälschten Netzzugang löschen soll. Nun ja, das hab ich nicht sofort getan ... musste noch ein Programm testen, das ging nicht mit der echten Kennung. Also, im Prinzip wäre es natürlich gegangen, aber ich hatte Angst, dass es vielleicht nicht funktioniert, das heißt, jede Menge Blödsinn unter meinem Namen verbreitet ..."

„Damit hast du mir auch deine letzte Nachricht geschickt, stimmts?"

Das erste Puzzle-Teil fügte sich ins Bild ein. Cles neues Programm musste vollständige Gedanken inklusive der Emotionen kopiert haben – ganz klar, dass er es nicht ohne Tarnung in einem offenen Forum testen wollte. Noch junge Programme waren nie ganz berechenbar, wahrscheinlich hätte es ihn vor der halben Schule lächerlich gemacht.

„Ja, ich hab geahnt, dass du die Erfindung begreifen würdest. Die meisten anderen Leute sind bei die diesem Thema immer total voreingenommen."

Daraufhin setzte auch Lissa sich auf den Boden – den ersten Boden im noch immer pseudo-siebendimensionalen Raum.

„Die meisten Menschen akzeptieren Gefühle nicht als vollwertigen Wahrnehmungskanal. Dabei hat er für die Informatik nur eine einzige Besonderheit: Man kann keine Daten darauf abbilden."

„Also, jedenfalls hab ich das Modul noch mit der Kennung getestet, die ich gleich danach löschen wollte. Noch am gleichen Abend hab ich dann auch alles so aufgeräumt, wie du es mir gezeigt hast. Von der alten Kennung dürftest du jetzt nichts mehr im Netz finden. Aber mich hatten auch ziemlich viele Menschen gesehen. Im Zooladen hast du es selbst gehört, ein paar Leute kennen mich tatsächlich.

Das war ja alles nicht schlimm, niemand hätte die aus dem Netz verschwundene Kennung jemals mit mir in Verbindung gebracht. Ich musste mich eben nur von allen Plattformen fernhalten, die ich getarnt besucht hatte – genauso auch von dir, zumindest für eine Weile.

Darum hab mich eben ein wenig gefreut, dass alles so gut gelaufen ist, und hab mich kurz danach noch mit einem

Freund von nebenan getroffen. Frank kenne ich schon ewig, der kommt öfters einfach so vorbei, weil ich fast immer zu Hause bin. Er hat dann also gesehen, dass ich schon wieder am meinem Terminal gebastelt hatte, und wollte es endlich auch einmal ausprobieren. Normalerweise lasse ich nämlich niemanden dran an mein Neural-Interface ..."

„ ... aber heute Abend warst du so gut drauf, dass du einfach *okay, aber nur kurz* gesagt hast." Ein weiteres Teil landete in hohem Bogen an seinem Platz im Puzzle. „Und dann bist du kurz hinaus gegangen ..."

„ ... ja, um Sally einzufangen. Der Leguan hockte wiedermal in einem Blumentopf. Dann komme ich mit Sally auf dem Arm wieder rein, Frank glotzt mich an, und meint *cooles Spielzeug hast du da gebaut*. Ich reiße ihm sofort das Datenstirnband weg, lasse mir die letzten Aktionen auflisten, und da haben wir den Mist!"

„Und was hattest du kurz danach im Zoo-Versandhaus vor?"

„Na was schon, ich hab dich gesucht."

„Im Tierforum?"

„Was soll das?" fragte Cle ungeduldig. „Du weißt doch längst, warum ich dort zuerst gesucht habe. Bei unserem letzten Treffen hast du meine Frage aus dem Tierforum erwähnt. Du wusstest, dass ich ein paar mal dort war. Natürlich würdest du in dieser Datenbank zuerst nach Spuren suchen."

„Zuerst hab ich in den Informatik-Foren gesucht", erwiderte Lissa, „aber da war nichts mehr über dich zu finden. Die Leute im Tierforum kannten dich auch nicht mehr, aber sie kannten den Leguan. Kein Wunder, Sally hinterlässt sogar als 3D-Foto einen viel natürlicheren Eindruck."

„Ich weiß, das ist der Sinn dieser orangen Fassade. Jedenfalls habe ich dich gesucht, weil ich keine Ahnung hatte, wie ich die verpfuschten Profile wieder reparieren sollte. Aber du kennst anscheinend für alles eine Lösung."

„Mach deinen Schulabschluss zu Ende, dann lernst du das Gleiche – du wirst doch nicht gleich raus geworfen werden, oder?"

Cle stützte das Kinn auf die Knie, starrte die leere Wand vor seiner Nase an. So wirkte noch unsicherer als zuvor. „Weiß nicht ... ich hab ja nichts selber gelöscht, im Gegenteil. Aber danach geht es vielleicht nicht ...“

„Nun ja, dass du ein Bastel-Interface zu Hause hast, macht nicht gerade den besten Eindruck“, musste sie zugeben, „aber es zeigt auch, dass du mehr kannst, als der Lehrplan vorsieht. Keine Fachschule würde einen so guten Schüler fallen lassen, nur weil er *mit dem Unterricht nicht ausgelastet* war.“

„Wenn das kein Wunschdenken ist ...“ Cle stand auf und ließ ein Fenster in einen anderen Raum vor seinem Gesicht aufspringen. „Ich schicke dir gleich eine neue Nachricht nach Hause. Damit du weißt, an welche Kennung du die Bewerbungen der Praktikanten weiterleiten kannst.“

Das Fenster schloss sich wieder und bestätigte damit, dass die Nachricht erfolgreich abgeliefert worden war.

„Darf ich jetzt zurück – nach da, wo drei Dimensionen ausreichen?“

„Natürlich, ich melde mich später bei dir.“

Als Cle verschwunden war, verließ auch Lissa den leeren Raum, fand sich in der vertrauten Eingangshalle wieder und fühlte sich plötzlich unheimlich müde. Außerdem war irgendetwas an der Halle anders als sonst.

Ach so, die Erweiterungen laufen noch immer auf Stufe fünf.

Nur schwach und flimmernd konnte sie sich noch einmal die Schalthebel vorstellen, von denen die ersten sechs nach unten geklappt waren. Sie schaltete die Projektion auf Stufe drei zurück. In dem nun entspannend flach wirkenden Raum vergaß sie völlig, sich abzumelden, und schlief in der simulierten Welt ein.

Von der kleinen Küche aus, die im Rechenzentrum etwas fehl am Platz wirkte, schaute Vonek um die Ecke zum Terminal.

„Lissa, welche Gemüse-Mischung möchtest du? Wir haben noch die mit Möhren und die mit Blumenkohl im Gefrierschrank.“

Als keine Antwort kam, sah er genauer hin. Lissa war noch beschäftigt. *Typisch*, fand Vonek das, *sie will nur mal kurz nach neuen Nachrichten schauen ... na gut, dann eben der Blumenkohl.*

Zwei Stunden lang wartete er auf Lissa. Doch sie schien völlig vergessen zu haben, dass es hier draußen auch noch eine Welt gab. Das gemischte Gemüse war inzwischen längst wieder kalt.

Schließlich wurde es ihm unheimlich. Lissa war sonst nie so lange weg, jedenfalls nicht vor dem Abendessen. Er ging zum Terminal hinüber. Dort fand er eine bewusstlose Programmiererin mit dem Kopf auf der Tischplatte und einem viel zu eng gespannten Datenstirnband.

„Alexa, was hast du angestellt?" flüsterte er dicht neben ihrem Ohr, als er sie aufrecht setzte und ihr das Stirnband ab nahm.

Die kreisrunden Abdrücke der Elektroden waren fast zwei Millimeter tief, nun füllten sie sich schnell mit roter Farbe.

„Kannst du mich hören? Lissa? Wach doch bitte wieder auf ..."

Sie atmete, ruhig und gleichmäßig. Ganz so schlimm, wie Vonek auf den ersten Blick befürchtet hatte, konnte es also doch nicht sein. Trotzdem konnte er sie unmöglich hier am Terminal lassen.

Also hob er Lissa vorsichtig hoch, trug sie in ihr Zimmer, legte sie auf ihr Bett. Nichts bewegte sich in ihrem Gesicht. *Ob sie überhaupt etwas gemerkt hat?* Auf ihrer schneeweißen Stirn leuchteten fünf Sensoren-Abdrücke in düsterem Rot.

Machte es Sinn, sofort den Rettungsdienst zu rufen? Er schaute Lissas Gesicht noch einmal genau an. Unter den fest geschlossenen Lidern bewegten sich ihre Augen – nach rechts, nach links, und zurück. Wieder beruhigte Vonek sich etwas mehr. Sie schlief nur sehr tief.

Aber warum? Hatte sie vorhin noch schnell ein Experiment gestartet und sich an einer zu verrückten Projektion übernommen? Oder war einer ihrer erst halb fertigen EA-Proxys abgestürzt und hatte sie in der – unter Hardware-Entwicklern seit langem gefürchteten – Null-Wahrnehmung hängen lassen?

In beiden Fällen würde sie früher oder später von selbst

aufwachen. Jeder Arzt vom Rettungsdienst könnte nur genau das versprechen und wieder gehen. Wenigstens gegen die rotvioletten Gravuren in Lissas Gesicht wollte er mehr tun, als zu warten.

In unserer Jahre alte Hausapotheke muss doch noch irgendwas sein ... Er kramte in der selten beachteten Schublade herum. Dort fand er eine Salbe mit einem kaum aussprechbaren Namen, die bei allem helfen sollte das im weitesten Sinne mit oberflächlichen Verletzungen zu tun hatte.

Als er wieder neben Lissas Bett hockte und weiße Salbe in die nun schon viel weniger roten Kreise massierte, schwebte die dressierte Roboter-Fliege mit einer Kanne von dem Kamillentee herein, mit dem sich Lissa normalerweise immer anlocken ließ. *Da ist ja der einzige sichere Lissa-Köder,* dachte er. *Wenn sie davon nicht aufwacht, hilft wirklich nur Zeit.*

Der kleine, silberne Roboter hatte noch immer einen angesengten Flügel – endlich eine Ablenkung! Für Lissa konnte er gerade sowieso nichts weiter tun, egal wie schwer diese Tatsache zu akzeptieren war

Vonek fing die flatternde Maschine ein. Schaltete den weiter summenden Roboter ab und brachte ihn zurück in die Kammer hinter der Wand, wo der Rest des Schwarms schon längst repariert worden war.

Ein helles, grünes Klingeln drang zu Lissa durch. Was bedeutete *kling* in diesem Kontext? Während sie dem Klingeln zuhörte, erkannte sie ein Rascheln im Hintergrund. Hellgrün vor grauem Nebel. Was war das für ein Duft? Ein wildes Muster aus roten und gelben Streifen kräuselte sich am hintersten Rand ihres Bewusstseins. Eine rot-gelbe Melodie ... so wie der Tee von heute morgen!

Bei dieser Erkenntnis stellte sie auch fest, dass es nicht völlig dunkel war. Ein schwaches, rötliches Flimmern schimmerte durch ihre Augenlider hindurch.

Langsam wachte Lissa auf – wie war sie überhaupt hier her gekommen? Jemand musste sie in ihr Zimmer gebracht haben. Wie lange war das her?

Die Realität deutete ihr letztes Änderungsdatum nicht mit

Teeduft an. Also musste sie aufstehen, um es heraus zu finden.

Wie umständlich hier draußen alles ist, sagte sie sich, öffnete ein Auge, stellte beruhigt fest, dass kein helles Licht sie blendete. Öffnete auch das zweite Auge, setzte sich auf. Niemand war da, aber neben ihrem Bett stand eine noch heiße Tasse mit frischem Tee.

Alles war seltsam flach. Die Decke raschelte – was bedeutete das Rascheln? Nichts weiter als das, was sie auch sehen konnte: Die Decke hat sich bewegt.

Der Tee hatte die Farbe von Kräutertee – was für eine sinnlose Farbe. Welche Sorte es war, erkannte man doch viel besser am Geruch.

Da war sie wieder, die größte Schwäche der Außenwelt: Die Dinge zeigten nur ihre sich selbst erklärenden Eigenschaften, redundant auf allen Kanälen.

Irgendetwas fehlte, aber Lissa fand nicht heraus, was es war. Das Zimmer sah aus wie immer, doch trotzdem fehlte dem Ganzen die *Tiefe*. Vier Dimensionen zusätzlich – konnte sie sich so schnell daran gewöhnt haben? Vom Eingang her hörte sie Schritte.

„Was ist eigentlich real?" fragte sie in den Raum hinein, halb zu sich selbst und halb zu den Schritten vor der Tür. Eine Sekunde darauf stürmte Vonek herein.

„Lissa, du bist ja wach!"

Lissa blinzelte kurz zu ihm hoch und wiederholte dann die Frage, die ihr auf einmal nicht mehr aus dem Kopf ging.

„Was ist eigentlich die Wirklichkeit?"

„Das was übrig bleibt, wenn man den Strom abschaltet." Vonek setzte sich auf den Boden und griff nach Lissas Hand. „Und du glaubst gar nicht, wie froh ich bin, dass du wieder dort angekommen bist. Hatte schon richtig Angst um dich."

Mit der freien Hand nahm Lissa die Teetasse, nur um sich die Finger daran zu wärmen. „Wenn es so einfach wäre, müssten auch Träume real sein – und alles, was sich die Leute einbilden."

Sie hat wiedermal Recht, stellte Vonek fest. Also versuchte er, den Begriff weiter einzugrenzen. „Ist Wirklichkeit vielleicht das was nicht verschwindet, wenn man aufhört daran zu glauben?"

„Das passt auch nicht", widersprach Lissa mit der gleichen, deprimierten Stimme. „Es soll Menschen geben, die ins Krankenhaus gehen, weil sie Halluzinationen haben. Die müssten ganz von selbst verschwinden, wenn der Patient sie erkennt und nicht mehr daran glaubt. Funktioniert aber nicht."

„Dann ist es vielleicht alles was übrig bleibt, wenn man die Sachen heraus filtert, die nicht jeder sieht."

„Optische Täuschungen sieht auch jeder. Dabei sind sie nicht mal das, was alle sehen. Und was ist mit den noch unentdeckten Sachen, die wahr sind, obwohl sie noch niemandem aufgefallen sind? Sind die weniger echt?"

Jeder Punkt eines virtuellen Raumes war realer, als der flüchtige Traum eines einzelnen Menschen. Alle in einem virtuellen Raum angemeldeten Leute sahen den gleichen Platz. Und der war keine Täuschung, sondern die exakt gesteuerte Abbildung eindeutig realer Bits in einem genauso echten Speicher.

„Es stimmt also doch", bemerkte Vonek, als er die Definition aufgab, „die Trennung ist sinnlos. Es gibt so viel Einbildung in der so genannten Wirklichkeit, und so viel unwiderlegbar Echtes in der Simulation ..."

„Kann es sein, dass die Simulation sogar echter ist?" überlegte Lissa, die jetzt mit beiden Händen die Tasse umklammerte. „Jeder hat sein eigenes Bild von der Außenwelt. Aber eine Datei auf einem Server ist für jeden die gleiche. Simulierte Gegenstände sind immer genau das, was sie zu sein scheinen ..."

„ ... und hier laufen jede Menge Menschen herum, die sogar sich selbst für etwas halten, das sie für alle anderen nie sein werden."

„Die laufen auch im Netz herum. Aber dort sind wenigsten die *Dinge* eindeutig."

Zwei Wochen später hatten sich mehr als zweihundert Bewerbungen angesammelt. Die klar Unbrauchbaren ließ Lissa von einem automatischen Filter aussortieren, so dass dreiundfünfzig Praktikanten übrig blieben.

Die ersten Opfer des Filters wurden alle Bewerber, die mit

Erfahrung und Vorkenntnissen prahlten. Abgesehen davon, dass erfahrene Schüler aus höheren Klassen sich meistens schon als *Spezialisierung* bezeichnete Denkblockaden angeeignet hatten, waren Cle und Lissa sich darüber einig geworden, einem daher gelaufenen Neuling eine Chance zu geben.

Als Zweite blieben alle Bewerber im Filter hängen, die sich nachmittags mit eigenen guten Projekten beschäftigen. Darunter waren viel versprechende junge Designer und noch bessere Programmierer. Leider würden diese es nicht nötig haben, sich nach einem kurzen Exkurs weiter mit Cles unglaublichem Interface zu befassen – oder würden ihre eigenen Erfindungen vernachlässigen, was Lissa wirklich schade gefunden hätte.

Im dritten Durchlauf warf der automatische Filter dann noch die Katastrophen mit miserablen Schulnoten und mehreren abwegigen Hobbys raus. Diese mussten zwar nicht zwangsläufig unfähig sein. Trotzdem würde ihnen niemand ernsthaft abnehmen, dass Cles Schnittstelle auch nur teilweise von ihnen entwickelt worden wäre. Der Rest landete in Lissas täglichen Nachrichten.

Nun rückte der September langsam näher. Im Gegensatz zu den öffentlichen Schulen, deren Schüler jederzeit einzelne Kurse ausfallen lassen oder verschieben konnten, hatte die Privatschule einen festgelegten *praktischen Monat,* in dem jeder einmal Alltagsluft schnuppern sollte.

Lissa war der Meinung, dass es in erster Linie sie und ihren Mitbewohner anging, wer vier Wochen lang ihr Rechenzentrum unsicher machen durfte. Aus den zumutbaren Praktikanten konnte Cle sich dann einen aussuchen.

Ein faustgroßer Projektor rollte auf die freie Fläche zwischen dem Netzwerkknoten und der gelben Tür zum Kraftwerk, blieb in der Mitte liegen, faltete sich auf und zeichnete scharf umrissene Linien in die Luft. Als sich aus den Linien Buchstaben in Spiegelschrift bildeten, sprang sie durch die Projektion hindurch und landete neben Vonek, der auf der richtigen Seite gewartet hatte.

„Den großen Projektor hab ich im Inventar gefunden," erklärte sie die Schau, „und er lag tatsächlich einfach so im

Lagerraum. Wenn ihn denn keiner mehr braucht, nehmen wir ihn eben."

Blau glühende Striche teilten eine Tabelle in Spalten, welche die wichtigsten Angaben aus den dreiundfünfzig übrig gebliebenen Bewerbungen auflisteten.

„Los geht's! Gehen wir die Liste von unten nach oben durch, oder alphabetisch? Kekse für die Auswahl-Party sind noch genug da." Lächelnd zog sie eine Kekstüte aus der Tasche, und stellte sie vorsichtig vor dem Projektor ab.

„Rückwärts alphabetisch", beschloss Vonek, wobei er dem Projektor die Handgeste zum Sortierten vorführte. Die Buchstaben in der Luft wirbelten durcheinander und sortierten sich zu neuem Text.

„Auch gut, solange ich nicht die ganze Zeit stehen muss." Damit winkte sie die obere Kante der Projektion einen halben Meter näher heran. Kurz darauf saßen beide Techniker vor der gekippten Text-Fläche auf den Boden.

„Der Erste hat ja einen lustigen Wohnort. *Die braune Holzhütte im vierzehnten Garten-Stockwerk, Süd-Seite hinterm Wald.*" Er zeigte auf die erste Bewerbung und malte sich den Schüler dazu aus. „Ob seine Eltern beide Gärtner sind?"

„Oder er hat sich die Hütte selbst gebaut und erfindet in der herrlichen Ruhe da oben die genialsten Sachen. Nehmen wir den in die engere Auswahl?"

„Klar doch", freute sich Vonek, und verschob die Zeile in eine neue Liste.

Lissa war schon beim nächsten Eintrag. „Der hier wäre nicht so gut, oder? Nimmt an einer wöchentlichen Arbeitsgruppe teil, die ausprobiert, wie die Farben von Tönen effizienter fürs Raum-Design genutzt werden können."

Sie löschte den Eintrag und drei darauf folgenden, bis Vonek ihr die Gesten-Hand auf den Boden drückte.

„Halt mal, den hier möchte ich gerne genauer lesen."

Die erste Zeile zeigte gerade Laras Bewerbung.

„Die ist noch nicht einmal fünfzehn Jahre alt! Aber dafür von der Privatschule für eingebildete sowie echte Talente. Also, ich weiß nicht. Der darunter", sie zeigte auf die nächste Zeile, „ist ein Jahr weiter und von derselben Schule."

„Ansonsten sind sie beide noch völlig unbeschriebene Blätter, sehr gute Schulnoten haben sie auch. Aber du hast Recht, auf der Fachschule sollte unser Praktikant schon sein."

Lissa hob ihre linke Hand wieder vor die Projektion. Mit zwei Fingern deutete sie die *Löschen*-Geste an, die anderen bereiteten *Verschieben* vor.

„Die Kleine von der Oberschule ist noch im Probesemester. Wollen wir ihr die Chance geben, sich mit einem tollen Projekt zu profilieren?"

„Schicksal spielen?"

„Warum nicht?"

Die *Löschen*-Andeutung löste sich auf und beide Bewerbungen sortierten sich in die zweite Liste ein.

Nach der Vorauswahl waren keine Kekse mehr, aber noch elf Bewerbungen übrig.

„Davon kann Cle sich einen aussuchen, aber wirklich nur einen", sagte Lissa auf dem Weg zum Terminal, wo sie die Liste der letzten elf Schüler in eine Nachricht kopierte.

Nur wenige Minuten später bekam sie eine Antwort. Kein schlichtes Gedächtnispaket, auch kein mit neuen Schichten überfülltes Paket wie das letzte – Cle schickte ihr einen einfachen, flachen Text.

Hallo Lissa,

hoffentlich bist du mir nicht böse, weil ich zwei ganze Wochen lang abgetaucht war. Der Versuch mit den sieben Raumdimensionen hatte mich dermaßen mitgenommen, dass ich mir selbst eine Netz-Pause auferlegt habe. Halt mich ruhig für überfordert, dann bin ich es eben. Deinen EA-Proxy hab ich zum Glück noch. Kann damit trainieren, wenn ich wieder online bin. Aber damit warte ich, bis sich nicht mehr alles hier draußen so total leer anfühlt, und ich nicht mehr jede Nacht in unendlich vielen Schichten träume.

Ach ja, danke für die Liste. Morgen lese ich sie nochmal genau durch, aber schon auf den ersten Blick hab ich drei Favoriten. Wie gesagt, ich lese morgen alles genauer durch, dann finde ich einen passenden Stellvertreter.

„Oh nein, das tut mir leid!" Lissa legte ihr Datenstirnband zurück auf den Tisch. „Damit konnte ich nicht rechnen." Sie ließ den Brief auf der Bildschirm-Tischplatte anzeigen. „Unser anonymer Freund hat die fünfte Simulation noch schlechter vertragen als ich."

Als der Bildschirm aufleuchtete, stand Vonek schon hinter ihr. Stumm las er den Brief durch und erinnerte sich an die große Zeitverschiebung zu Cles Turm Neuseeland-2.

„Fällt dir nicht noch etwas auf? Cle sollte um diese Zeit in der Schule sein, wenn er oder sie tatsächlich ein armer, kleiner Fachschüler ist. Dort müsste später Vormittag sein."

Wortlos schob Lissa den Text an den linken Rand und forderte eine Video-Verbindung zum Absender an. Ein oder zwei Minuten störte nur das stetige Summen des Netzwerkknotens die Stille im Rechenzentrum. Auf dem Bildschirm blinkte, in blau und grün auf weiß, die „bitte warten"-Anzeige.

Schließlich zerflossen die blinkenden Buchstaben, um zwei neue Zeilen zu formen:

Video nicht möglich.

Reine Audio-Verbindung erfolgreich hergestellt.

Sie hatten unverkennbar Cle in der Leitung. Die künstliche, neutralisierte Stimme, bei der Lissa sich beinahe nach einem orangen 3D-Modell umgesehen hätte, begrüßte sie etwas unsicher.

„Hallo Lissa ... bestimmt hältst du mich jetzt für einen getarnten Spinner ..."

„Für was sollten wir dich sonst halten?" unterbrach sie die künstliche Stimme. „Jetzt schalt erst mal diesen Synthesizer aus, das ist doch kindisch!"

Jetzt wirkte Cle erst richtig verlegen. Nach ein paar Sekunden Pause erklärte er: „Weißt du, das geht nicht so einfach. Der Verzerrer ist ziemlich fest in die Sprachverarbeitung eingebaut."

„Ach ja? Wenn er nur *eingebaut* ist", stellte Lissa klar, „lässt er sich auch wieder *ausbauen.*"

„Ja, im Prinzip schon, das ginge in einer halben Stunde. Ich könnte die Sprache abschalten, etwas Software austauschen und alles wieder einschalten. Wenn dir meine Stimme so wichtig ist, ruf mich nachher zurück."

„Ja, klar", mischte sich auch Vonek ein, „genauso gut kannst du eine andere, echt klingende, falsche Stimme einstellen."

So führt dieses Gespräch zu gar nichts, stellte Lissa fest. *Einer hier muss es endlich auf den Punkt bringen.*

„Von mir aus kannst du dein Terminal so kaputt basteln, dass du damit nur noch schwarz-weiß siehst", unterbrach sie die sinnlose Synthesizer-Diskussion. „Verrätst du uns trotzdem, warum du heute frei hast?"

Wieder herrschte eine Stille, in der man den Netzwerkknoten summen hören konnte. Und in die Stille hinein erklärte ein noch leiser gewordener Cle, was in den letzten zwei Wochen passiert war.

„Also, das ist so ... für die nächsten Wochen gehe ich gar nicht mehr in die Schule. Das wollte ich eigentlich auch gleich in den Brief schreiben, aber irgendwie wusste ich nicht, wie ich mich kurz fassen sollte."

Wieder eine stumme Pause. Weder Lissa noch Vonek fiel dazu ein Kommentar ein.

„Keine Sorge, das Interface bauen wir natürlich weiter, oder besser gesagt: Jetzt erst recht."

Als auch darauf niemand antwortete, fuhr Cle mit der Geschichte fort.

„Deine mehrdimensionale Simulation ist eine tolle Erfindung, fast unglaublich, aber irgendwie hab ich sie nicht so ganz vertragen. Einmal ausprobiert, kam ich schon nicht mehr zurecht mit dem normalen Raum. Tagsüber kommt mir sogar jetzt noch alles total flach und leer vor, als wenn der ganzen Realität die Tiefe fehlt – und nachts träume ich in 7D, dann ist die Welt wieder vollständig. Das klingt völlig verrückt, nicht wahr?"

„Nein, ganz und gar nicht", warf Lissa ein, „meinst du, dass du dich langsam schon wieder an die flache Wirklichkeit gewöhnst?"

„Vielleicht. Sehr langsam. Jedenfalls hatte ich mich für die erste Woche krank gemeldet. Ich dachte, wenn ich einfach erst mal die Finger vom Computer lasse, wird sich die *normale* Raumzeit sehr bald wieder *normal* anfühlen. Ein Bisschen hat es vielleicht tatsächlich geholfen. Vor vier Tagen bin ich dann also wieder zur Schule gegangen. Hab so getan, als wäre nichts. Am ersten Tag hat auch niemand etwas gemerkt.

Auch als mich zwei Bekannte angesprochen haben, die ein Forum im Schulnetz betreuen, in dem ich sonst ziemlich regelmäßig drin war, konnte ich mich noch einigermaßen heraus reden. Keine Zeit, hab ich gesagt, weil wir nächste Woche einen Test schreiben, und wegen mehr Hausaufgaben im neuen Schuljahr, und so weiter.

Ich glaube, am zweiten Tag hab ich mich zum ersten Mal verplappert. Im Programmierung-Unterricht haben wir eine eigentlich eher einfache Aufgabe bekommen. Jeder sollte ein anderes kleines Modul einer Anwendung schreiben, am Ende sollte alles zusammen passen. Mehr Schnittstellen-Koordination als Programmierung.

Mein Nachbar nervt mich gerade mit irgendwas und ich sage ihm, dass er endlich den Schnabel halten soll, weil ich mich sonst gar nicht konzentrieren kann. Höchstens zehn Sekunden lässt der mich in Ruhe, dann fragt er schon wieder etwas, ich höre gezielt weg, der lässt nicht locker, und fragt dann auch noch *was ist denn heute los?* Und bevor ich mir auf die Zunge beißen kann, antworte ich *der Editor ist so komisch flach.*

Jedenfalls war dann bis zur Pause vorerst Ruhe. Natürlich musste ich mich, noch bevor ich raus gehen konnte, nochmal fragen lassen, warum ich so lange nicht mehr im Schulnetz-Forum war. Und kaum macht der erste Mitschüler die Tür auf, rennt Frank rein und erzählt mir, wie toll er es findet, dass ich endlich wieder zur Schule kann. Quasselt natürlich von zu Hause. Quasselt natürlich von meinen Experimenten, als wäre kein Lehrer mehr im Raum. Warum erzähle ich das eigentlich alles? Ach, egal.

Vorgestern hat dann also ein Lehrer bei meinen Eltern angerufen und gefragt, warum ich in der letzten Woche gefehlt habe. Und ob es etwas mit meinem experimentellen Interface zu tun hat. Er hätte da seltsame Vermutungen von seinen Schülern gehört.

Und so nahm das Chaos eben seinen Lauf. Ein paar Experten kamen zu uns, haben den Aufbau in meinem Zimmer erkundet und für harmlos befunden – deinen EA-

Proxy und ein paar andere Spielereien hatte ich vorher schnell auf einen Speicherchip verschoben. Meine ausgetauschten Protokoll-Schichten haben sie darum nicht gefunden, aber du weißt schon – meine Zugangskennung ist nicht mehr ganz unbekannt.

Am Ende wurde also Marvy, unsere Haustechnikerin, eingeschaltet. Du weißt schon, das Einwohnerverzeichnis ..."

Die Atempause in Cles Vortrag nutzte Lissa aus, um auch noch einmal zu Wort zu kommen.

„Lass mich raten! Nach zehn sinnlosen Diskussionen unter weltfremden Pädagogen darfst du dein verrücktes Terminal behalten, aber bis zur nächsten Klassenarbeit nicht zum Unterricht?"

„Nein, noch besser." Die Person hinter der neutralisierten Stimme schien zu lachen; am Ende der Geschichte wirkte Cle schon viel fröhlicher.

„Diese weltfremden Pädagogen sind gestern zu dem Schluss gekommen, dass ich in manchen Fächern wohl unterfordert wäre. Jetzt muss ich nur noch zu den Nebenfächern gehen. Ansonsten stecken die mich in ihre Sonderklasse, die sich den ganzen Unterrichtsstoff in interessanten Projekten selbst erarbeitet. Fünf Schüler haben sie schon in dieser Klasse. Und sobald die eine neue Arbeit anfangen, gehöre ich dazu."

„Wenn das alles so stimmt, wie du es erzählst, kann ich dir nur herzlich gratulieren," kommentierte Lissa das glückliche Ende. „Eine Frage habe ich aber noch: Was ist eigentlich mit der Video-Übertragung passiert?"

„Geht nicht."

„Sehe ich."

„Ich hab die Kamera abmontiert, damit das Terminal mehr freie Kapazität hat."

„Und wofür?"

„Damit die Sicherungskopie schneller zurück kopiert wird. Die ganzen Sachen, die ich vor den Experten retten musste ..."

„Ach so, man hat deine Programme aufgeräumt und du bringst sie wieder in Ordnung. Da bremst eine parallele Video-Verbindung wirklich!"

Ein frisch gereinigter Schlauch im Labyrinth des Klimasystems zischte in Lissas linker Hand, als sie eine Dichtung festschraubte. Weiß wie das Zischen glänzte die Dichtung im Licht der hell ausgeleuchteten Kammer, in der noch vier weitere Luftleitungen auf ihre Rettung warteten. Das Bündel aus durchsichtigen Schläuchen schien leer zu sein. Dennoch versorgte es ein ganzes Stockwerk mit frischer Luft.

„Der nächste verstopfte Filter ist da drüben", sie zeigte nach rechts vorne, in einen weiteren von Rohren gesäumten Gang. „Wie bekommen manche Leute überhaupt so viel Staub durch den ersten Filter, dass er hier unten noch ankommt?"

Die fliegenden Roboter eilten mit Werkzeug und Ersatzteilen beladen voraus, in den nächsten Gang, der genauso weiß strahlte wie alle anderen. Vonek, der vor den Luftleitungen auf dem Boden kniete, sah den Robotern hinterher.

„Nur mal so eine Frage. Glaubst du eigentlich alles, was Cle dir erzählt?"

Als der Roboter-Schwarm hinter einer Kurve aus der Sicht verschwand, stand er auf und schaute seine Kollegin neugierig an.

„Nicht alles", erwiderte Lissa, „aber das Grundgerüst scheint wahr zu sein. Das eine oder andere Detail ist natürlich übertrieben."

„Warum sollte überhaupt etwas wahr sein? Märchen erfinden kann jeder."

Nebeneinander gingen sie den Tunnel aus weißen Rohren und durchsichtigen Schläuchen entlang. Lissa schaute, vor sich hin grinsend, auf den Boden.

„Sag es nicht weiter; ich habe die wichtigsten Punkte überprüft." Dann schaute sie Vonek von der Seite an und fügte hinzu: „Für wen hältst du mich denn? Ich lasse mich nicht von jedem veralbern."

Als sie die Roboter wieder sehen konnten, schraubten diese gerade das nächste Bündel von Leitungen aus der Halterung, die es knapp unter der Decke an der Wand hielt.

„Oh nein, gleich lassen die es wieder scheppern!"

Eine Sekunde später stand Vonek unter einem Team aus zwei Roboter-Fliegen, nahm ihnen die Halterung aus den

Greifzangen und legte sie leise auf den Boden.

„Gerade noch gerettet! Wenn man diese Fliegen lange genug kennt, dann weiß man, was sie am häufigsten fallen lassen."

Gemeinsam nahmen sie sich die nächsten zwei Filter vor. Lissa packte das Verbindungsstück der ersten Leitung mit beiden Händen und drehte es auf.

„Ich hatte ja eine von Cles echtem Zugang verschickte Nachricht. Dazu die vollständig protokollierten Verbindungsdaten, weil er über eine Stunde lang im Netz mit mir geredet hat."

Zwischen den Hälften des Verbindungsstücks lag ein total verstaubter Luftfilter.

„Ein Suchprogramm, das nach Spuren dieser Kennung sucht, könntest sogar du schreiben. Ich hab es also eines schönen Abends gestartet und mir am nächsten Morgen seine Fundstellen auf eine Weltkarte zeichnen lassen."

Mit der linken Hand kippte sie den alten Filter aus dem Luftschlauch. Eine Roboter-Fliege wartete schon darauf ihn aufzufangen.

„Die meisten Ergebnisse lagen tatsächlich auf Rechnern in den beiden Neuseeland-Türmen."

Der Roboter schwirrte ab, kam dann mit dem neuen Filter zurück. Sie hielt das linke Ende wieder aufrecht und redete weiter.

„Im zweiten Turm waren die meisten Treffer, und zwar auf der Austausch-Plattform einer gewissen Fachschule. Hausaufgaben-Forum, Schwarzes Brett, das Übliche eben. Alles spricht dafür, dass Cle dort her kommt."

Vonek setzte den sauberen Filter in den Luftschlauch ein und lächelte entschuldigend. „Etwas anderes hätte ich kaum von dir erwartet. Wie schade, dass du keine Zeit hattest, um auch den Inhalt der Beiträge zu lesen."

„Schade, ja, aber macht nichts."

„Natürlich nicht, es wäre nur interessant gewesen." Vorsichtig schraubte sie das Verbindungsstück wieder zusammen.

„Gestern hab ich noch kurz nachgeschaut, was diese Schule für Förderklassen hat."

Die Frischluft zischte kurz. Kalter Wind wehte wieder über ihre Finger, als sie auch diese Dichtung zu schraubte.

„Die Klasse für überdurchschnittlich schnelle Schüler hat wirklich nur fünf Mitglieder, plus zwei auf der Warteliste. Also, bei uns früher, da waren wir zwölf ..."

„Du warst auch in einer Förderklasse?"

„Wäre ich heute schon mit dem Studium fertig, wenn ich nicht früher als üblich angefangen hätte?"

Die Roboter packten ihre Sachen, schleppten sie tiefer ins Klima-Labyrinth. Auf ihrem Weg zogen noch mehr weiße Tunnel mit schwarz beschrifteten Rohren vorbei. Weiß beleuchtete Gänge kreuzten sich und nur an den Nummern der Rohre war zu erkennen, dass sie sich dem Kern des Klimasystems näherten.

„Cle hat eine Menge mit dir gemeinsam, oder?" fragte Vonek an der sechsten Kreuzung.

„Ja, mit dir aber auch."

„Man könnte fast vom fehlenden Verbindungsstück sprechen."

„Früher oder später mussten wir es wohl finden."

Ein Wirbelwind mit rotbraunen Locken stürmte über das Laufband, sprang vor Mareks Kiosk ab, stolperte im Laden fast über den zur Seite springenden Jojo und verschwand die Wendeltreppe hinauf. Mit fröhlichem Schwung stieß Lara die Wohnungstür auf und stellte ihre Tasche ab. Leise fiel die Tür ins Schloss zurück.

„Gina, bist du da?"

Sie riss die Tasche auf, kramte ein einzelnes Blatt heraus. Dann hielt sie es ins Licht, um es noch einmal zu lesen.

„Ich kann es selbst noch nicht ganz glauben, aber ich darf in die Basis."

Hinter einer Hecke aus Farn und Efeu raschelte etwas. Zwei Blätter wurden von einem Pinsel und einem Handschuh zur Seite geschoben.

„Du darfst *was*? Ich hab gerade nicht zugehört."

„Das Sommer-Praktikum! Sie haben mich genommen. Ich gehe für vier Wochen in die Basis."

Die Farn-Blätter schwangen zurück. Kurz darauf kam Gina

zwischen zwei Palmen hervor. Sie schnappte sich den Zettel und strich ihn auf dem Boden glatt.

„Hier steht, du hättest einen guten Eindruck gemacht. sie wollen dir eine Chance geben, gleich am Anfang deines Informatiker-Lebens zu zeigen was du kannst."

Gina blinzelte sie vom Boden aus an. „Du? Guter Eindruck?" Dann stand sie aber auf, klopfte dem Mädchen auf den Rücken und führte sie zur Küche hinüber.

„Darauf einen Zitronentee! Zufällig hab ich vorhin erst das Zitronengras in meiner Hecke zurück geschnitten. Der Tee ist also noch echt, nicht getrocknet."

Wenig später kam auch Mirti nach Hause. Am Küchentisch zog er den Zettel zu sich herüber, dann glotzte er für einen Moment still auf die glänzende Folie.

„Zu schade, dass du mich nicht mitnehmen kannst! Wenn du gesehen hast, wie unser Land von unten aussieht, wanderst du bestimmt auf die nächstbeste Raumstation aus."

Lara holte sich ihre unendlich wertvolle Folie zurück, um sie sorgfältig aufzurollen. „Ach was! Ich mach auch ganz viele Fotos für dich."

„Jeden Tag?"

„Jeden Tag werde ich wahrscheinlich nicht hierher kommen. Wenn ich sowieso morgens mit einem der vier Hauptfahrstühle in den Keller fahren muss, dachte ich, kann ich auch zu Hause bei meinen Eltern wohnen. Die haben mich ja schon eine ganze Weile nicht mehr gesehen."

„Vielleicht gefallen dir ja die Leute im West-Fahrstuhl nicht. Dann wohnst du hier bei uns und nimmst den Süd-Fahrstuhl."

Wie immer musste sie über Mirtis grenzenlose Neugier lachen. Lara drehte die aufgerollte Bestätigung zwischen zwei Fingern, bis ihr die nächste Ausrede einfiel.

„Jeden Tag gehe ich vielleicht auch gar nicht nach Hause. Wer weiß? Vielleicht will ich gar nicht mehr weg und suche mir eine Ecke im Keller."

„Ja klar, erzähl du mal weiter. Wann geht es überhaupt los?"

„Übernächsten Montag, also in anderthalb Wochen. Wenn Tanita aus dem Weltraum zurück kommt."

„Kein Problem", kommentierte Gina, „wir halten dein Zimmer natürlich frei."

Im Rechenzentrum lag der zusammen gefaltete Projektor auf der Tischplatte vor dem Terminal. Er blinkte bestätigend, als die alte Bewerberliste aus seinem Speicher gelöscht, dann durch einen riesigen Entwurf ersetzt wurde.

Cle hatte den Konstruktionsplan des Neural-Interfaces geschickt – und zusätzlich einen 3D-Tiefenscan seines tatsächlich funktionierenden Geräts. Natürlich gab es einige Unterschiede. Der kleine Bastler hatte nur die wenigsten nachträglichen Änderungen vernünftig dokumentiert.

„Na also", sagte Lissa, als sie den Projektor auf den Boden rollen ließ, „jetzt übertragen wir noch die letzten Änderungen in den Konstruktionsplan", der Projektor fuhr sein Stativ aus, „schon haben wir einen aktuellen 3D-Plan vom ganzen Interface."

Der Projektor faltete sich auf und zeichnete ein wildes Gebilde in die Luft.

„Halt, nicht alles auf einmal!" Lissa gab dem Projektor das Handzeichen für „weniger Schichten". Sofort wurde die leuchtende Zeichnung überschaubar.

Hinter der Projektion hatte Vonek eine Kekstüte auf dem Boden ausgeschüttet. Verspielt wie fast jeden Abend, sortierte er die Kekse nach Schokoladenanteil.

„Also, der Abschnitt hier vorne links kann schon einmal nicht sein. Das würde so nie laufen."

„Zeig mal her!" Mit einem Auge auf der Projektion und einem auf den Keksen, ging Lissa um den Konstruktionsplan herum, bevor sie sich neben Vonek setzte.

„Schau mal, diese Verbindung", er ließ eine Stelle im Schaltplan rot aufleuchten, „darf ich die im Tiefenscan sehen?"

Hinter ihnen leuchtete ein kleines Drahtbündel auf.

„Originalgröße ist zu klein!"

Er schob das Abbild von Cles Werk nach vorne und ließ es in dreifacher Größe anzeigen. Mit einer Serie weiterer Handzeichen navigierte er durch die Schichten des Tiefenscans bis zu der Stelle an der die fragwürdige Verbindung liegen musste.

„Ist das hier etwa das da?"

„Also, wenn du so fragst, bin ich dagegen", sagte Lissa.

Daraufhin griff Vonek in den Konstruktionsplan hinein und korrigierte den Abschnitt.

„So sieht es schon viel besser aus."

„Mindestens einen Keks wert!"

Leider war der Bauplan schneller vollständig, als die Kekse verschwanden. Das Software-Modell wollte Lissa nicht mit der spärlichen Dokumentation abgleichen.

Dafür sind Praktikanten da, fand sie. Die kleine Lara, die Cle sich ausgesucht hatte, sollte die Programme schließlich nicht nur erweitern, sondern vorher auch verstehen.

„Sollen wir die armen, letzten Kekse einfach so wieder einpacken?" fragte Lissa, während sie die leere Tüte wieder auf faltete.

„Von mir aus können wir sie auch bis Montag aufheben", beschloss Vonek, wobei er die letzten zwei Schokoladenkekse zu Lissa hinüber schob.

„Wenn du das auf irgendeine Weise ernst meinen würdest, dann würde ich dich jetzt darauf hinweisen, dass sie nach drei Tagen in der offenen Tüte weich geworden sein könnten."

Lissa nahm sich einen Schokoladenkeks und schob den anderen zu Vonek zurück.

Heute geht's abwärts! Lara war aufgeregt. Vorgestern hatte sie noch eine Nachricht aus der Basis bekommen. Vorsichtshalber sollte sie sich darauf einrichten, auch mal mehrere Tage am Stück vor Ort zu bleiben.

Nun stand sie in ihrem alten Kinderzimmer, warf ein paar Sachen in ihren Rucksack, hörte eine Bewegung hinter sich, schaute auf. Plötzlich stand auch noch Jette in der Tür!

„Bist du bald fertig?" fragte ihre große Schwester. „Ich bringe dich zum Rechenzentrum, in Ordnung?"

„Du meinst wohl, ich finde nicht alleine dort hin."

„Stimmt ja gar nicht, ich will nur mal schauen. Bis zur Tür kannst du mich doch mitnehmen, oder? Alles andere wäre wirklich gemein."

Lara warf noch eine handvoll Kleinkram in den Rucksack. „Na gut, von mir aus. Ich bin auch schon fertig."

„Dann komm schon ... nein, lass dieses Mal bitte die

Federviecher zu Hause!"

„Nicht ohne Hansi!" Lara bestand darauf. Sie konnten gehen wohin sie wollten, aber niemals ohne ihre Vögel. „Maja nehme ich mit, den Hansi genauso. Sie stören doch nicht, wir müssen sie nicht mal tragen."

Jette ließ sich auf Laras rot-gelb bezogenes Bett sinken und versteckte ihr Gesicht in den Händen. „Na gut, ist ja schon in Ordnung. Aber du sorgst alleine dafür, dass deine Viecher nicht im Weg sind."

Laras von bunten Armbändern umrankten Hände klappten die Käfigtür auf und steuerten die Äste an. Auf jeden Zeigefinger hüpfte ein kleiner, schillernder Vogel. „Seht ihr, zu so süßen Piepsern wie euch kann keiner Nein sagen."

Die Lichtfinken flatterten ein paar Runden durchs Zimmer und pickten an dem Apfelbäumchen, das wie immer seinen grünen Schatten auf den Konsolentisch warf. Während Maja und Hansi mit den Zweigen spielten, schichtete Lara den Inhalt ihres Rucksacks um.

Es muss doch möglich sein... sie quetschte die Socken unter das Sommerhemd ... *das Vogelfutter noch unterzubringen.*

Schließlich drückte sie den Rucksack noch einmal kräftig zusammen, bis die Ränder sich nahtlos von selbst verschlossen.

„Na also, es geht doch!" Sie triumphierte ihren Sieg über die Gesetze von Raum und Stauraum, als sie sich den Rucksack auf den Rücken schwang. „Bin fertig, es kann losgehen!"

„Deine Vögel ..."

„Die kommen von alleine hinter mir her."

Lara pfiff einmal auf den Fingern. Eine in allen Regenbogenfarben schillernde Federnwolke schoss auf sie zu. Die Lichtfinken landeten auf ihrem Kopf, wobei sie sich fest in die Kringellocken krallten. Maja putzte sich und ließ dabei eine rosarote Feder fallen.

„Meinst du, man versteht das so?" Ein buntes Diagramm mit Kreisen, Texten und Pfeilen zeichnete sich auf den Bildschirm.

Vonek verfolgte kurz die Pfeile und fand es in Ordnung. „Aber klar doch! Viel einfacher kann man den Sinn und

117

Unsinn eines ausgedünnten Raum-Designs kaum zusammenfassen."

Es war kurz vor halb acht. Für neun Uhr hatten sie ihre Praktikantin her bestellt. Lissa war sicher, dass der erste Tag wie von selbst verfliegen würde. Schließlich mussten sie Lara zuerst den Keller zeigen – besonders die Türen, von denen sie die Finger lassen sollte.

Anschließend würde sie sich mit dem Kind ans Terminal zurück ziehen. Erstmal ausführlich erklären, mit was für einer ungewöhnlichen Entwicklung sie sich in den nächsten vier Wochen beschäftigen würden.

Der westliche von vier Fahrstühlen, die an den Außenwänden des Turmes entlang zwischen den Stockwerken pendelten, war bereits voll, als Jette und Lara einstiegen. Als sie die Stadt-Etagen erreichten, stiegen einige Passagiere aus, doch noch mehr stiegen dafür ein.

Erst im neununddreißigsten Stockwerk wurde der Fahrstuhl leerer. Bei jedem Halt strömten mehr Menschen hinaus, sortierten sich auf Laufbänder, verschwanden in den verschachtelten Gängen der Ebene.

Die letzten Welle von Passagieren stieg auf Ebene minus eins aus. Hier, wie in der Ost-Hälfte der darunter liegenden Ebene, befanden sich die Abteilungen der *elementaren Produktion*.

Perfekt organisierte Fabriken stellten hier unten alles her, was täglich irgendwo im Turm benötigt wurde. Obwohl Roboter normalerweise automatisch zurecht kamen, musste jede Halle von zwei Menschen überwacht werden.

„Vertraue niemals einer dummen Maschine", flüsterte Jette beim Anblick der verschwindenden Kontrolleure. „Wie viele Menschen man doch immer noch braucht, nur weil nicht jeder Störfall im Programm vorgesehen und getestet werden kann."

Lissa und Vonek hingen auf dem Sofa in seinem Zimmer herum und warteten.

„Punkt neun Uhr", stellte Vonek fest.

Lissa schaute ebenfalls auf die Uhr. „Dreißig Sekunden

nach neun. Vielleicht steht sie vor der Tür und traut sich nicht herein."

„Oder ein Sicherheitsroboter war schlecht informiert und hat sie raus geworfen."

Zwei Schulmädchen rannten den leeren, grauen Gang entlang, der zwischen den unteren Produktionsanlagen zur Linken und einer geheimnisvoll stillen Lagerhalle zur Rechten verlief. Hinter der Lagerhalle wartete der abgesicherte Bereich *Steuerungstechnik*, mit allem was das Haus am Leben hielt.

Kurz vor dem Eingang blieb Lara stehen. „So, jetzt drehst du dich um und läufst weiter."

Jette setzte ihr lang geübtes, extra-freundliches Lächeln auf. „Nur einmal durch die Tür rein schauen, bitte!"

„Ja klar, ich lasse mich von meiner großen Schwester her bringen und klopfe noch nicht mal alleine an. Schönen Tag, bis heute Abend!"

Zwei Minuten nach neun summte die Türklingel.

„Na also, sie ist ja doch noch pünktlich." In aller Ruhe stand Lissa auf, ließ die Klingel jedoch noch ein paar Sekunden summen. „Lassen wir sie ruhig einen Moment warten."

„Bist du immer so gemein zu anderen Leuten?" Vonek nahm vorsichtig ihre Schulter in die Hand und zog sie zur Eingangstür.

Kaum war Jette hinter einer Kurve im grauen Gang verschwunden, schoben sich die beiden Hälften der breiten Tür auseinander.

Was sollte sie nun sagen, um nicht völlig blöd zu wirken? Weißes Licht fiel durch den Türspalt.

Das Licht fiel in den schattigen Flur, traf ein Mädchen mit rotbraunen Locken auf dessen linker Schulter zwei bunte Singvögel standen.

„Hallo Lara", begrüßte Lissa sie in ihrem fröhlichsten Tonfall, „schön, dass du schon da bist! Komm erst mal rein."

So aufgeregt wie unsicher wagte Lara sich ins Rechenzentrum hinein. Als das helle Licht auch auf die Vögel fiel, flatterten sie in die Luft und kreisten durch die Halle.

Während Lissa die Schülerin zum Terminal führte, wo sie ihren Rucksack unter dem Tisch verstaute, hielten Maja und Hansi die Kabel des Netzwerk-Knotens für dünne Zweige.

Vonek wollte die Vögel nicht aufscheuchen. *Wer weiß, wo sie sich dann verstecken?*

Probeweise kniete er einen Meter vor den geflügelten Chaoten nieder und pfiff leise. Die Vögel waren gut erzogen. Sofort ließen sie von den bunten Drähten ab, um sich brav auf seinen Zeigefinger zu setzen.

Einfach niedlich, fand er sie, und trug die Vögel zum Terminal hinüber. „Da hast du ja zwei süße Sänger mitgebracht", sagte er zu Lara. „Wie heißen sie denn?"

Kaum war er stehen geblieben, flogen die Vögel auf Laras Schulter zurück.

„Maja und Hansi", erklärte die Kleine. „Die rote heißt Maja, sie singt nicht. Das kann nur Hansi, der blaue."

Über den Vormittag nahmen sie Lara mit auf einen Rundgang durch alle Bereiche der Kellers. Auf dem Weg vom Klimasystem zum Kraftwerk ließ Vonek sich die Herkunft des Lichtfinken erklären.

Die Rasse *Lichtfink* war das Ergebnis einer Kreuzung zwischen dem Kanarienvogel, einer seit fast tausend Jahren gezüchteten Art des Kanarengirlitz, und der amazonischen Silberfeder.

Silberfedern, eine in der Natur seltene Finkenart, wurden erst vor knapp hundert Jahren von Naturschützern tief im Regenwald entdeckt. Das Bemerkenswerte an den exotischen Finken, die nicht größer als ein Spatz werden, ist ihr silbern glitzerndes Gefieder. Die Farbe entsteht durch in die Federspitzen eingelagerte Metallspuren, ohne die diese Vögel einfach nur weiß wären.

Diese ungewöhnliche Vogelart konnte so lange unentdeckt bleiben, weil sie nur in einem eng begrenzten Gebiet am Amazonas vorkommt. Der Bestand in freier Wildbahn wird auf ungefähr zweihundertfünfzig Tiere geschätzt. Durch ausdauernde Beobachtungen konnten die Naturschützer aber die Gewohnheiten der amazonischen Silberfeder erkunden, so dass sie es wenig später schafften, die Vögel in den Gärten des Turmes Brasilien-1 zu züchten.

Ein Vogelexperte, der Silberfedern und Kanarienvögel zusammen in einem Garten gehalten hatte, stellte eines Tages zufällig fest, dass Mischlinge die leuchtenden Farben der Kanarien, sowie das glitzernde Muster der Silberfedern an den Federspitzen tragen. Schlagartig entwickelte sich die Mischlingszucht zur Mode, so dass sich die schönsten, geometrisch gemusterten Rassen heraus bildeten.

Maja und Hansi entsprachen keiner bestimmten Rasse. Die Spitzen ihrer Federn waren fein silbern umrahmt, zeigten aber wenig Geometrie, vielmehr ein wildes Muster aus glänzenden Linien und blitzenden Punkten.

„So, das reicht für heute an Besichtigungskilometern", stellte Lissa klar. „Möchtest du jetzt endlich genauer erfahren, woran wir beide die nächsten Wochen arbeiten werden?"

Sie hatte Lara mit einem Mittagessen an den Tisch in ihrem Wohnzimmer gesetzt, saß selbst lässig auf dem Teppich und aß den Rest vom Frühstück. Ihre langen dunklen Haare schüttelte sie energisch zurück, damit sie gar nicht erst damit anfingen, in die Haferflocken zu fallen.

„Wie gefällt dir eigentlich die Basis?" fragte sie, als Lara nichts sagte. „Im Prinzip ist es egal, du musst so oder so weiter darüber leben."

Dass junge Mädchen immer so schrecklich schüchtern sein müssen!

Lissa fiel es schwer, sich vorzustellen, dass sie selbst einmal genauso gewesen sein sollte.

Aber bestimmt taut sie auf, wenn sie sich im Gesprächsthema sicher fühlt.

„Okay, Lara, du kennst dich ja schon etwas aus mit Raum-Design. Hier haben wir eine Herausforderung, mit der sich noch kaum jemand befasst hat."

Endlich bekam die Kleine wieder eine vollständigen Satz heraus.

„Mit was genau hat sich denn noch kaum jemand befasst? Erzähl doch endlich mal mehr!"

Jetzt hab ich das Essen umsonst aufgewärmt, dachte Lissa,

als Lara aufstand und sich in fröhlicher Erwartung neben sie auf den Teppich setzte.

„Die herkömmlichen Richtlinien für virtuelle Räume kennst du bestimmt. Fast alle Benutzer-Schnittstellen sind danach aufgebaut. Die Ausgabedaten werden so formatiert, dass möglichst kein Sinn überlastet wird."

„Ja, natürlich. Wie soll man sonst etwas darstellen?"

„Genau das ist der Punkt. Vergiss fürs Erste alles, was du über Standards weißt. Wir werden aus einer neuen Richtung an die Darstellung herangehen. Kannst du dir vorstellen, einen Raum so zu entwerfen, dass möglichst wenige Sinne überhaupt angesprochen werden?"

Lara überlegte eine Weile, schaute dann fragend zu Lissa auf. „Grundsätzlich schon, aber wozu soll das gut sein?"

Sollte sie alle erdenklichen Anwendungen jetzt schon aufzählen? *Ein kleiner Hinweis*, fand Lissa, *wird erst mal reichen.*

„Ist nicht mindestens eine Anwendungsmöglichkeit offensichtlich?" fragte sie zurück. „Wenn weniger Sinne mit einer Datenmenge ausgelastet sind, dann bleiben alle anderen frei – zum Beispiel für einen zweiten, untergeordneten Raum. Ach ja, noch eine Bedingung: Nichts darf in die sekundäre Wahrnehmung projiziert werden. Die halten wir ebenfalls frei."

„Dann bleiben aber nicht mehr viele Kanäle übrig", bemerkte Lara. „Nur Bild und Ton können vollständig genutzt werden, alle anderen Kanäle taugen ohne Syn-Ebene höchsten zu vagen Andeutungen."

„So ist es", bestätigte Lissa, „mehr vollwertige Kanäle stehen nicht zur Verfügung. Was, meinst du, braucht unser virtueller Raum dafür?"

„Tiefe", stellte das Kind fest, „oder zwei Räume nebeneinander. Ein normaler Raum hat doch gar nicht genug überschaubare Orte, an denen man Symbole darstellen könnte. Damit sich die Projektionen nicht überschneiden, lagert man sie ja gerade auf andere Kanäle aus."

„Richtig, der Raum braucht mehr Achsen. Die eigentliche Grenze ist nämlich nicht die Kapazität des Kanals *Sehen*, es ist die Anzahl der Dimensionen. Drei sind zu wenig, damit stehen sich alle simulierten Gegenstände gegenseitig im Weg."

„Also fügen wir eine Vierte hinzu?"

„Insgesamt können wir schon bis zu sieben gehen. Empfehlen kann ich das allerdings nicht; im aktuellen Entwicklungsstand hinterlässt der Simulator ein paar seltsame Nebenwirkungen. Aber keine Sorge, die bekommen wir demnächst in den Griff."

Ein dritter Raum-Kranker fehlt gerade noch! Sie gruselte sich bei Vorstellung, dass sich auch noch Lara diese unerklärliche Anpassung einfangen könnte. *Cle und ich, das sind schon zwei zu viel.*

„Mehr als doppelt sie viele Achsen?"

„Vielleicht kannst du es morgen kurz ausprobieren", gab Lissa trotzdem nach, „aber nur ganz kurz. Das System hat noch irgendeine rätselhafte Macke."

Jetzt wurde Lara erst richtig neugierig. „Die ganze Software-Basis ist schon fertig, oder?" hakte sie nach. „Was fehlt denn noch?"

„Komm mal mit", antwortete Lissa, geheimnisvoll lächelnd. Dabei stand sie auf und führte ihre Schülerin um die dunkelblaue Wand herum, an der Küche vorbei, zum Terminal mit der Bildschirm-Tischplatte.

„Der Rahmen funktioniert ziemlich stabil. Ausgenutzt wird er aber noch auf die herkömmliche, verschwenderische Art. Was fehlt, ist ein effizienteres Design. Kanäle einsparen, Dimensionen belegen."

Der Bildschirm zeigte die erste Zeile eines Diagramms, das den gewünschten Informationsfluss grob darstellte. Bunte Rechtecke bildeten eine Kette.

„Das hier sind diverse Ausgabedaten. Alles mögliche. Jetzt verteilen wir sie", die nächste Zeile baute sich auf, „auf die verfügbaren Kanäle. Weil das nur zwei sind", schwarze Striche kreisten jeweils sechs Rechtecke ein, „werden die Details doppelt gruppiert."

Lara begutachtete die bunten Figuren, verstand jedoch noch nicht ganz, was *doppelt* hieß. „Heißt das, die Gruppen werden nochmals unterteilt?"

„Gewissermaßen, ja. Beschreibe mir doch zunächst, was du unter der ersten Gruppierung verstehst!"

Wie in der Schule stützte Lara die Ellenbogen auf den Tisch, als sie versuchte, den Begriff in eigene Worte zu fassen. „Also, am Anfang hat man ja ein Raster, oder besser eine Baum-Struktur, aus eindeutigen Informationen. Die müssen so aufgeteilt werden, dass jede Gruppe für einen bestimmten Sinn formatiert werden kann. Die Formatierung selbst wird dann, eine Protokoll-Schicht höher, in den parallel laufenden Darstellungsmodulen für jeden Kanal einzeln umgesetzt."

„Ja, ganz richtig – für übliche Simulationen. Da wir hier aber nur zwei Kanäle verwenden können – Sehen und Hören – muss verschachtelt sortiert werden. Die erste Gruppierung läuft ab wie immer, wir sortieren die Ausgabe-Daten – also die Zweige und Blätter in der Baum-Struktur – nach Art des Inhalts."

„Wie immer. Aber das ergibt zu viele Gruppen", wandte Lara ein, obwohl Lissa gerade am zentralen Punkt angekommen war.

„Trotzdem teilen wir noch feiner auf", fuhr sie unbeeindruckt fort. Auf dem Diagramm kreisten grüne Linien jeweils drei Rechtecke innerhalb der schwarz umrissenen Gruppen ein. „Jede dieser Untergruppen ist klein genug, um in einem visuellen Symbol zusammen gefasst zu werden."

„Und wenn die in einen Raum zwischen sieben Achsen gezeichnet werden ..."

„... passen zehn mal so viele Details allein in den Kanal *Sehen*, als man normalerweise dort abbildet."

„Nein, über hundert mal so viele!"

„Theoretisch, Lara. Praktisch würde dann kein Mensch mehr durchblicken."

Lara saß noch immer mit aufgestützten Ellenbogen über der Zeichnung. Nun stützte sie auch noch den Kopf auf die Hände und dachte eher laut, als dass sie fragte. „Wie soll man überhaupt durch die Objekte in so einen Raum navigieren?"

„Das Zauberwort heißt *Bewegungsfreiheit*."

„Im virtuellen Raum?"

„Wo sonst?" Sie zog ihr erweitertes Datenstirnband von der hinteren Tischkante herüber. „Wenn du den Raum nicht nur von vorne siehst, sondern dich dort genauso bewegen kannst wie hier draußen, ist Navigation überhaupt kein Problem mehr."

Die kupferroten Kontakte schimmerten warm in der simulierten Abenddämmerung.

„Was ... hast du da?" Lara zeigte auf das Stirnband mit zu vielen Metallplatten.

„Die Lösung."

„Für was?"

„Simulierte Anwesenheit", erklärte Lissa. „Siehst du die neuen Kontakte hier in der Mitte, und dort an den Seiten?"

„Und was machen die?" Langsam wurde Lara wieder unsicher. Das Ganze ging doch etwas über ihre Erwartungen hinaus. Aber die freundliche Informatikerin mit der schwarzen Mähne hatte auch jetzt passende Erklärungen parat.

„Sie erledigen zwei wichtige Aufgaben", fuhr Lissa fort, „und zwar übertragen die hinteren hier", sie zeigte auf zwei kleinere Plättchen links und rechts vom Verschluss am Hinterkopf-Teil, „ein naturnahes Panorama. Der Benutzer sieht den Raum nicht von einem Punkt aus, sondern steht drin. Der Vordere", sie drehte eine Scheibe von der Größe eines Daumennagels nach oben, „ist der Rückkanal. Er fängt deine geplanten Bewegungen ab, so dass du, anstatt deines echten Körpers, dein virtuelles Ich bewegst. Das kann sich sehen lassen, oder?"

Daraufhin zeigte Lara wieder mit großen Augen auf das Band. „Und wie ... wie kommt man wieder raus, wenn das Ding jede Bewegung umleitet?"

„Das fragt jeder als Erstes", lachte Lissa und legte das Stirnband auf den Tisch. „Den Sensor tastet deine oberflächlichen Gedanken nicht nur nach Bewegungen ab, sondern auch das dem Wunsch die Simulation zu verlassen. Sobald du raus willst, bist du auch draußen."

Lara griff nach dem Stirnband, fuhr mit dem Zeigefinger über die kleinen Kupferkreise an der Innenseite. Sie spielte bereits mit dem Verschluss herum. „Wie kann es sein, dass die Signale nicht zu einem verschwommenen Nebel gestreut werden?"

„Streuung, ja, das ist noch eines der Probleme auf der Warteliste. Bisher arbeiten wir einfach mit stärkeren Magnetfeldern. Die werden zwar an den Rändern genauso gestreut, aber das macht nichts. Wenn genug klar erkennbare Signale ankommen, blendest du die Unscharfen von selbst aus."

In Gedanken versunken spielte Lara weiter mit dem Band. *Das Trainingsspiel sagt mehr als tausend Worte*, fand Lissa, wobei sie mit dem linken Fuß nach ihrem grünen Koffer tastete. Er stand natürlich noch immer unter dem Tisch.

„Willst du es heute noch ausprobieren?" fragte sie, holte den Koffer hervor und packte das zweite Datenstirnband aus.

Der virtuelle Raum begann im Nichts, breitete sich gleichmäßig um sie herum aus, zu einer Aura, zu einem Zimmer, einer Halle – schließlich zu einer weiten Ebene, deren Himmel sich wie eine Kuppel wölbte, bis er in der Ferne den Boden berührte. Winzige Lichtpunkte strahlten im glasig-schwarzen Boden und in der Tiefe darunter.

Für ihre Schülerin hatte Lissa die gleiche Übung gestartet, mit der Vonek damals bis zu den verknüpften Objekten gekommen war. Die Eigenschaften der Verbindung rein visuell darzustellen, sollte die erste Aufgabe für morgen werden.

Lara schaute sich um, drehte sich dazu einmal langsam im Kreis und zuckte zusammen, als plötzlich eine kleine Wolke ihren rechten Arm streifte.

„Was sind das für Dinger in der Luft?"

Die Wolke schwebte vorbei, wirbelte dann in einer Spirale nach oben. Lara sprang in die Luft, um danach zu greifen. Als sie das weiße Gebilde beim dritten Versuch erwischte, zerplatzte es und regnete in roten Schneeflocken hinab.

Die leuchtend roten Flocken verblassten auf ihrem Weg, wurden rosa und verloren den letzten Rest ihrer Farbe, als sie den schwarzen Boden berührten. In der dunklen Glasplatte blieben sie als neue Sterne hängen ... und sanken dennoch weiter.

Das war das erste Wunder in Laras neuer Zauberwelt. Sie kniete sich auf die Bodenplatte, um den Sternen nach zu schauen, die sich einer nach dem anderen feste Plätze im Untergrund suchten und gleichzeitig in der dünnen Glasplatte blieben. Sie waren an zwei Orten auf einmal, ohne doppelt sichtbar zu sein.

Eine Weile starrte Lara noch in den Boden und hörte den Sternen zu, von denen jeder seine eigene Melodie sang. Dann entdeckte sie einen Stern, der in Stereo spielte. Der Ton erklang aus zwei Quellen – dem Stern im Boden, und genauso auch von oben.

Verwundert drehte sie den Kopf und fand eines der halb durchsichtigen, wolkenartigen Dinger, auf der Stelle schwebend und unisono mit dem Stern spielend. Fast noch im gleichen Moment sprang sie auf.

„Hey, das ist ja eine Pfefferminz-Verknüpfung", lachte sie und schubste die Wolke mit der ausgestreckten linken Hand an. „Und sie funktioniert sogar!" fügte sie hinzu, als sich der Stern daraufhin ebenfalls ein Stück zur Seite bewegte.

Lissa stand ruhig daneben, als betreue sie ein kleines Kind auf dem Spielplatz. Die Verknüpfung war also wirklich völlig in Ordnung.

„Hast du erwartet, dass sie nicht funktioniert?"

„Also, das Licht müsste dunkler werden, wenn ich dieses Wolkending hier ...", Lara drückte die Wolke zwischen beiden Handflächen fest zusammen, „ ... verkleinern könnte!"

Die Wolke ließ sich ein wenig komprimieren. Gleichzeitig wurde auch der Stern dunkler, bis man ihn kaum noch sah und nur die nach Pfefferminz duftende Melodie übrig blieb.

„Gut erkannt, Lara! Kannst du auch erklären, woran du es erkannt hast?"

Strahlend ließ Lara den Stern wieder leuchten, behielt die Wolke aber fest in der linken Hand.

„Verbindungen mit so einer Geruchsfarbe stehen für *Synchronisieren*. So weit waren wir gerade letzte Woche in der Schule."

„Ach so, das Thema ist also ganz aktuell. Was meinst du, wird noch ein anderes Objekt synchronisiert?"

„Nein, natürlich nicht. Eine eins-zu-eins Verknüpfung." Fest entschlossen schüttelte Lara den Kopf.

Die Vokabeln sitzen also perfekt, dachte Lissa, und testete ihre Schülerin weiter.

„Und was wäre anders bei einer eins-zu-viele Verknüpfung?"

„Dann würde ich einen anderen Klang hören – einen gelb

schattierten Klang, für mich jedenfalls."

Na also, damit wären wir beim Thema! Lissa verscheuchte eine lästige Wolke aus ihrer Nähe, bevor sie weiter fragte.

„Genau darum geht es. Gelb für dich – und sonst?"

„Woher soll ich das wissen?" erwiderte Lara völlig korrekt. „Farben gehören, außer fürs Sehen, zur sekundären Wahrnehmung. Das heißt, jeder sieht etwas anderes."

„Test bestanden", bestätigte Lissa die Lösung, „damit sind wir eigentlich schon beim Thema für morgen angekommen. Diese bunten Abbildungen funktionieren zwar wunderbar, sind aber schrecklich subjektiv."

„Werden wir sie durch etwas für alle Benutzer Gleiches ersetzen?"

„Ja, morgen geht es los."

Lara ließ die verknüpfte Wolke los und griff sich eine andere. „Erst morgen machen wir weiter?"

Mit einem breiten Lächeln nahm Lissa ihr die Wolke aus der Hand und ließ sie wieder fliegen. „Es ist später als du denkst. Eigentlich solltest du längst auf dem Weg nach Hause sein."

Noch einmal sah Lara zu den Sternen unter dem Boden hinab. Hörte ihrem leisen, aber farbenfrohen Konzert zu. Jeder einzelne Stern wiederholte immer wieder seine einfache, ruhige Melodie.

Da sie alle leicht im Takt gegeneinander verschoben spielten, ergaben die vielen Musik-Schnipsel ständig neue Muster aus längst bekannten Einzelteilen.

„Darf ich morgen auch wieder in diese Simulation?"

„Natürlich, du sollst sie schließlich verbessern. Genau diese hier. Nicht die üblichen virtuellen Räume, die vom Verhalten her gar keine sind."

„Na gut", meinte Lara. Schon im nächsten Augenblick war sie verschwunden.

„Gut zu wissen, dass dir das Thema gefällt", sagte Lissa, als sie dem Mädchen das Sensorset ab nahm. „Wo stecken eigentlich die Finken?"

Hansi und Maja hüpften auf Laras offen neben dem Tisch liegenden Rucksack herum. Sie hatten die Futtertüte auf gepickt und sich daraus selbst bedient. Körner und Hülsen lagen auf dem Fußboden verstreut.

„Oh nein", rief Lara, die sich sofort zu ihren Vögeln herunter bückte, „da habe ich doch tatsächlich eure Futterzeit vergessen!"

Sie verschloss den Rucksack, ließ die Vögel auf ihrer Schulter landen und schaute sich vergeblich nach einer Uhr um.

„Wie spät ist es?"

Lissa blinzelte kurz. „Gleich halb sieben", sagte sie dann, bevor sie auch ihr eigenes Datenstirnband ab nahm.

Am zweiten Tag stand Lara wieder vor der simulierten Wolke, die sich mit dem Stern darunter eine monotone Melodie teilte. Der Klang war dunkelgrün, er duftete nach Pfefferminz – eine eins-zu-eins Verknüpfung, die ausgewählte Eigenschaften der beiden Objekte synchronisierte.

Lara suchte einen Ersatz für diese Form der Darstellung. Aber ihr fielen nur bunte Symbole ein, mit denen man Wolke und Stern markieren könnte.

„Also gut, dann malen wir eben." Sie atmete tief durch und öffnete mit einem Handzeichen das Auswahlfenster. Vor einer Reihe unbekannter Einträge wartete ihre Hand in der Luft.

„Hat dieser Raum einen Entwurfsmodus?"

„Klar doch", erwiderte Lissa neben ihr, „such mal in der nächsten Auswahlebene."

Lissa griff in das Auswahlfenster hinein. Die Beleuchtung darin wechselte von blau-violett nach rot. Eine neue Ebene von Befehlen ersetzte die alte Auswahl. In dieser Liste fand Lara den Entwurfsmodus sofort. Das Fenster in den Auswahlraum schloss sich wieder, im gleichen Moment erschien ein Buntstift in ihrer Hand.

Probeweise stupste sie mit dem Buntstift eine andere Wolke an. Die Spitze durchdrang die glasige Hülle bis zur Mitte, dort hinterließ sie eine goldene Kugel. Im zweiten Anlauf schaffte Lara es auch, nur die Oberfläche einzufärben.

Von hier aus kann sie erst mal alleine herum basteln, fand Lissa. Die Kleine kam erfreulich schnell mit der neuartigen Projektion zurecht. Fast hatte sie befürchtet, mit einem ahnungslosen Praktikanten nur Cles Programme nach zu bauen.

Lara war in dieser Hinsicht eine positive Überraschung. Ihr offiziell entwickeltes Interface würde vielleicht sogar besser werden, als das Original.

„Das ist eigentlich viel zu einfach, Lara, oder?", fragte sie an der angemalten Wolke vorbei, die jetzt direkt vor ihr auf der Stelle rotierte. „Übe doch einfach eine Weile mit dem Buntstift und denk dir schon mal eine flache Darstellung für die Verknüpfung aus. Hättest du etwas dagegen, wenn ich dich bis Mittag hier allein lasse?"

Lara fing sich eine neue Wolke ein, ließ ihren Klang verstummen und versah sie stattdessen mit grünen und gelben Linien.

„Eine Frage hab ich vorher noch", sagte sie beim Zeichnen. „Mit was werden wir die frei gewordenen Kanäle belegen?"

Erwischt! Lissa hatte ihr noch gar nicht erklärt, für wen die neue Benutzer-Schnittstelle gedacht war. „Erstmal werden wir die sekundären Kanäle gar nicht belegen."

„Warum räumen wir sie dann frei?"

„Um vermeidbare Blockaden abzubauen. Als Ergebnis wird ein barrierefreier Zugang für alle Anwendungen übrig bleiben."

Das Mädchen ließ den virtuellen Buntstift sinken und schaute Lissa groß an. „Aber ist das nicht gerade ein Vorteil von mehrschichtiger Darstellung? Wenn man bestimmte Kanäle schlecht sehen kann, verlagert man seine Ausgabedaten einfach auf andere Kanäle ..."

„... Grundsätzlich hast du ja Recht", musste Lissa dem zustimmen. „In der mehrschichtigen Umgebung kann jeder die Information so über seine Sinne verteilen, wie es ihm am besten passt. Aber eine Benutzergruppe wurde dabei übersehen."

„Eine Benutzergruppe, die überhaupt keine sekundäre Wahrnehmung verwenden kann?" Lara schien ganz schön enttäuscht zu sein. Betont gelangweilt fügte sie hinzu: „Ach so, wir entwickeln eine Art von behindertengerechter Software."

Damit hatte Lissa schon fast gerechnet. Sie setzte sich bequem auf den Sternenhimmel-Boden, wo sie sich auf eine längere Rede einstellte.

„Einmal ja, und einmal nein", fing sie an. „Die Schnittstelle ist in erster Linie für Benutzer gedacht, die aus der Außenwelt nur eine sehr flache Wahrnehmung kennen. Aber wenn sie erst fertig ist, kann sie jeder verwenden und die freien Kanäle sogar mit der vollständigen Ausgabe einer zweiten Anwendung belegen. Sozusagen zwei Räume gleichzeitig im Kopf, falls man dann noch durchblickt."

Lara hielt den Buntstift fest in der linken Hand, die gestreifte Wolke in der rechten. Ungläubig sah sie auf Lissa hinunter.

„Gibt es die wirklich? Klar kenne ich Gehörlose und Farbenblinde und so weiter, das kann man alles heilen – aber Blindheit auf der gesamten sekundären Wahrnehmung?"

Ihre Finger drehten den Stift im Kreis herum, dabei schaute sie ziellos in den weiten Himmel.

„Von so einer Krankheit hätte ich bestimmt schon gehört. Jemand dessen Sinne alle nur auf jeweils einem bis drei Kanälen arbeiten, also wirklich, der könnte ja noch nicht einmal Musik hören. Und wie soll der sich Zahlen merken?"

Wie gut, dass Cle das nicht hören kann, dachte Lissa. Diese Schulstunde schien die wichtigste zu werden.

„Solche Menschen sind zwar relativ selten, aber es gibt genug davon, dass ich schon zweien begegnet bin. Du kennst vielleicht auch einen; man merkt es nicht sofort."

Auch diesmal hatte Lara einen Einwand. Sie hielt den Stift wieder ruhig, starrte noch ein paar Sekunden in den hellen Himmel und setzte sich dann zu Lissa auf die Glasplatte.

„Man merkt es nicht sofort? Das kann nicht sein. Wenn ich jemanden kennen würde, der mit Musik nichts anfangen kann und genauso wenig mit buntem Parfüm, der nichts im Netz macht, wahrscheinlich weder Geburtstage noch Hausnummer auswendig weiß ..."

An dieser Stelle musste Lissa sie unterbrechen. Soviel Voreingenommenheit auf einmal ging einfach zu weit.

„Genau das passiert seltsamerweise nicht. Alle Betroffenen, von denen ich bisher gehört habe, kommen in der Außenwelt sehr gut zurecht. Soweit ich weiß, haben sie nicht gerade das beste Gedächtnis, und sie benutzen lieber Bildschirme und

Projektoren anstelle moderner Neural-Interfaces. Das scheint aber schon alles zu sein. Frag mich nicht, wie das kommt, aber sie mögen sogar Musik, obwohl sie ausschließlich Klang und Tonhöhe hören."

„Klingt unvorstellbar", bemerkte Lara. Die gestreifte Wolke stieg aus ihrer Hand auf, dann verschwand sie zwischen vielen anderen in den Himmel. „Dann wären alle Folgen dieser Krankheit schon behoben, wenn wir das neue Interface hier fertig haben. Gegen die Gedächtnisschwäche gibt es ja Upgrades, zumindest wenn man gerade nicht online ist."

Jetzt reicht es aber, fand Lissa, und war wieder froh, dass Cle nicht dabei war.

„Das Phänomen nennt man *Halbsichtigkeit*, weil man von allem nur die wichtigere Hälfte sieht. Und es ist keine Krankheit, merk dir das!"

„Was ist es denn dann?"

„Krankhaft ist grundsätzlich nur, was jemanden stört. Halbsichtige haben aber keine Probleme im Alltag, folglich sind sie auch nicht krank. Dass sie mit einem normalen Neural-Interface nicht perfekt zurecht kommen, liegt nur am schlecht angepassten Interface. Lass uns also besser von einem *Phänomen* reden, oder einer *Eigenart*."

„Ist ja irre", dachte Lara laut vor sich hin, „dass es so etwas gibt. Und das mit dem Gedächtnis lässt sich bestimmt auch trainieren."

Sie stand wieder auf, suchte die mit dem Stern verknüpfte Wolke. „Alle Achtung! Die müssen bestimmt verdammt viel mühsam auswendig lernen, wenn nicht einmal Zahlen und Wörter ein farbiges Muster haben."

Lissa fand die verknüpfte Wolke, fing sie zwischen zwei Fingern ein und reichte sie zu Lara hinauf. „Hab ich eigentlich schon erwähnt, was ich als nächstes Projekt vorhabe?"

„Nein, was denn?"

„Eine neue Generation von Gedächtnis-Upgrades. Es wird Zeit, dass die Dinger endlich mit Neural-Interfaces kompatibel werden."

Lara nahm die Wolke, ließ den Stern im Boden noch einmal dunkel und wieder hell werden, dann grinste sie den kleinen Lichtpunkt breit an.

„Dann hätte man ja kaum noch einen Grund, etwas zu lernen. Schwierige Hausaufgabe? Richtiges Gedächtnis-Archiv besorgen und aus dem Upgrade abschreiben!"

Jetzt musste Lissa mindestens genauso breit grinsen.

„Batterie leer? Dumm wie Stroh!"

Daraufhin mussten beide laut lachen. Natürlich würde das gleichzeitig mit einer Netz-Schnittstelle tragbare Gedächtnis-Upgrade nichts daran ändern, dass man Upgrades nur für vorübergehend benötigtes Wissen, wie Stadtpläne und komplizierte Schaltpläne, benutzte. Bildung war schließlich ein Menschenrecht, auf das niemand aus reiner Faulheit verzichten würde.

„Also, denkst du dir eine brauchbare, visuelle Ersatz-Darstellung für die synchronisierende Verbindung aus?"

„Klar, ich hab sogar schon eine Idee", sagte Lara mit der glänzenden Wolke in der rechten und dem noch immer als Buntstift dargestellten Entwurfswerkzeug in der linken Hand.

„Dann lasse ich dich jetzt ein paar Stunden in Ruhe daran arbeiten?"

„In Ordnung!"

Lissa dachte sich aus dem Trainingsspiel heraus, aber nicht zurück an den Schreibtisch. In der virtuellen Eingangshalle rief sie ihre Nachrichten-Zentrale auf, in der sie eine Direktverbindung zu Cle anforderte.

Natürlich war niemand zu Hause. Seit Cle die Förderklasse besuchte, war er fast jeden Tag entweder mit den Mitschülern im Labor oder bis zum späten Abend auf spannenden Exkursionen unterwegs.

Also stellte sie ein Informationspaket zusammen. Der kompakte Block aus konservierten Gedanken enthielt alle Erfolge der letzten zweieinhalb Tage.

Die Kopie von Cles Interface funktionierte. Lara hatte sich als geschickt genug herausgestellt, um auf Basis von Lissas Interface eine ganz neue komprimierte Projektion zu entwerfen. Am Ende würden sie beide Neural-Interfaces praktisch testen und das Nützlichere davon, oder eine Kombination aus beiden, veröffentlichen.

So viel sollte als kurze Statusmeldung reichen. Sie speicherte das Paket und schickte es ab.

Am späten Nachmittag ließ sie sich Laras Werk vorführen. Die synchronisierende Verknüpfung sah gar nicht schlecht aus. Anstelle des Pfefferminz-Duftes an der Melodie, tanzten hauchzarte Nebelschlangen in der Luft.

Die schmalen Schleier aus pastellgrünem Dunst wehten von der Wolke aus etwa dreißig Zentimeter in Richtung des Sterns. Aus dem Stern heraus wehten die gleichen Schleier nach oben, auf die Wolke zu.

Sobald jemand seine Aufmerksamkeit auf die bunten Bänder aus Luft richtete, sah er wie die beiden Nebelschlangen ineinander über griffen, so dass sich die vollständige Verbindung zeigte.

Aufgeregt über ihren ersten sichtbaren Erfolg, berichtete Lara von der Darstellung verschiedener Eigenschaften. Grün und nebelartig standen für eine synchronisierende eins-zu-eins Verbindung. Feste Bänder standen für einfache siehe-auch Referenzen, schwingende Spiralen zeigten zusammen gehörende Datensätze an. Gelb markierte die Verknüpfung als eins-zu-viele, Violett als viele-zu-viele, und Grau als Teil einer verschachtelten Baumstruktur.

Nachdem sie die Kleine endlich nach Hause geschickt hatte, fand sie eine Antwort auf den kurzen Bericht vom Mittag vor. Cle hatte wieder das geheimnisvolle, emotionenpermeable Interface getestet, so dass sich mit der Einladung in einen virtuellen Park eine zusätzliche Ladung guter Laune übertrug.

Es war der gleiche virtuelle Park, in dem sie sich vor ein paar Monaten zum ersten Mal getroffen hatten. Die Hecken simulierten jetzt Sommer und waren nur noch grün. Das Layout war etwas modernisiert worden; neuerdings zierte jede Kreuzung ein großer, dunkelgrüner Kastanienbaum.

Vor einer Holzhütte stand eine Gruppe von bunt gekleideten, nach neumodischen Schönheitsidealen überzeichneten Leuten um ein auf den Boden gezeichnetes Brettspiel herum. Sie schauten drei Spielern zu, die rote, gelbe, und blaue Spielfiguren darauf herum schoben.

Mitten zwischen den Zuschauern standen eine orange und eine grüne Figur. Orange und Grün winkten, als Lissa auf einer

134

Wiese auftauchte, die nur eine kniehohe Hecke vom Spielfeld trennte.

„Hallo Lissa", rief Orange, wobei er seinen grünen Freund zur Hecke zog. Beide stiegen über die Sträucher hinüber auf die Wiese.

„Hallo Cle, du bist ja wieder im Netz!"

„Ja, siehst du doch. Aber bitte keine irrwitzigen Erweiterungen, zumindest für die nächsten Tage!"

Cle hatte sich nicht im Geringsten gebessert. Die sorgfältig neutralisierte Stimme begrüßte sie fröhlich. In perfekter Harmonie mit dem Ton, zeigte das gleichmäßig orange Gesicht ein jugendliches Lachen.

Zwei orange Finger zeigten auf die fast gleiche, aber völlig von frischem Grün überzogene Person. „Das hier ist mein Kumpel Tsil, aus meiner neuen Schulklasse."

„Jetzt alle beide eintönig?"

„Warte ab, das wird die neue Mode!"

Ton in Ton mit dem Gras lehnte Tsil sich an einen Baumstamm und erläuterte diese seltsame Mode. „Wie in der Außenwelt zeigt sich hier sowieso niemand. Kein einziger, wetten dass?"

„Nun ja, ich trete fast wie original auf."

„Fast, da haben wir es", warf Cle ein. „Ich kenne keinen, der sein Foto nicht wenigstens ein kleines Bisschen retuschiert, bevor er es als Netz-Avatar freigibt."

Tsil warf den Kopf zurück, wobei dieser den Baumstamm nur knapp verfehlte, und redete weiter.

„Wenn wir uns schon nicht wirklich zeigen, dann zeigen wir auch nichts anderes dafür." Zwei der grasgrünen Finger zeigten auf Cle. „Dieser tolle Kontrast zum grünen Rasen hat die Idee eingeschleppt und ich finde sie umwerfend."

Mit zustimmender Selbstgefälligkeit setzte der orange Kontrast auf dem Rasen noch einen Kommentar drauf. „Ganz oder gar nicht, wir sind für gar nicht! Zugegeben, viele Mitschüler sind zu stolz, um ihr schickes Foto zu löschen. Überhaupt finden fast alle die Idee überzogen oder kitschig."

„Aber vier machen schon mit", stellte Tsil klar.

„Vier außer euch?" fragte Lissa.

„Äh, nee ... vier mit uns. Wir und noch zwei Freunde."

Lissa unterdrückte ein Kichern. *Nicht einmal die ganze Förderklasse,* dachte sie. *Voll der erfolgreiche Trend!*

„Also, weswegen wir hier sind – wie hat unser Projekt angefangen?" Cle ging ein Stück vom Spielfeld und den anderen Menschen weg, führte sie etwas weiter auf die Wiese hinaus. „Tsil interessiert sich auch dafür, wir werden es wahrscheinlich gemeinsam weiter entwickeln."

Ausführlich erzählte Lissa davon, dass Lara schon dabei war, eine ganz neue Projektion auf Basis des Anwesenheits-Simulators – für den ihr immer noch kein treffender Name eingefallen war – zu entwerfen.

Was bisher davon zu sehen war, kam Cles Version auffällig nahe. In vier Wochen könnten sie die Vor- und Nachteile beider Systeme vergleichen. Wenig später würden sie ein in sieben Raumdimensionen erweiterbares, wahlweise ein- oder mehrschichtiges Neural-Interface veröffentlichen. Natürlich würde es auf den Panorama-Funktionen aufbauen, die sie beide parallel erfunden hatten.

Cle setzt sich ins Gras, wodurch das Orange sich noch besser vom Hintergrund abhob, und schaute zu den andern hoch. „Es wird verdammt nochmal Zeit, dass die Leute ihre unbegründete Angst aufgeben. Du weißt schon, diese affige Angst vor perfekter Simulation."

Verwirrt setzte sich auch Lissa ins Gras. Gab es etwa ernsthafte Akzeptanz-Probleme im Turm Neuseeland-2?

„Wer sollte denn Angst davor haben? Im Gegenteil, Lara wollte gar nicht mehr raus aus dem Panorama."

Jetzt setzte Tsil sich neben die beiden, damit bildete er die letzte Spitze des Dreiecks. Eine grüne Hand fuhr durch genauso grüne Grashalme, als wollte sie die demonstrativ anonyme Stimme unterstreichen.

„Ach, nur so ein paar Freizeit-Philosophen aus dem Lehrerzimmer. Die haben irgendwo gelesen, dass reale und virtuelle Welt immer mehr ineinander fließen, und bilden sich seitdem ein, das verhindern zu müssen."

Nach einer kurzen Stille übernahm Cle wieder das Wort. „Unser verbessertes Interface, das endlich eine realistische Darstellung ermöglicht, soll es ahnungslosen Benutzern angeblich schwer machen, zwischen Außenwelt und

Simulation klar zu unterscheiden.

Zu unseren zwei Gegenargumenten sagen die aber nichts: Erstens haben wir noch gar keine Ahnungslosen ran gelassen. Zweitens sollte man professionelle Hilfe suchen, wenn man dermaßen blöd ist, dass man vergisst, ob man gerade online ist. Also wirklich!"

Am Ende der Beschreibung ließ Lissa sich rückwärts ins Gras fallen. Das alles kam ihr viel zu bekannt vor. Sie streckte die linke Handfläche hoch, um die blendende, tief violette Sonne abzuschirmen, und kicherte über die typischen, immer wieder auftauchenden Vorurteile.

„Ach Leute, solche Reden kenne ich nur zu gut!" Die Sonne blendete an ihrer Hand vorbei, also setzte sie sich wieder auf. „Sogar von einem Kursleiter an der Uni musste ich mir anhören, dass mehr als drei Dimensionen die menschliche Vorstellungskraft überfordern würden. Wie gut das praktisch doch funktioniert, hast du selbst ausprobiert."

„Gut zu wissen, dass es anderen genauso geht", seufzte Tsil. „Unsere Test-Anwender sind zum Glück für alles aufgeschlossen. Zehn Schüler kennen wir momentan, die ab und zu ins Labor kommen und die Schlüsselfunktionen ausprobieren. Weißt schon, das sind 360°-Panorama, natürliche Bewegungsfreiheit, plus ein paar Spielereien die wir spontan einbauen und meistens bald wieder wegwerfen."

Die verspielten, grünen Finger zupften Grashalme aus, während Tsil hinzu fügte: „Genauso läuft es mit Cles zweitbester Erweiterung. Du weißt schon, was ich meine?"

„Das Programm, mit dem Orange mir zwei überaus launische Karten geschrieben hat?" Lissa gruselte es bei der Vorstellung, ein Gerät zum Aufzeichnen von Gefühlen zu präsentieren und sich die zu erwartenden Kommentare anhören zu müssen.

„Ja, genau, der emotionenpermeable Interface-Zusatz," nickte Cle. „Den entwickeln wir nach wie vor bei mir im Kinderzimmer. Bisher ist die Auflösung noch sehr grob, wie du hoffentlich gemerkt hast. Ich war nicht wirklich so krass drauf. Das Programm produziert nur einen einseitig ausgeprägten Abklatsch."

Orange warf Lissa einen niedlichen, entschuldigenden Blick

zu, während Grün den Bericht weiter führte.

„Der Rest der Klasse hat es schon kurz ausprobiert. Noch sind wir uns einig, dass das Ding im alltäglichen Gebrauch unberechenbar wäre. Wir müssen die Auflösung erhöhen, um feinere Abstufungen zu übermitteln. Und ein Filter muss noch programmiert werden, in dem man einstellen kann, was kopiert werden darf und was geheim bleibt."

Ein paar Minuten saßen sie wortlos im Gras, bis Cle ein neues Thema ansprach. „Gibt es eigentlich Neues von deinem EA-Proxy, speziell von der fünften Stufe?"

„Falsche Frage", musste Lissa zugeben, „ich bin noch nicht dazu gekommen, den Proxy gründlich auseinander zu nehmen."

Die seltsame Nebenwirkung, dass der erweiterte Raum normal und die Wirklichkeit zu flach erschien, war erst nach längerer Laufzeit aufgetreten. Wie oft hatte sie ihre zusätzlichen Dimensionen schon verbessert und getestet? Fünfzigmal? Hundertmal? Nie hatte die Simulation irgendwelche Folgen hinterlassen. Länger als zehn Minuten war diese aber nie gelaufen.

Erst bei der Suchaktion mit Cle im Einwohnerverzeichnis hatte sich die neue Raumstruktur eingebrannt. Ein nicht wieder auftretender Einzelfall? Dann hätte es nicht gleich sie beide erwischt.

„Dieser Systemfehler von vor ein paar Wochen", setzte sie nach ein paar Atemzügen neu an, „tritt nur nach längerem Gebrauch auf. Man kann zehn Minuten arbeiten und das System problemlos wieder abschalten. Auch fünfzehn Minuten haben keine ernsthaften Folgen. Doch bei einem stundenlangen Probelauf könnte es ja wieder sein, dass ..."

„... lass es bleiben, okay?" Cles orange Maske schaute Lissa an. Auf einmal sah er ungewohnt ernst aus. „Solange du keine Zeit hast, um das Problem direkt im Programm selbst zu suchen, lass es einfach liegen, das ist völlig in Ordnung. Ich wollte echt keinen Druck machen, das war doch nur eine Frage!"

Ein abgerissener Grashalm kräuselte sich zwischen Lissas Fingern. Sie strich ihn glatt, machte einen Knoten hinein und antwortete dabei ohne auf zu schauen. „Ja, ich weiß ... das ist eben nur ... irgendwie doof."

Ein zweiter Knoten verkürzte den Halm.

„Kann ich den Grashalm mal haben?" Eine grasgrüne Hand öffnete sich vor ihr. „Komm schon, es ist dir also peinlich, ein nur halb laufendes Programm in der Schublade zu haben. Na und?"

Tsil nahm ihr den verknoteten Halm aus der Hand und versuchte, ihn an einem anderen Halm fest zu knoten. „Das ist auf jeden Fall besser, als ein gar nicht vorführbares Programm. Davon hab ich drei oder vier. Die laufen noch nicht einmal fünf Minuten lang stabil."

Orange reichte Grün einen dritten beschäftigenden Grashalm und nutzte die Pause, um auf die Dimensionen zurück zu kommen. „Wie viele Stufen hast du denn für unsere nette Lara freigeschaltet?"

„Alle drei Harmlosen", antwortete Lissa, „also alles bis auf zusätzliche Dimensionen. Unscharfe Positionen, verschobene Eigenschaften-Quellen, damit kam sie sofort zurecht."

„Aber dass es zwei weitere Stufen gibt, hast du erwähnt?"

„Ja, natürlich, aber die hab ich gesperrt."

Bei dem Versuch, das Bündel aus drei ineinander verknoteten Grashalmen an einem noch in der Erde angewachsenen Halm zu befestigen, zerrissen Tsil die faserigen Enden. Der Knoten verschwand im Grün der Wiese. Endlich wieder aufmerksam, mischte sich die grüne Person wieder ins Gespräch ein.

„Bist du gemein! Erzählst erst von unglaublichen Erweiterungen, dann sperrst du sie einfach." Tsil gab sich Mühe, ihr einen armer-kleiner-Schüler-Blick zu zeigen, bevor er hinzufügte: „Aber danach gefragt hat sie doch, oder?"

Lissa setzte einen nicht gerade überzeugenden strenger-Lehrer-Blick auf. „Natürlich möchte jeder ausprobieren, wie sich ein paar mehr Achsen in der Raumzeit anfühlen. Aber da ich Lara in drei Wochen heile wieder abliefern muss, wird nicht damit herum experimentiert."

„Warum lässt du sie nicht mal dran schnuppern?" wandte Tsil ein. „Fünfzehn Minuten sind kein Problem, das hast du vorhin selber sagt."

Lass die Grashalme in Ruhe, befahl Lissa ihren schon wieder nervösen Fingern, die stattdessen mit einer Haarsträhne spielten. Konnte der Systemfehler mit dem Alter zu tun haben? Jedenfalls war Anpassung im Spiel.

Sie selbst war den schnellen Wechsel zwischen Wirklichkeit und diversen Simulationen gewohnt. Daher hatte sie nach der Dimensionen-Überlastung nur einen Tag lang eine räumlichere Außenwelt erwartet. Cle war jünger, hatte weniger Erfahrung, und hatte sich nach einer ganzen Woche erst halbwegs erholt.

Andererseits hatte Cle auch ein leicht anders konstruiertes Neural-Interface benutzt. Und noch ein möglicher Einfluss: Cle hatte mit normaler Signal-Streuung gearbeitet, Lissa dagegen mit einem zu engen Stirnband.

Was war der entscheidende Faktor? Alter, Übung, Streuung, oder war ihr Interface von sich aus resistenter gegen Überlastungen?

„Redest du mit uns, oder denkst du nur laut?" fragte Cle wie von weit weg.

„Was? Ähm ... beides." Sie erwachte aus ihrem Wellen schlagenden Gedankenfluss und schaute zu den beiden bunten Bastlern auf. Cles Stimme klang jetzt wieder etwas näher.

„Vielleicht finden wir das nie heraus, wenn du die Kleine nicht wenigstens einmal testen lässt."

„Und wenn es schief geht?"

„Na und? Bisher ist jeder wieder aufgewacht."

Weiß schimmernd lag der Nachbau von Cles Schnittstelle auf der Tischplatte. Die zehn schwarzen Drähte vom Stirnband liefen in einer von weißem Modelliergel ummantelten Kugel zusammen, welche direkt mit dem Terminal verbunden war. Es brauchte keinen zusätzlichen Computer, wie Lissas aufwendiges Konstrukt.

Bewundernd saß Vonek davor und beobachtete die Lichtreflexe auf den Kupferkreisen. „Was meinst du, Lissa? Soll ich es mal ausprobieren?"

Neben ihm schob Lissa das Gerät zur Seite. „Von mir aus kannst du es versuchen. Aber wunder dich nicht, dass du nichts verstehst. Cle hat es für sich programmiert und

140

niemand anderes wird es jemals ernsthaft gebrauchen können."

Der Bildschirm zeichnete einen Raum auf den Tisch.

„Sieh mal, das hier ist ein Standbild vom Verzeichnisbaum."

In weichen Pastellfarben stand das Dateisystem mit seinen Verzeichnissen in dem Raum. Davor, dahinter, um jedes Symbol herum hingen Buchstaben und Ziffern in der Luft.

„Diese Text-Fetzen überall, die sind normalerweise halb transparent. Sie werden fest, wenn man sie direkt anschaut."

Vonek versuchte die Zeichen zu entziffern. Ein wahrer Text-Sturm schien auf dem Standbild erstarrt zu sein. „Was sind das für Abkürzungen? Die kann tatsächlich keiner lesen."

„Hab ich doch gesagt", meinte Lissa, zuckte mit den Schultern, dann schob sie das Bild vom Tisch weg. Der Bildschirm schaltete sich wieder ab. „Durch so ein System blickt nur derjenige durch, der es geschrieben hat."

„Dann eben nicht. Wie weit seid ihr eigentlich mit eurer grandiosen Neuentwicklung?"

Na endlich, dachte Lissa, *ein schöneres Thema.*

Von ihrem und Laras Fortschritt überzeugt, berichtete sie von den nur noch wenigen Zusammenhängen, für die sie noch keine rein primäre Abbildung erfunden hatten.

„Und außerdem", fügte sie dem hinzu, „bin ich noch nicht ganz sicher, wie viele Dimensionen wir endgültig verwenden können."

„Du willst also doch nicht alle sieben einsetzen?" fragte Vonek verwundert. Noch letzte Woche hatte Lissa ständig von der besseren Übersicht durch übernatürliche Räumlichkeit geredet – und jetzt stellte sie ausgerechnet diese Erweiterung plötzlich in Frage?

„Eigentlich schon", antwortete sie, „aber ich habe noch keine Ursache für diesen Überlastungseffekt gefunden. Du weißt schon ... dass man nach noch nicht mal einer halben Stunde in dieser Projektion total benebelt aufwacht und die gleichen Dimensionen von der Außenwelt erwartet."

Vonek dachte einen Moment darüber nach, erinnerte sich an Lissas letzten Netzwerk-Schock und meinte dann: „Normalen Leuten passiert das vielleicht gar nicht."

„Ach ja", fragte sie nach, „und wer sind *normale* Leute?"

„Leute, die noch eindeutig zwischen Außenwelt und Computer unterscheiden. Diese Grenze gibt es für dich doch schon lange nicht mehr."

„Eher im Gegenteil", widersprach sie, „wer den ständigen Wechsel zwischen Außenwelt und verschiedenen Simulationen nicht gewohnt ist, neigt schneller dazu, sich an ein Erscheinungsbild der Welt zu gewöhnen und es überall wieder zu suchen. Auf Knopfdruck das Weltbild von vorhin abzuschütteln, muss jeder erst lernen."

„Das ist auch möglich", bestätigte Vonek, „aber anders herum könnte es genauso gut sein. Wer Projektionen aus dem Terminal als weniger natürlich empfindet, übernimmt sie nicht ohne Weiteres in die Realität."

Eine Weile saßen sie schweigend vor dem Terminal, neben dem drei verschiedene Interface-Konstruktionen lagen. Ein Herkömmliches, die von Lissa entwickelte Variante, und der Nachbau von Cles Erfindung.

„Sollen wir die neuen Dimensionen nun verwenden, oder zunächst lieber nicht?" fragte sie in die Stille hinein.

Die Stille dehnte sich aus, bis sie von Voneks Antwort unterbrochen wurde.

„Ein paar Minuten haben nie geschadet, oder?"

Früh am Dienstag flatterten die zwei Finken wieder ins Rechenzentrum. Niemand sah mehr auf, bei der seit einer Woche täglichen Flugschau. Zusammen mit den Vögeln kam auch Lara herein. Diesmal stellte sie wieder ihren Rucksack ab, den sie zuletzt am ersten Montag dabei gehabt hatte.

„Hallo Lissa", rief sie, und schob die Tasche in die Ecke am Terminal, „ich hab meine Eltern gefragt. Alles okay, ich darf den Rest der Woche hier bleiben!"

Oh Mist, wollte Lissa sagen, entschied sich dann aber für „Schön, dann arbeitest du heute wohl die halbe Nacht durch?"

Lara verschwand im Schatten der Ecke, kramte eine gefaltete Folie aus ihrem Rucksack und strich sie auf dem Bildschirm glatt. Mit schwarzen Linien war darauf irgendetwas skizziert.

„Bevor das hier läuft", sie zeigte auf die grobe Skizze, „gehe ich jedenfalls nicht."

Aufgeregt erklärte sie ihre neueste Idee. Das schief gezeichnete Raster auf der Folie trennte mehrere Teil-Räume ab. Lara hatte vor, den siebendimensionalen Raum in viele dreidimensionale Schichten zu teilen. Eine davon als Steuerungsschicht auszuwählen und die anderen als sekundäre Teil-Räume für die Abbildungen freizuhalten, die normalerweise als sekundäre Eigenschaften eines Objekts dargestellt wurden.

„Hier ist zum Beispiel ein Verzeichnis voller Texte", sie fand einen roten Stift in ihrer Hosentasche und malte in das erste Karo ihrer Skizze hinein, „es sieht eben aus wie ein Verzeichnis. Nun wollen wir keinen Geruch verwenden, also verlagern wir die entsprechende Ausgabe-Gruppe dort hin", das zweite Karo wurde rot schraffiert, „das heißt, wir zeichnen den Geruch als Grafik an dieselben Koordinaten, aber im anderen Subraum."

Im Prinzip war Laras Vorschlag ganz einfach. Anstatt ein Universum über sieben Dimensionen am Stück zu verwalten, wollte sie mehrere parallele Volumen mit jeweils drei vertrauten Dimensionen daraus machen.

Die drei Koordinaten eines Objekts sollten in jedem dieser Räume für dessen Eigenschaften reserviert werden. So würden genug verschiedene und dennoch identische Positionen zur Verfügung stehen, um alle relevanten Informationen über ein Objekt auf einem einzigen Ort rein grafisch abzubilden.

„Einen Versuch ist es sicherlich wert", fand Lissa, „aber eventuell wird es sich als Bremse herausstellen. Wie viele solcher Verzeichnisse kann man gleichzeitig anzeigen, ohne sie auf der einen oder anderen Schicht zu verwechseln?"

Lara war da natürlich anderer Meinung. „Augenmaß ist auch nur eine Frage der Übung", erwiderte sie, „man muss schließlich nur ganz normale Entfernungen vergleichen. Je exakter man das hin bekommt, desto näher zusammen kann man die Symbole anzeigen, ohne sie zu verwechseln."

Noch mitten im letzten Satz, griff sie nach ihrem Datenstirnband. „Also, was ist? Darf ich heute endlich die zusätzlichen Dimensionen ausprobieren? Ich bin schließlich schon eine ganze Woche hier und hab noch nichts kaputt gemacht."

„Natürlich, ich hab es doch gestern versprochen," antwortete Lissa, wobei sie die beiden Stirnbänder an den Zusatz-Rechner anschloss, der an seinem festen Platz auf dem Tisch stand. „Aber vergiss nicht die ungeklärte Macke, die noch irgendwo im Programm steckt. Länger als zehn Minuten am Stück sind nicht drin."

Vorsichtshalber hatte Lissa die fünfte Stufe so eingestellt, dass sie sich nach zehn Minuten von selbst abschaltete.

Lara fand sich erstaunlich schnell zurecht. Kaum hatte sie es geschafft, die sechs Schalter umzulegen, fühlte sie auch schon die neuen Dimensionen.

„Das ist ja fantastisch!" rief sie, sprang zu einer nach oben flüchtenden Wolke hinauf, erwischte sie jedoch nur im sichtbaren Teil-Raum. „Alles sieht aus wie gestern, aber es ist viel ... wirklicher."

Bei diesem Kommentar musste Lissa lächeln. Ihre Schülerin war zwar erschreckend schnell, aber das war jetzt trotzdem zu ungenau.

„Wirklicher als *was*?" fragte sie.

Daraufhin konnte man beobachten, wie Lara nach passenden Worten suchte.

„Wirklicher als ... nun ja ... als alles."

„Besser als die Wirklichkeit?"

„Genau, das ist es! Die Außenwelt kann hiermit nicht mithalten ... als wenn man aus einem jahrelangen Traum aufwacht."

Dann können wir ja schon anfangen, stellte Lissa fest. Sie suchte in ihrer virtuellen Hosentasche nach dem roten Ball, mit dem bereits Cle geübt hatte.

Auch heute noch fand sie es schwierig, mit Fingerspitzen, die nur in ihrer Vorstellung zu existieren schienen, nach etwas zu tasten. Schließlich fand sie aber den auf einen Teil-Raum begrenzten Ball und hielt in hoch.

„Lara? Schau mal her", sie hielt den Ball so still wie möglich, „siehst du hier etwas?"

„Äh, was?" Lara schaute hin und hatte von der Frage nichts mitbekommen.

„Pass doch bitte einmal auf, auch wenn es schwer fällt. Siehst du etwas in meiner Hand?"

Natürlich sah Lara nichts, jedenfalls nicht vor ihren Augen. Sie konzentrierte sich auf den Punkt über Lissas linker Hand und durchsuchte alle neuen Ebenen.

„Da war eben etwas! Warte mal ...", sie versuchte das flüchtige Bild in ihrem Kopf festzuhalten, „... etwas Rotes, und es fühlt sich rund an. Aber es verschwindet ständig."

Lissa warf den Ball in die Luft, fing ihn wieder auf, ließ ihn gleichmäßig rotieren. „Und jetzt?"

„Jetzt sehe ich ihn endlich deutlich!"

Es war die übliche Anfänger-Hürde. Auch Lissa hatte bei ihrem ersten Versuch nur bewegliche Objekte in den erweiterten Dimensionen gesehen. Cle hatte genauso angefangen. Bei beiden hatte sich das Problem schnell in Nichts aufgelöst.

Das Gehirn eines Benutzers musste eben erst lernen zu sehen. Erst lernte man, Veränderung zu erkennen. Dann kam Farbe ins Spiel, am Ende folgten auch die Umrisse. Zum Glück dauerte dieser Lernprozess hier drinnen nur Minuten.

„Fang auf!" rief Lissa. Sie warf den Ball ungefähr in Laras Richtung.

Das rote Ding schoss vorbei, blieb auf dem Boden liegen und war damit wieder aus Laras Welt verschwunden. Mit geschlossenen Augen starrte sie auf die Stelle, an der sie den Ball zuletzt gesehen hatte.

Nach ein paar Sekunden der Stille bewegte sich ihr Arm fast wie von selbst in die Richtung, die in den drei vom Ball belegten Dimensionen dem *Unten* entsprach. Knapp über der runden Oberfläche hielt sie inne.

„Wie kann ich denn jetzt danach greifen?" fragte sie verwirrt, tastete dabei den Ball ab und hielt ihn plötzlich in der Hand. „Oh, ich hab ihn ja schon!"

„Gut gemacht", freute sich die Lehrerin, „du begreifst diese Projektion verdammt schnell."

Dazu sagte Lara nichts. Selig strahlend hielt sie den roten Ball in der Hand, den sie nur in ihrem Kopf sehen konnte; wie eine von selbst auftauchende Vorstellung, die aber völlig real war.

„Sie sind einfach so da", redete das Mädchen verträumt vor sich hin, „die vielen neuen Ebenen. Man sieht sie nicht direkt, und trotzdem hat man sie gesehen. Fast wie die Farben von Musik, aber", sie legte den Ball von der linken in ihre rechte Hand, „man kann sie verändern."

„Dir kann ich ja gar nichts mehr beibringen", grinste Lissa. „Die neuen Dimensionen werden nur wie auf sekundären Kanälen sichtbar, weil das menschliche Bewusstsein woanders keinen Platz dafür vorgesehen hat. Primäre Dinge sind sie aber trotzdem. Diese kann man natürlich greifen und verändern."

Wieder fing Lara an zu träumen. „Was wäre, wenn ein Kind diese Welt als Erste kennen lernt?"

„Diesen Fall gab es zum Glück noch nie", antwortete Lissa.

Schnell öffnete sie ein Fenster zu einem Verzeichnis vor sich, aus dem sie noch ein paar Spielzeuge hervor zauberte.

„Wir haben hier noch mehr unterschiedlich flache Sachen." Sie hob einen in fünf Dimensionen ausgedehnten Plüschhasen vom Boden auf. „Möchtest du noch ein Bisschen trainieren?"

„Wie viel Zeit haben wir denn noch?"

„In vier Minuten ist eine Pause angesagt."

Kurz bevor die Simulation automatisch auf nur drei Stufen herunter fuhr, hatte Lara auch gelernt, still stehende Objekte sofort zu finden. Nur Entfernungen exakt abzuschätzen, bereitete ihr noch Probleme. Aber das würde in der nächsten Übung bestimmt Schnee von gestern sein.

Zurück im flachen Raum, schaute Lara erst mal etwas enttäuscht in die Gegend. „Und was machen wir jetzt als nächstes – wenn der bessere Raum nie lange genug steht, um etwas daraus zu machen?"

„In zwei Minuten hab ich einen Termin", antwortete Lissa, „willst du mitkommen? Ich treffe jemanden der ein ganz ähnliches Interface erfunden hat."

Selbstverständlich wollte Lara mitkommen, um Cle mehr oder weniger persönlich kennen zu lernen. Den öffentlichen Raum hatte diesmal Lissa ausgewählt. Als Abwechslung von dem lieblichen Garten-Design, in dem Cle und Tsil sich sonst so gerne aufhielten, hatte sie einen Raum gesucht, den sie noch aus alten Zeiten kannte. Er sah wie ein übertrieben moderner Weltraum-Hafen aus.

Unter einer riesigen, durchsichtigen Kunststoffkuppel breitete sich eine gelb-graue Fläche aus, aus der hunderte metallisch grün glänzender Türme wie Nadeln hervor wuchsen. In jede dieser viereckigen Säulen führten sechzehn Tore hinein, an jeder Seite jeweils vier übereinander. Sie öffneten sich lautlos für startende und landende Raumgleiter.

Ein Spinnennetz aus Röhren verband die Säulen miteinander und in den Röhren liefen Menschen entlang. Die meisten gingen auf die Mitte zu oder kamen von dort.

Lissa und ihre kleine Freundin meldeten sich an und fanden sich im Inneren einer Säule wieder – auf einer Lande-Plattform, neben einem ordentlich gezeichneten Raumgleiter.

„Hier hat sich ja echt jemand Mühe gegeben", kommentierte Lara die aufwendigen Oberflächen. „Diese Lichtbrechung an den Wänden, einfach klasse! Der Silberglanz auf dem doppelt beschichteten Raumgleiter kann sich ebenfalls sehen lassen."

Lissa begutachtete die grünen, von innen durchsichtigen Wände der Landesäule. Tatsächlich waren die natürlichen Verzerrungen an Kanten und eingravierten Schildern ganz gut gelungen. Dann wandte sie sich dem Modell des Raumgleiters zu.

„Die Oberfläche ist wirklich schön", sagte sie dazu, „aber die Form hat bestimmt jemand anderes modelliert."

Mit dem Fuß deutete sie abwertend auf eine der Stützen, auf denen der Raumgleiter stand.

„Vier Füße. So ein Schiff würde niemand wirklich bauen. Das kippt viel zu leicht um."

Dabei nahm sie Lara an die Hand und ging mit ihr in den gläsernen Röhrengang, der zur benachbarten Säule führte, von dort aus zur nächsten, zur übernächsten, und vier Säulen weiter zur Mitte.

Das Zentrum des Netzwerks aus Röhrengängen konnte man von überall aus sehen. Ein breiter, gelb und orange leuchtender Turm überragte dort die grün schimmernden Säulen. Die Glaskuppel auf seinem Dach war von innen weiß beleuchtet, die Umrisse vieler Menschen zeichneten sich darin ab.

In dem Gang, der direkt ins leuchtende Zentrum führte, trafen sie schließlich auf Cle und Tsil. Wie immer ganz in Orange und Grün lehnten sie an der runden Wand, zeigten auf künstlerisch wertvolle Lichtreflexe, hinterließen dabei Fingertapsen auf der Scheibe.

„Hallo ihr beiden", flüsterte Lissa direkt hinter ihnen.

Cle und Tsil schreckten auf. Genau gleichzeitig drehten sich beide um.

„Hallo, da seid ja auch ihr", freute sich Cle. „Du bist also Lara!"

Nachdem auch Tsil die Mädchen begrüßt hatte, gingen sie zusammen weiter zum zentralen Turm.

„Die machen hier eine ganz schön überzogene Schau aus dem Login", meinte Grün, „aber es lohnt sich, das anzuschauen."

Orange nickte und fragte, ob dieser Raum ein Kunstwerk sei.

„Das sieht man doch", antwortete Lissa, „diese Anlage hier ist ein offenes Kunstprojekt. Es soll für unbegrenzte Zeit laufen. Und wachsen solange die Ressourcen ausreichen. Im Prinzip kann jeder beim Programmieren und Zeichnen mitmachen, aber inzwischen gelten ziemlich hohe Ansprüche."

Der Eingang des warm leuchtenden Turmes war von einem etwas helleren Orange als Cle. Letzterer schaute sich noch einmal um, ließ den Blick über die weite Ebene aus metallisch grünen Säulen und hell gelb leuchtenden Gängen schweifen. Dann trat er mit dem Rest der Gruppe durch das Tor.

„Wenn unser Panorama-Interface erst jeder hat ..." fing er an.

Lara beendete den Satz: „... dann gibt es noch einen Grund weniger, sich überhaupt wieder auszuklinken!"

Tsil kicherte. „Und was gibt es zum Abendessen?"

„Ich habe nicht *keinen Grund* gesagt."

Das Tor führte sie auf einen breiteren Weg, welcher als Spirale an der Innenseite des Turms entlang lief. In der Mitte ragte ein Baumstamm auf, vom Boden tief unten, bis in die hohe Glaskuppel.

Lara klammerte sich an ein Geländer aus blauem Licht und

versuchte, in der Tiefe die Wurzel des endlosen Baumes zu erkennen. Danach schaute sie nach oben, wo ein Blätterdach den Blick in die Kuppel versperrte.

In flachen Kreisen schraubte sich der Weg nach unten, mit jeder Umdrehung mündeten vier Gänge in die große Spirale. Besucher stiegen an ihnen vorbei nach oben, wo sie sich zu sammeln schienen.

„Warum gehen wir eigentlich abwärts?" fragte Tsil, dessen grüne Stiefel blaue Funken aus dem Geländer schlugen.

„Ich möchte nachsehen, ob Joachim mit seinem Ozean schon fertig ist", erklärte Lissa. „Das ist der Zeichner, der auch dieses schöne Licht-Geländer entworfen hat. Soll ich ihm verraten, dass du mit den Füßen danach trittst?"

„Dieser hübsche Funken-Effekt muss doch auch gewürdigt werden", entgegnete Tsil, ging dann aber doch einen Schritt von Geländer entfernt weiter. „Wo hat der Meister Joachim denn Platz gefunden für einen ganzen Ozean?"

„In einer Höhle."

„Unterirdisch?"

„Wo sonst? Direkt unter dem Hafen entsteht ein unterirdisches Meer."

Als sie das Erdgeschoss erreichten, sprach Cle endlich das Experiment an.

„Du hast heute die sieben Dimensionen ausprobiert, oder?"

Lara drehte sich zu Cle um. „Ja, vorhin erst. Woher weißt du das?"

„Von dem Genie mit den schwarzen Haaren, das hinter dir geht. Wir sprechen uns schließlich ab, was den Entwicklungsstand angeht."

Damit hatte Lara nicht gerechnet. Dass die beiden einfarbigen Figuren ihr Projekt kannten, war klar – aber dass sie zu den Entwicklern gehörten, hatte Lissa nicht erwähnt.

„Du gehörst also mit zum Team?" fragte sie vorsichtig.

Cle lachte leise und antwortete: „Gewissermaßen war die erste Version der rein primären Umgebung von mir. Aber sie ist nicht für die Massen geeignet. Deine Version wird sie ersetzen."

„Und die Panorama-Umgebung?"

„Eine parallele Erfindung von uns beiden. Gleichzeitig,

unabhängig, zufällig."

Der gelb gepflasterte Weg wurde im Erdgeschoss von grünem Moos überwuchert. Immer dichter wuchs es, bis der Boden am Ende der Spirale in einen weichen, dunklen Moosteppich überging.

„Die erweiterten Dimensionen sind aber allein von Lissa", fügte Cle hinzu. „Ich hab mich zu lange mit dem Gegenteil auseinander gesetzt, mit einer möglichst schlichten Projektion."

Lara streichelte das kühle Moos, das inzwischen auch die Wände bedeckte. Natürlich lag der ideale virtuelle Raum genau in der Summe der Wege von Cle und Lissa. Warum man mit den wenigen primären Kanälen auskommen sollte, hatte sie verstanden – und um damit auszukommen, ohne Information weglassen zu müssen, brauchte sie mehr Räumlichkeit.

Beim Raum in die Tiefe zu gehen, um bei den Sinnen flach zu bleiben. Das schien der Schlüssel zur barrierefreien Projektion zu sein. Und jetzt gerade gingen sie in die Tiefe eines offenen Kunstwerks, um ein ebenes Meer zu sehen.

Leider bekamen sie das Meer nicht zu sehen. Der lückenlose Moosteppich endete an einer silbernen Tür, auf der rot umrissene Buchstaben leuchteten.

Bitte nicht stören!
Hier arbeiten Leute, ganz im Gegensatz zu Dir.

Nicht wirklich enttäuscht, lehnte Lissa sich an das helle Metall.

„Eigentlich konnten sie noch gar nicht fertig sein. Joachim und seine Zeichner-Truppe haben im Juni erst angefangen, hier unten zu modellieren."

„Um so besser", fand Tsil, „dann verschlafen wir morgen nicht. Bei uns ist es schon ziemlich spät am Abend."

„Bei uns muss es kurz vor Mittag sein, Zeit für eine kleine Pause." Damit ließ Lissa eine Schalttafel vor ihrer linken Hand erscheinen. „Wollt ihr die Logout-Schau noch sehen oder gehen wir einfach so raus?"

150

Cle zog die Schalttafel am Rahmen zu sich herüber. „Morgen sind wir wieder hier", strahlte er, und meldete sich an Ort und Stelle ab.

„Na dann, bis morgen!" Lissa holte sich die Tafel zurück und verschwand auch aus dem Raum. Lara folgte ihr. Als Letzter sah Tsil sich noch einmal bewundernd um, bevor auch die grüne Figur fort war.

In der Küche neben dem Netzwerkknoten hockte Lara auf dem Boden und ließ eine handvoll Weintrauben in ihrem Mund verschwinden. Lissa nahm ihr die Schale mit den Trauben weg, stellte sie auf den Tisch zurück.

„Isst du zu Hause auch vom Fußboden?"

Verlegen stand Lara auf. „Heute ist einfach ein verrückter Tag. Erst diese krasse Simulation, dann dein verrücktes Team..."

„... wenn man sie denn ein Team nennen möchte", wandte Lissa ein. „Tsil ist nur ein Quereinsteiger, der sich sozusagen an Cle dran hängt. Und Cle hat sein Terminal mit so vielen halblegalen Experimenten überfüllt, dass sie es vor ihren Lehrern verstecken müssen."

„Lehrer? Geht Cle denn noch zur Schule?"

„Höchstens drei Jahre älter als du", sagte Lissa. Im Küchenschrank fand sie eine volle Kekstüte, die stellte sie neben die Weintrauben. „Und dass sie so eintönig herum laufen, ist irgendsoein Kinderkram. Neulich hab ich einen ganz Gelben getroffen. Konnte seine Kennung bis in die Stadt zurück verfolgen, in der auch unsere beiden Freunde zur Fachschule gehen."

Lara knabberte schweigend einen Keks nach dem anderen. Sie war schon wieder ganz bei ihrem mehrdimensionalen Raum-Design.

„Noch etwas, Lara", fuhr sie fort, „kommst du gleich ein paar Stunden lang allein zurecht? Ich möchte mir ganz gerne mal das Interaktionsmodul der Roboter-Fliegen vornehmen. Die lassen zu oft Dinge fallen."

Natürlich freute Lara sich darauf, den ganzen Nachmittag in Ruhe an ihrer Simulation zu basteln. Mit zwei Fingern drückte sie den Verschluss der Kekstüte zu, schnappte sich mit der anderen Hand noch eine Weintraube. Fünf Minuten später saß sie wieder vor dem vertrauten Terminal. Während sie sich das Daten-Stirnband um schnallte, versuchte Lissa, ihr noch ein paar Warnungen zu erteilen.

„Falls du mit mehr als der dritten Simulationsstufe arbeiten willst, halte bitte nach den zehn Minuten auch wirklich die Pause ein. Nicht gleich wieder neu starten, ist das klar?"

Lara nickte kurz und tauchte ab. Bevor sie die erweiterten Dimensionen wirklich brauchte, musste sie einen Katalog von Symbolen fertig stellen. Denn erst wenn sie etwas hatte, das sie in neuen Subräumen darstellen konnte, machten auch diese Richtungen Sinn.

Nach einer Weile gingen ihr die einfachen Formen aus. Ein paar aussagekräftige Bilder mussten her, mit denen sich Verweise auf bestimmte Orte im Netz genauso einfach klassifizieren ließen, wie es normalerweise mit dem Geruch des Symbols ging.

Ein körniger Geruch deutete auf sachlichen Inhalt hin. Hoher Rotanteil stand für Verweise auf beliebte Räume. Blau deutete wissenschaftlichen Inhalt an und so weiter. Es gab keine Liste, die man auswendig lernen könnte. Verweise dem Geruch nach einzuschätzen gehörte zu den Sachen, die man am Besten und Schnellsten aus Erfahrung lernte.

Zuerst hatte Lara versucht, den Geruch durch einen farbigen Halo um den Verweis herum zu ersetzen. Dabei hatte sie aber zu wenige Abstufungen erreicht. Farbe allein konnte nun einmal kein Ersatz sein, wo vorher Farbe, Form, Leuchtkraft, und Schraffur eines Duftes verwendet worden waren.

Danach hatte sie dem Halo eine Form gegeben. Als auch das nicht ausreichte, hatte sie verschiedene Muster aus schwarzen Linien in den Halo gelegt, was auf dunklen Farben kaum erkennbar war.

Was sie brauchte, waren keine verschwommenen Farbtöne, sondern richtige Symbole, die auch halb transparent um ein anderes Symbol herum noch gut erkennbar blieben.

Also verließ Lara die Testanwendung, um ins Dateisystem zu wechseln. Lissa hatte ihr eine riesige Grafik-Sammlung freigeschaltet, in der ganz bestimmt die passenden Bilder schon fertig lagen.

Die Bilder in der Sammlung ließen sich wahlweise nach Kategorien, vorherrschenden Farbschlägen oder Komplexität sortieren. Aber musste sie wirklich alle davon nacheinander ansehen, eventuell als brauchbar markieren, später aus den brauchbaren Bildern noch einmal die besten heraus suchen ... genau dafür war der erweiterte Raum doch da!

Über mehr Achsen angeordnet, würde sie viel mehr Bilder gleichzeitig anschauen und dabei gleich auf 7D-Tauglichkeit testen können. Stolz auf ihre Idee dachte sie an sechs Schalthebel, legte den fünften und sechsten davon um. Für einen kurzen Moment wurde es schwarz vor ihren Augen, dann war die Umgebung wieder vollständig. Mehr als vollständig.

Vor ihr lag die Grafiksammlung, flach im sichtbaren Teil-Raum. Lara dachte sich eine Sortierung aus. Nach Komplexität im sichtbaren Bereich, im ersten erweiterten Teil-Raum nach Färbung, und dann noch nach Kategorie.

Um das dem System klar zu machen, musste sie sich ernsthaft konzentrieren. Sie schloss die Augen, doch der größte Teil des Raumes blieb natürlich sichtbar.

Trotz der ungewohnten, noch immer ablenkenden Raumtiefe um sie herum, verstand das Programm schließlich, wie Lara die Bilder angeordnet sehen wollte. Vorsichtig schaute sie sich um.

Ein Meer aus Symbolen dehnte sich in alle Richtungen aus, um sie herum und quer durch ihren Kopf. Sie atmete tief durch und versuchte dann, möglichst viele Bilder auf einmal zu erkennen.

Ein greller Blitz zuckte von links nach rechts vor ihren Augen entlang. Für den Bruchteil einer Sekunde überstrahlte er alle Ebenen des virtuellen Raums.

Kaum hatte Lara das weiße Licht bemerkt, war es auch schon wieder verschwunden. Ein seltsam taubes Gefühl im rechten Zeigefinger blieb zurück, klang rasch ab – war ebenfalls fort.

Lara schaute sich noch einmal um. Was wollte sie hier? Ach ja, sie suchte Bilder. Bunte Symbole, die sie über Verweise ins Netz malen konnte. Tausende von Bildern lagen sauber angeordnet um sie herum.

Zielstrebig ging sie zwischen den Bildern hindurch. Eine viel versprechende Liste hatte sie bald zusammen. Denn mit der richtigen Ordnung war alles wunderbar überschaubar.

Als sie das Dateisystem verließ und wieder Lissas Testanwendung betrat, schaltete sie zurück auf Stufe drei. Die erweiterten Dimensionen sollten nicht länger als unbedingt nötig verwendet werden. Natürlich würde sie sich daran halten.

Wie Schatten und Neben legten die Bilder sich abwechselnd über den Verweis, den sie als Versuchsobjekt in der Luft platziert hatte. Ihre Idee schien zu funktionieren. Welches Bild am Ende wofür stehen sollte, ließ sie vorerst offen. Praktisch würde sowieso jeder Benutzer eigene Symbole einstellen.

Die Stunden verflogen. Als Lara glaubte, einen ganz guten Fortschritt für einen halben Tag erreicht zu haben, dachte sie daran die Simulation zu verlassen. Nichts passierte. Das Neural-Interface erkannte den Gedanken nicht mehr.

In dem schmalen Gang, der zwischen Netzwerkknoten und Klimasteuerung hindurch zur Wasserversorgung des Landes führte, ließ Lissa die ersten fünf verbesserten Roboter vor sich her fliegen. Alle fünf schleppten zusammen einen luftdichten Behälter mit Schadstoffe zersetzenden Bakterien. Gleichmäßig schwebte die weiße Tonne durch die Luft, ohne zu schwanken oder die Wände zu berühren.

Na also, stellte sie zufrieden fest, *sie koordinieren ihre Bewegungen dreimal so gut wie vorher.*

Das zentrale Wasserwerk bereitete jeden Liter des im Turm zirkulierenden Trinkwassers genau einmal im Jahr auf. Auf jeder Etage war ein regionales Wasserwerk untergebracht, das aber an mindestens einem Tag im Jahr gewartet werden musste.

Bei dieser Gelegenheit fand auch ein Austausch des Wassers statt. Tonnenweise sammelte es sich jeden Morgen hier im Untergrund, wurde gefiltert, von Bakterien und Katalysatoren aufbereitet, und noch einmal gefiltert.

Jedes Abwasser enthielt Verunreinigungen, die an anderer

Stelle als Rohstoffe gebraucht wurden. So musste die im Wasserwerk eintreffende Flüssigkeit erst einen Stapel verschiedener Filter durchlaufen, wo die meisten Substanzen ausgefiltert und gesammelt wurden. Anschließend wurde die Bakterien darauf los gelassen, um die übrigen Spuren zu spalten. Dann war wieder der Filter-Stapel dran.

Die schwere Tür vor der Halle mit den Filtern stand halb offen. Schon ein paar Schritte vor dem Eingang hörte man das Rauschen von Turbinen in den Rohren: Nicht einmal die Bewegung der nach unten fließenden Wassermassen ging verloren.

Eine Roboter-Fliege löste ihren rechten Greifarm von Rand der Tonne, um die Tür weiter auf zu stoßen. Der Bakterien-Behälter schwankte leicht, wurde aber schnell von den anderen Fliegen in Balance gebracht. Dann schwebte die silber-weiße Konstruktion weiter vorwärts.

„Hallo Vonek", rief Lissa, als sie hinter ihren Robotern die Tür durchquert hatte, „schau mal, wie brav die kleinen Mistviecher jetzt arbeiten!"

Eine ringförmige Treppe führte von allen Seiten der runden Halle gleichermaßen nach unten. Wie umgedrehte Orgelpfeifen hingen die verschieden langen Filter-Stapel von der Decke. Alle endeten auf dem Boden, der ihnen in breiten Stufen entgegen kam.

Vonek stand einen Treppenabsatz weiter unten, in einem hell ausgeleuchteten Kreis, am Rand des sonst dämmerigen Säulen-Waldes. Als sich der Lichtfleck in der Tür verbreiterte, drehte er sich um und sah die in perfekter Abstimmung weich dahin fliegenden Roboter.

„Sieht ja unglaublich aus", rief er zurück, „sind sie den ganzen Weg vom Lager her so schön geflogen?"

„Klar sind sie das", bestätige Lissa stolz, und sprang an einer Säule vorbei die Stufen hinunter. „Erstmal habe ich nur diese fünf hier geändert. Aber wenn sie den ganzen Tag so brav bleiben, bekommen die anderen Vierzig das gleiche Programm. Konntest du herausfinden, woran die Bakterien gestorben sind?"

Gemeinsam gingen sie den runden Treppenabsatz entlang, bis zu einem Fahrstuhl, der in den Boden hinab führte.

„Das regionale Wasserwerk in Stockwerk 483 hat uns vergiftetes Wasser geschickt", erklärte er unterwegs. „Ich hab die ganze Anlage bis auf weiteres stilllegen lassen. Bis sie komplett zerlegt und die Ursache gefunden ist, wird der tägliche Betrieb auf die Werke darunter und darüber umgeleitet."

Mit einem leisen, weißen Zischen schoben sich die Türen des Fahrstuhls auseinander. Kühle Luft und eisiges Licht strömten daraus hervor. Die Roboter flogen mit den neuen Bakterien voraus, Lissa und Vonek folgten ihnen in die Kabine.

„Was macht eigentlich Lara gerade?" wollte Vonek wissen, während die Kabine abwärts fuhr.

„Heute morgen hab ich ihr für zehn Minuten die erweiterten Dimensionen gezeigt, das war überhaupt kein Problem", erzählte Lissa. „Dann hab ich ihr Cle vorgestellt. Meister Orange wollte sie unbedingt endlich kennen lernen."

„Toll, wo habt ihr euch getroffen?"

„In Creanima, der verrückten Künstler-Stadt. Die musst du unbedingt auch mal im Panorama-Modus besichtigen."

„Das hab ich schon lange vor", sagte Vonek, „seit du mir dein neues Interface demonstriert hast. Hast du zufällig mitbekommen, was aus der Idee vom unterirdischen Meer geworden ist?"

Die Türen glitten wieder auseinander. Gekühlte Luft wehte ihnen entgegen.

„Wird tatsächlich eingebaut", antwortete Lissa und folgte ihren Robotern auf den Flur vor dem Klärbecken. „Die Höhle unter dem Aussichtsturm ist gesperrte Baustelle. Joachim und so weiter sind anscheinend schon am Zeichnen."

Rund um die Klärbecken, die das Wasser für den zweiten Filterlauf aufbereiteten, musste die Luft gekühlt werden. Im Moment wärmte sich das Wasser durch nichts auf, die Kühlung lief dennoch weiter. Nach ein paar Schritten im kalten Wind erreichten sie jedoch schon die Schleuse, durch die sie das betroffene Klärbecken von Hand versorgen konnten.

Mit einem kurzen Winken vor der Lichtschranke ließ Vonek die runde Klappe in der Wand aufspringen. Vier Hände nahmen den Robotern den schweren Container ab und schoben ihn in den Schacht. Die äußere Klappe der Schleuse schloss sich wieder. Den Rest des Vorgangs würde eine zuverlässige Automatik übernehmen.

„Und was macht Lara jetzt gerade?" fragte Vonek auf dem Rückweg zum Fahrstuhl.

„Wenn sie nicht schon fertig ist, sucht sie eine sich selbst erklärende Darstellung für Kategorien."

Die Kabine öffnete ihre Türen vor dem warmen Dämmerlicht der Filter-Halle.

„Ich hab ihr erlaubt, auch mal kurz auf Stufe fünf hoch zu schalten", fügte Lissa hinzu, nachdem sie aus dem Lichtschein des Fahrstuhl heraus getreten war.

Wieder durchquerten sie die in breiten Stufen aufsteigende Halle zu Fuß.

„Du lässt sie ganz alleine damit experimentieren?"

„Was wäre denn sicherer, wenn ich ihr zuschauen würde?"

Die Tür zum Rechenzentrum fiel hinter ihnen in Schloss. Ihre fünf Roboter flogen jetzt in einer Reihe hintereinander, als folgten sie dem Vogelgesang der ihnen entgegen schallte.

Damit Maja und Hansi sich nicht ständig überall hinsetzten, hatten sie einen Baum als Landeplatz in Lissas Schlafzimmer aufgestellt. Die junge Weide wurde jeden Tag aufs Neue mit fröhlichem Gezwitscher angenommen.

Am Ende des nur einen Meter schmalen Durchgangs fanden die fliegenden Roboter ihre Ladestation hinter der Wand wieder. Ordentlich sortierten sie sich auf ihre Stammplätze ein. Die echten Vögel in der dunkelblau umstellten Wohneinheit spielten weiter. Lara saß natürlich noch immer am Terminal.

„Wetten, dass sie nicht eine einzige Pause gemacht hat?" bemerkte Lissa dazu. „Soll ich sie raus holen?"

„Ihr habt mir noch nie gezeigt, wie weit ihr mit dem neuen Raum-Design seid", stellte Vonek fest. „Ich hole sie am besten selber ab. Dabei sehe ich mir das Ergebnis von heute an. Darf ich?"

„Klar darfst du dir unser Universum ansehen", antwortete Lissa, „es wird dir bestimmt gefallen."

Daraufhin nahm Vonek sich das freie Datenstirnband und klinkte sich in die Simulation mit ein. Der virtuelle Raum entfaltete sich nach allen Seiten. In wenigen Sekunden war das Panorama aufgebaut.

Einen Meter über dem von Sternen glitzernden Boden hing das Symbol eines Netz-Verweises in der Luft. Es war umgeben von einem nebelhaften und dennoch klar erkennbaren Muster. Neben dem Symbol kniete Lara auf dem Boden; sie spielte mit einem eingefangenen Stern.

Er bückte sich zu Lara herunter und beobachtete den glitzernden Punkt in ihrer Hand. „Was machst da mit dem Stern", fragte er, in fester Erwartung einer tieferen Bedeutung der Helligkeit.

„Der leuchtet so schön ..." begann das Mädchen, ohne überhaupt aufzuschauen. „Der Computer lässt mich nicht mehr raus", fing sie einen neuen Satz an. Der Lichtpunkt wanderte zwischen ihren Fingern hin und her.

„Was meinst du damit, der Computer lässt dich nicht raus?"

„Ich hab es schon wer weiß wie oft versucht ..." nervös umklammerte sie den Stern in einer Hand, atmete tief durch, redete schließlich weiter. „Ich komme ganz normal in die Eingangshalle, auch in andere Programme, sogar ins Netz. Aber wenn ich an draußen denke, dann ... passiert einfach gar nichts."

Also war wieder etwas schief gelaufen. Nur anders als beim letzten Software-Unfall.

„Warte einen Moment, ich hole Lissa", versprach er der beinahe weinenden Lara. Daraufhin verließ er die Simulation problemlos.

Lissa erstarrte bei dem Bericht über Lara. Sie brachte nur zwei Worte hervor, bevor sie zum Terminal stürzte und Voneks Platz übernahm.

„Terra Nova."

Der Begriff sagte Vonek etwas. Die Terra Nova Mission war vor etwa zwei Jahren in allen Zeitungen präsent gewesen. Aber welcher Zusammenhang bestand hier?

„Ich erkläre es dir später", wehrte Lissa jede Frage ab, als sie in ihrer zweiten Wirklichkeit verschwand.

Noch bevor der Raum ganz aufgebaut war, schubste sie das glitzernde Symbol zur Seite und half Lara auf die Beine.

„Weißt du ungefähr, seit wann du hier schon gefangen bist?"

Der Stern fiel aus Laras Hand und verschwand in den Fußboden.

„Es muss kurz vor halb vier gewesen sein", flüsterte sie und schaute dem strahlenden Punkt nach.

Als Lara wieder sicher auf den Füßen stand, schaltete sie die störende Testumgebung ab, was beide in die Eingangshalle beförderte. Dort nahm sie die Kleine fest in den Arm und fragte vorsichtig weiter.

„Also schon seit mehreren Stunden. Ist vorher irgendetwas ungewöhnliches passiert? Hast du etwas Neues in der fünften Stufe ausprobiert?"

„Nein, da war nichts", sagte sie, überlegte einen Moment und erinnerte sich vage an den Blitz im Dateisystem. „Oder vielleicht doch. Einmal hat es so komisch geblitzt ... in der Bildersammlung."

„Im Verzeichnis, also einfach so im normalen Dateisystem?"

„Ja, also nein, nicht in der normalen Ansicht." Sie klammerte sich an Lissa, während sie nach dem nächsten Satz suchte. „Ich wollte ... mal ausprobieren, ob das geht ... wie viele Bilder ich gleichzeitig sehen kann, mit allen Dimensionen."

Damit ist alles klar, dachte Lissa, *der Effekt war also doch kein ungewöhnlicher Einzelfall. Die Spinner wollten nur negative Schlagzeilen vermeiden.* Von diesem Verdacht sagte sie natürlich nichts.

„Wir sollten die letzte Situation vor diesem Blitz möglichst genau nachstellen", erklärte sie, als Lara sich ein wenig beruhigt hatte.

Dann entschloss sie sich, von Anfang an mit offenen Karten zu spielen. „Möglicherweise kann es zwei oder drei Tage dauern, bis wir dich zurück in die Außenwelt holen können."

Lara würde bestimmt eine Weile brauchen, um genau aufzuschreiben, was sie mit dem Dateisystem und den Grafiken angestellt hatte. Als sie den Eindruck hatte, dass das Mädchen seine Situation so weit es ging begriffen hatte, meldete sie sich ab.

Terra Nova.
Das alles war schon einmal passiert.

Jeder musste sich noch an die Terra Nova Mission erinnern. Vor etwas mehr als zwei Jahren hatten alle Nachrichtenkanäle kaum noch ein anderes Thema gekannt, als den ersten Flug eines menschlichen Teams zu einem Planeten außerhalb des heimischen Sonnensystems.

Strahlende Bilder und noch heller strahlende Berichte hatten bei der Entwicklung des Raumschiffes begonnen, die Astronauten vorgestellt und mit täglichen Meldungen über den reibungslosen Verlauf von Flug und Landung die ganze daheim gebliebene Menschheit mitgerissen.

Soweit die offizielle Version. In Wirklichkeit hatte es doch einen kleinen Zwischenfall gegeben – den, der bewusst verschwiegen wurde, um das sonst so erfolgreiche Projekt vor Kritik zu bewahren.

Die Antriebstechnik des Raumschiffs war von der namaridischen Flotte kopiert worden. Neu war die künstliche Schwerkraft, die Namariden nie benötigt hatten. Aus technischer Sicht war es ein aufwendig für Menschen angepasstes Namariden-Schiff, auch wenn patriotische Erdlinge diese Formulierung nicht gerne hörten.

Die Namen der Astronauten mussten kaum erklärt werden, jeder kannte die vier größten Persönlichkeiten der Planetenforschung. Mehr als genug Journalisten füllten trotzdem lange Seiten mit ihnen.

Am bekanntesten war Sergej, der berühmte Experte für Terraforming, dessen komplett überdachte Venus-Oase ein beliebtes Ausflugsziel geworden war. Nicht weniger berühmt war Zafire, die Geologin. Eine Woche nach ihrer Aufnahme ins Terra Nova Team waren ihre blonden Haare noch bekannter als ihre bahnbrechenden Studien über die Monde des Neptun. Die zwei anderen Teilnehmer, Mino und Yi, zogen sich vor dem Presserummel so gut es ging zurück.

So gut wie jeder Erdenbewohner hatte in Echtzeit verfolgt, wie das im letzten Sonnenlicht blau glänzende Raumschiff im Hyperraum verschwand. Fünf Wochen war es unterwegs, bis es sich achtundfünfzig Lichtjahre entfernt in den normalen

Raum zurückfallen ließ.

Sechzehn Tage brauchte jede Nachricht von dort zur Erde. Mit sechzehn Tagen Verspätung kam die Botschaft an, dass der Flug durch den Hyperraum erwartungsgemäß verlaufen war und man nun, von der Umlaufbahn des Planeten aus, einen geeigneten Landeplatz suchte.

Kaum ein Journalist interessierte sich für die zwei Signalverstärker, die auf halbem Weg aus dem Hyperraum gefallen waren, um die Kommunikation zwischen Terra Nova und der alten Erde zu steuern.

Selbst mit der ebenfalls von den Namariden gelernten Hyperraum-Datenübertragung wurde jedes Signal stark gedämpft. Um die Nachrichten in lesbarer Qualität abzufangen, waren je nach momentaner Position des Senders zwei verschiedene Antennen vor künstlichen Wurmlöchern nötig.

Da die Astronauten mit einem für ihre Zeit recht modernen Neural-Interface sendeten, das beim direkten Schreiben der Antworten ins Gedächtnis keine Überlastungen erlaubte, ließ man die ein und aus gehenden Datenströme von Menschen vor sortieren. Fachliche Informationen hatten Vorrang, persönliche wurde nur bei freier Kapazität übertragen.

In jeder der beiden Transceiver-Stationen leistete ein in Datenverarbeitung geübter Student einen Dauereinsatz, bis der Planet sich in den Empfangsbereich der anderen Station bewegte. Speicherte von der Erde eingehende Daten, wertete sie aus, gab sie wenn möglich an den Empfänger weiter.

Die zeitversetzte Direktverbindung zwischen Astronaut und Vermittler hätte perfekt funktioniert, wenn nicht so viele Nachrichten von der Erde eingetroffen wären.

In der ersten Station lebte Toni und fand es zum heulen, wie viele persönliche Briefe er ausfiltern und für später aufbewahren musste, nur weil das Interface des Empfängers bereits ausgelastet war. In der zweiten Station arbeitete Lissa, die sich keine großen Gedanken darum machte.

Kompression war das Wort mit dem der ganze Ärger angefangen hatte. Toni hatte es gesagt.

Zwischen den beiden Transceiver-Stationen war eine Sprechverbindung ohne hörbare Verzögerung möglich. In

161

Pausen zwischen den Datenströmen redeten Lissa und Toni öfters miteinander – einfach weil kein anderer Mensch erreichbar war.

Toni hatte die Idee ins Spiel gebracht, den direkt ins Neural-Interface fließenden Datenstrom zu komprimieren. Mehr Kapazität wollte er schaffen, um persönliche Briefe und Fotos gleichzeitig mit den wichtigen Daten zu übertragen.

Heute fragte Lissa sich, warum sie dem Versuch überhaupt zugestimmt hatte. Für die Planetenforscher, für Toni – oder aus dem üblichen Grund?

Wahrscheinlich der übliche Grund. Sie hatte sehen wollen, ob es funktionieren würde. Und warum hatte Mino mitgemacht? Vielleicht wegen den Briefen aus der Heimat. Vielleicht wollte er aber auch nur wissen, wie viel sein Kopf aushalten würde.

Leichtsinnig, wie man als Raumfahrer sein musste, ließ Mino sich sein nächstes Gedächtnispaket komprimiert schicken. Nach einer Viertelstunde kam die glückliche Bestätigung an, die komprimierten Gedanken hätten sich automatisch entpackt und seien verständlich.

Also füllten sie den frei gewordenen Teil des folgenden komprimierten Datenstroms mit einigen Briefen, die sich im Zwischenspeicher angesammelt hatten. Auch dabei gab es keine Probleme. Mino konnte den doppelten Inhalt verstehen und freute sich über die lange zurück behaltenen Nachrichten.

Bisher hatten die Briefe nur Text enthalten. Das dritte komprimierte Paket sollte ein Foto mitnehmen. Gespannt warteten Lissa und Toni auf eine Antwort.

Natürlich war das komprimierte Bild genauso gut angekommen wie die Texte, hatte sich im Gedächtnis entpackt und einsortiert. Nebenbei erwähnte Mino noch, dass es vor seinem inneren Auge kurz, aber grell geblitzt hatte, bevor er sich an das Foto erinnern konnte. Niemand hatte sich bei dem kleinen Flackern etwas gedacht.

Die nächste Meldung kam von Zafire und war direkt ans Kontrollzentrum auf der Erde gerichtet. Mino war beim Versuch, das Daten-Stirnband abzulegen, bewusstlos zusammengebrochen.

In den sechzehn Tagen, die diese Nachricht unterwegs sein

162

würde, versuchten sie alles, um Mino zu retten. Die anderen Astronauten setzten einen nicht mehr reagierenden Schaltkreis im Interface zurück und banden ihm das Datenstirnband wieder um.

Kurz darauf wachte er online wieder auf, konnte aber die Welt um sich herum nicht mehr sehen. Er hatte vollständig den Kontakt nach draußen verloren.

Ursache und Lösung waren schnell gefunden: Das entpackte Foto hatte mehr Platz in Minos Gedächtnis belegt, als das Interface vorher reserviert hatte. Irgendetwas in seinem Gehirn war überschrieben worden. Das war jedenfalls Lissas Vermutung. Sie schickte ihre Idee ans Terra Nova Team und wartete einen halben Tag auf Antwort.

Die Reaktion kam kurz und eindeutig: Wenn ihr ein Programm dagegen kennt, dann her damit!

Das Programm schrieb Lissa in knapp fünf Stunden, die lange Funkstille zwischen Erde und Raumschiff nahm man kommentarlos hin. Eigentlich war es ganz einfach. Das unkontrolliert überschriebene Gedächtnis sollte sich von selbst regenerieren, wenn man den Speicher einmal kontrolliert reservierte und dann ordentlich frei gab.

Im Gegensatz zu Maschinen konnten Menschen sich selbst heilen, darauf basierte die ganze computergesteuerte Gedächtnis-Verwaltung. Der Computer reservierte einen Bereich im Gedächtnis für Ausgabedaten, daraufhin passte das Gehirn des Benutzers sich von selbst an und nutzte diesen Bereich so wie vorgesehen. Sobald der Speicher nicht mehr benötigt wurde, hatte der Computer ihn freizugeben, so dass er sich von selbst wieder ins normale Gedächtnis integrierte.

Alles was bei Mino schief gelaufen war, schien das Freigeben der überschriebenen Nerven-Ressourcen zu sein. Das verdammte Interface hatte nur eine gewisse Auslastung am Dateneingang festgestellt und genau für diese Auslastung Gedächtnis reserviert. Dann hatte sich das komprimierte Foto aber weiter ausgebreitet, dabei den natürlichen Gedanken in die Arbeit gepfuscht.

Was genau dabei überschrieben worden war, konnte wohl niemand mehr feststellen. Dennoch müsste sich der Effekt rückgängig machen lassen. Sobald Minos beschädigter

Gedankenstrom wieder der vollen Kontrolle seines Gehirns unterstand, war die Selbstheilung nur eine Frage der Zeit.

Also rekonstruierte Lissa genau den Datenstrom, den sie zuletzt abgeschickt hatten. Daraus ließ sich die wahre erforderliche Kapazität berechnen. Passend schrieb sie ein einfaches, kleines Programm, das diese Kapazität reservieren und vollständig freigeben würde.

Was sich danach abspielte, erreichte nicht nur keine Zeitung, es verließ nicht einmal die zwei Transceiver-Stationen. Lissa schickte ihr Programm zu Toni hinüber, mit einem schlichten Kommentar: *Probiere es lieber vorher aus!* Mit einem genauso kurzen *Warum ich?* kam es zurück.

Nach einer Reihe ähnlicher *Du hast den Mist doch angerichtet!* und *Jeder testet seine Programme selber!* beschlossen sie, den Ablaufplan zusammen noch einmal genau zu prüfen und es damit gut sein zu lassen. So erreichte das Rettungsprogramm ohne einen einzigen Testlauf das Terra Nova Team.

Man konnte es Wunder oder handwerkliches Geschick nennen. Jedenfalls richtete das Programm nicht noch mehr Schaden an. Im Gegenteil, es tat einwandfrei seinen Dienst.

Nur wenige Minuten nachdem es alle neuralen Ressourcen freigegeben hatte, konnte Mino wieder etwas mehr sehen, als nur den vor sein inneres Auge projizierten Raum. Aus der unscharfen Ahnung von seiner Umgebung wurde schnell ein klares Bild.

Als er auch die Stimmen seiner Kollegen wieder hören konnte, meldete er sich aus der Simulation ab. Genauso einfach wie immer. Von bleibenden Schäden war keine Spur zu finden.

Davon, was sich daraufhin auf dem fremden Planeten abspielte, bekamen Toni und Lissa nichts mit. Sie leiteten nur die besonders beruhigend formulierte Erfolgsmeldung zur Erde weiter.

In einem Punkt waren sie sich einig: Ein normales Praktikum im heimischen Sonnensystem wäre der reinste Urlaub gewesen.

Ein Stapel Folien lag verstreut auf dem Boden. Manche

zeigten alte Zeitungsartikel, andere genauso alte Fotos.

Vonek hob ein Bild auf und ließ es demonstrativ fallen.

„Das war also *deine* Version der Geschichte."

„Die Reporter", bestätigte Lissa, „schreiben natürlich eine Schönere."

Sie kniete zwischen den Folien, in die sie verschiedene Pressemeldungen über die Terra Nova Mission geladen hatten, und zog eine andere Seite heraus.

„Schau mal, wie harmlos es von außen aussah."

Das bunt leuchtende Blatt zeigte das Raumschiff von außen, inmitten der exotischen Landschaft eines fremden Planeten

„An dem Tag, an dem das hier aufgenommen wurde, hat Mino auf der anderen Seite der schicken Hülle der Zugriffsfehler erwischt."

Auf der Folie wiegten sich die rosa gefleckten Zweige einer fremden Pflanze. Durch milchige Luft flog ein grünes Insekt vorbei, dessen Flügel in der tief stehenden Sonne glitzerten. Hinter seidigen, fast transparenten Blättern stand ein friedliches, weiß-graues Gebilde mit zusammen gefaltetem Hyperraum-Antrieb.

„Alle diese schönen Bilder wurden verbreitet, die Zusammensetzung der Bodenproben auch, und einfach alles über die flauschigen Sträucher." Das Foto spielte wieder und wieder seine idyllischen zehn Sekunden ab. „Aber der Notruf keine zwei Stunden danach hat es gerade mal in eine Randnotiz gebracht."

„Wo denn?" fragte Vonek, und schob zwei ausführliche Artikel über Geländeprofile zur Seite.

„Irgendwo hab ich sie aufgehoben", sagte Lissa nur, stand auf und schob die Folien mit dem Fuß zu einem schlampigen Stapel zusammen. „Es stand in den Kurzmeldungen einer der wichtigeren Tageszeitungen. Bei Gelegenheit kann ich sie ja mal suchen. In die ausführlichen Info-Pakete hatten es aber wiedermal nur die tollen Erkenntnisse geschafft."

Vonek fächerte die Seiten sauber auf. Dann brachte er sie zurück in eine Schublade im Schreibtisch, wo Lara noch immer bewegungslos am Terminal saß.

„Könnte das Programm, mit dem ihr Mino befreit habt,

auch ihr helfen?" fragte er ohne sich umzudrehen. Lara sah von der langen Bewegungslosigkeit schrecklich blass aus.

„Dasselbe Programm würde nicht funktionieren", überlegte Lissa, während auch sie zum Terminal hinüber ging, „unser erweitertes Neural-Interface belegt Gedächtnis und Wahrnehmung bei weitem nicht mehr so statisch wie das Standardgerät, das vor zwei Jahren auf Terra Nova dabei war."

Langsam ging der künstliche Tag in eine künstliche Dämmerung über. Die runden Kontakte am zweiten Stirnband reflektierten warmes, gelbes Licht. Sie hob es auf, fuhr mit einer Fingerspitze über das kühle Metall.

„Diese kleinen Sensoren hier drängen kein falsches Bild mehr ins Gehirn, sondern malen gewissermaßen ein zweites Echtes", setzte sie ihr Selbstgespräch fort. „Anstatt eine feste Menge an Ressourcen zu reservieren, verfolgt es die vorhandenen Nervensignale und überschreibt sie hier und da. Nur so kommt der natürliche Eindruck zustande."

„Und was bedeutet das?"

„Dass jeder Korrekturversuch sinnlos ist."

Man konnte Umgebungen und Zustände genau nachstellen, man konnte sich so gut es ging in eine frühere Situation hinein versetzen, aber genau dieselben Gedanken zu wiederholen war unmöglich. Daher war es ebenso unmöglich, die genauen Punkte zu berechnen, an denen das Interface wann eingreifen würde.

„Lara muss den Ausgang wohl selbst wieder finden", stellte Lissa deprimiert fest.

In diesem Moment blitzte eine goldene Spiegelung auf dem mittleren Sensor auf und brachte sie auf eine neue Idee.

„Moment mal – vielleicht haben sich ihre Gedankenströme schon längst regeneriert. In diesem Fall muss es an dem Prozess im Hintergrund liegen. Du weißt schon, am Prozess der ständig nach dem *raus hier* Gedanken sucht. Er wurde aus der Bahn geworfen, als der Gedankenstrom für einen Moment unterbrochen wurde. Das heißt ... das würde bedeuten, dass ... der Prozess die ganze Zeit nach einem neuen Einstiegspunkt sucht. Lara und der Rechner treffen sich nicht mehr. Sozusagen denken sie aneinander vorbei, auch wenn das komisch klingt."

Ihre rechte Hand legte das Stirnband wieder hin, während sie mit der linken den Bildschirm einschaltete.

Speicherfehler, dachte sie, *falsch lokalisierte Schreibvorgänge, Zugriffsverletzungen. Gibt es noch etwas Gemeineres?*

„Darf ich fragen, was du vorhast?" erkundigte sich Vonek, der nach wie vor an der anderen Ecke des Tisches stand.

„Lass uns sehen, ob es stimmt", antwortete Lissa, während sie dem Terminal mit Handzeichen etwas ähnliches sagte. „Der Monitor-Prozess hat bestimmt reihenweise Fehler aufgezeichnet."

Ein endloser Schwall von Zeilen mit Zeichen und Zahlen füllte die Tischplatte. Immer wieder die gleiche Meldung, mit jeweils neuer Uhrzeit:

Trägersignal verloren.

Das warme Abendlicht hatte Recht gehabt, als es sich in der mittleren Sensorfläche gespiegelt hatte.

„Dann reicht es also, den fehlerhaften Prozess zurückzusetzen?" Unsicher beobachtete Vonek Lissas Finger, die dem Computer ein letztes Zeichen gaben, bevor sie den Bildschirm wieder abschalteten.

„Im Prinzip, ja", sagte sie, „aber wir können doch nicht im laufenden Betrieb einzelne Komponenten austauschen!"

„Wann dann?"

„Später. Irgendwann muss auch Lara auch mal schlafen. Dann klinken wir sie aus, schalten die ganze verklemmte Schnittstelle einschließlich der Software ab. Anschließend versuchen wir eine saubere, neue Verbindung."

Spät in der Nacht nahmen sie Lara das Sensorset ab und legten sie auf Lissas Bett. Der komplette Neustart der Schnittstelle war schnell vorbei.

Am Zustand des neu gestarteten Monitor-Prozesses änderte das aber nichts. Kaum überwachte er wieder das jetzt leere Interface, tauchte die alte Fehlermeldung wieder auf.

Trägersignal verloren.

Obwohl es gar kein Signal von der Schnittstelle geben dürfte.

„Es muss dieser verdammte Chip sein", fluchte Lissa, und

zeigte auf die rundum versiegelte Kugel, in welcher die Drähte vom Stirnband zusammen liefen.

Wortlos reichte Vonek ihr die silberne Nagelschere, die er unter zwanzig Folien in der Schublade gefunden hatte. Als ihr kein passender Kommentar dazu einfiel, zwinkerte sie nur kurz, nahm die Schere und ritzte das hellgraue Modelliergel auf. Die Kugel teilte sich in zwei Hälften voll empfindlicher Elektronik.

„Siehst du den rot hinterlegten Bereich hier?" Sie hielt eine Hälfte ins Licht und deutete mit der Schere auf einen rötlichen Fleck. „Der filtert die Eingangsdaten für den Monitor-Prozess heraus. Eigentlich kann dabei gar nichts schief gehen, aber anscheinend gibt er jetzt pausenlos falsche Signale ab."

Lissa ließ die Hand mit der Halbkugel wieder auf die Tischplatte sinken, starrte eine Weile auf die blau schattierten Muster darin. Zwei oder drei Minuten vergingen in absoluter Stille.

Auf einmal zuckten ihre Finger, um die Nagelschere in eine bessere Lage zu schieben. Ganz langsam bewegte sich die glänzende Spitze auf einen Punkt direkt neben dem rötlichen Fleck zu.

„Der da ist heiß gelaufen", flüsterte Lissa, kurz bevor sie eine kaum sichtbare Verbindung zerkratzte. „Hat sinnlose Pulse in die benachbarte Region übertragen."

Anschließend hielt sie die Halbkugel wieder höher, so dass auch Vonek etwas sehen konnte, und fragte nach dem Klebstoff. Der lag ordentlich verpackt im grünen Koffer. Genauso ordentlich, wie die falschen Statusmeldungen des Hintergrund-Prozesses mit einem korrekten *Keine Aktivität – Bereitschaftsmodus* aufhörten.

„Für heute hat der verklemmte Schaltkreis endlich Ruhe gegeben. Aber damit das nicht noch einmal vorkommt", sie suchte in ihrem Koffer nach einer zweiten Tube, „lege ich gleich mal einen isolierenden Streifen zwischen die beiden Regionen."

„Das kannst du von Hand?"

Lissa setzte ihr niedlichstes Lächeln auf. „Holst du mir mal 'nen Roboter?"

Wenig später kam Vonek mit einer frisch aufgeladenen

Fliege des Wartungsschwarms zurück. Lissa hielt den kleinen Roboter auf Abstand. *Wie gingen nochmal die Details ihrer Zeichensprache?*

„Also, bevor ich dem Ding etwas Falsches befehle – sag ihm einfach, es soll diese stillgelegte Verbindung wieder schließen."

Routiniert setzte Vonek den Roboter in die Luft, zeigte kurz auf die getrennten Schaltkreise und programmierte ihn mit so schnellen Handzeichen, dass Lissa kein einzelnes mehr erkennen konnte.

„Das machst du nur so, wenn jemand hinschaut", beschwerte sie sich, „so ein Angeber!"

„Wenigstens kann ich angeben, ohne dass jemand das Bewusstsein verliert", konterte Vonek. Dann beobachtete er die Fliege dabei, wie sie auf den Mikrometer genau eine neue Verbindung aus Klebstoff zeichnete, dann die Tube mit abschirmender Paste öffnete und eine Trennung am Rand des roten Flecks entlang zog.

„Willst du dieses Flickwerk wirklich auf kleine Kinder los lassen?" fragte er skeptisch. Mit der nun wieder ausgeschalteten Fliege in der Hand schaute er Lissa an und suchte nach irgendeinem Zeichen dafür, dass sie es nicht ernst meinte.

„Wenn du deinem Roboter nicht über den Weg traust", erwiderte Lissa, „dann können wir natürlich auch den unbeschädigten Adapter nehmen. Da kann aber jederzeit wieder so eine Überlastung auftreten, ohne diese neue Trennlinie."

Mit der freien Hand tastete sie wieder im grünen Koffer, fischte diesmal das Modelliergel heraus. Mit einem zufriedenen Lächeln setzte sie die beiden Halbkugeln wieder zusammen und strich etwas Gel über die Naht. Bald war dem Adapter nichts mehr anzusehen.

„Am besten probiere ich das Ding erst mal selbst aus", beschloss Lissa, als sie die reparierte Kugel in der Hand hielt.

„Was passiert eigentlich", fiel Vonek plötzlich ein, „wenn Lara in der Zwischenzeit aufwacht?"

Sie legte den Adapter auf den Tisch und rückte ihr Datenstirnband zurecht.

„Ohne Verbindung zur Außenwelt kann sie gar nicht aufwachen. Und die muss das Interface erst wieder freigeben."

Natürlich konnte sie aufwachen, in der gefürchteten Null-Wahrnehmung. Aber das wollte Lissa heute nicht auch noch ansprechen. *Kurz noch alle Funktionen testen, und morgen ist alles wieder gut.*

Kurz bevor sie die Außenwelt ausblendete, bemerkte sie noch eine neue Zeile im Status-Protokoll.

Suche Trägersignal ... erkannt.

Zumindest der Start schien zu laufen. Sie schaltete in Stufe zwei hoch, die einfache Panorama-Ansicht, dann in Stufe drei, die mehrdeutigen Positionen. Da sie auch dabei nichts Auffälliges fand, stellte sie sich vor, wieder im Rechenzentrum zu sein. Fast im gleichen Moment verschwand die Simulation und sie saß wieder vor ihrem Terminal.

„Geht alles!" nickte sie über dem Status-Protokoll, das gerade wieder den Bereitschaftsmodus bestätigt hatte. „Dann können wir ihm unsere Lara wieder anvertrauen, einverstanden?"

Neben sich sah sie nur die roten Haare ihres Kollegen, denn der suchte etwas in dem grünen Koffer.

„Hast du auch eine Funk-Verlängerung dabei?"

Die würden sie brauchen, daran hatte Lissa noch gar nicht gedacht. Von hier bis in ihr Schlafzimmer waren es höchstens fünf Meter.

Auf der Entfernung tut es jeder normale Sender, fand sie, und griff nach der Roboter-Fliege.

„Hier? Leider nicht, aber im Lager liegen garantiert welche herum. Solcher Kleinkram ist immer auf Abruf vorhanden."

Dann stand sie auf, weckte eine zweite Fliege und schickte sie auf die Suche. Das erfahrene Exemplar brauchte sie hier, um auch den zweiten Adapter zu verbessern.

Während der kleine Roboter mit vier Funk-Endpunkten zurück kam, prüfte sie gerade die Funktionen des zweiten Adapters, der jetzt die gleiche Abschirmung enthielt. Nachdem sie das Datenstirnband weggelegt hatte, zog sie die Verbindungskabel aus dem Terminal und dem zusätzlichen Rechner. Auf jeden Anschluss steckte sie einen Endpunkt. Die anderen beiden Endpunkte passten auf die Kabelenden.

170

So vorbereitet brachten sie Adapter und Stirnband zu Lara, die noch immer ruhig auf dem Bett lag. Von der Tür aus gesehen schien sie tief und fest zu schlafen.

Lissa strich dem Mädchen die dunklen Locken aus dem Gesicht und befestigte wieder das Band mit den vielen kleinen Kupferkreisen.

„Hoffentlich schläfst du wirklich", flüsterte sie hinter dem Klicken mit dem der Verschluss einrastete.

„Was sagt der Monitor-Prozess? Ich gehe mal nachschauen." Damit lief sie aus dem Zimmer. „Alles Bestens", rief sie kurz darauf durch die Tür. Das neue Gedankensignal war erkannt worden.

Neben Lissas Schülerin fragte sich Vonek, was sie mit dem vorherigen Satz gemeint hatte.

„Wundervoll! Was heißt bei dir eigentlich *hoffentlich*?" fragte er, als sie wieder in der Tür auftauchte. „Vorhin meintest du noch, sie könne gar nicht aufwachen."

„Kommt darauf an, was man unter Aufwachen versteht."

Eine nervöse Hand brachte sie am Rand der Trennwand unter, die andere musste es in der Hosentasche aushalten. Sie sah zu Lara, dann zu Vonek, dann begann sie eine Erklärung.

„Stell dir mal vor, du wachst auf, hast aber kaum Kontakt zu deinen Sinnen. Wachst du auf? Nicht wirklich. Diesen Zustand nennt man auch Null-Abriss, weil man im schlimmsten Fall absolut nichts wahrnimmt. Bis heute gibt es zum Glück nur sehr wenige dokumentierte Fälle. Das waren alles Forscher, die beim Selbstversuch zusammen mit ihrer Erfindung abgestürzt sind."

„Und ... ähm ... erholt man sich wieder davon?"

„Grundsätzlich immer, es ist nur eine Frage der Zeit. Leichtere Fälle finden ihr Sinne sogar nach ein paar Stunden schon wieder. Mensch, du warst doch dabei!"

„Dabei, ich? Du meinst, wie du vor ein paar Wochen im virtuellen Raum eingeschlafen bist?"

„Ja, als du so freundlich warst, mich aus meinem verrückten Adapter-Aufbau zu befreien."

Bei der Vorstellung davon, wie sie an jenem Abend ausgesehen haben musste, schlich sich ein unangemessenes Grinsen auf ihr Gesicht. Endlich ließ sie den Türrahmen los und kam näher.

„Weißt du, es wäre fast besser gewesen, wenn du mich nach einer Weile wieder angeschlossen hättest. Macht aber nichts; so lerne ich vielleicht irgendwann, mit neuen Sachen etwas vorsichtiger zu sein."

Darüber, was am gleichen Abend mit Cle passiert war, wollte sie gar nicht erst spekulieren. Viel wichtiger fand sie, dass jemand ihre Praktikantin abholen sollte.

„Jetzt komm her", sagte sie, und zog Vonek an der Schulter zur Tür hin, „wecken wir sie auf!"

Das erweiterte Interface lag noch auf dem Tisch. Vom Regal daneben schnappte Lissa sich das veraltete, nein, das *normale* Gerät. Auf einmal tippte jemand von hinten auf ihre Hand.

„Lissa, hattest du nicht vor, etwas vorsichtiger zu sein? Nur einer auf einmal geht da rein. Okay?"

„Na gut", sie legte das alte Stirnband wieder zurück, „dann wechseln wir uns eben ab. Fütterst du schon mal die Vögel?"

Ein Piepsen verriet Maja und Hansi, die unruhig auf ihrem Baum herum hüpften.

Lissa ließ die Simulation auf Stufe eins laufen. So konnte sie die Augen offen behalten, und gleichzeitig die sich blass aber deutlich vor ihrem geistigen Monitor abzeichnende Eingangshalle sehen. In der Außenwelt lehnte sie sich zurück und hörte den Vögeln zu, die sich um die besten Körner stritten. Im Rechner suchte sie dabei nach dem richtigen Programm.

Wo konnte Lara jetzt stecken? Wahrscheinlich war sie gestern Abend in ihre vertraute Demo-Anwendung zurückgekehrt. Lissa suchte einen laufenden Prozess davon, um in dessen Raum zu schauen, konnte aber keinen finden.

Die Demo-Anwendung lief gerade nicht. Stattdessen fand sie eine aktive Verbindung ins Netz. Hatte Lara daran gedacht, eine Nachricht zu hinterlassen? Sie rief ihre Nachrichten ab, schob eine handvoll Info-Pakete zur Seite und fand eine erst wenige Minuten alte Notiz von Lara.

Hallo Ihr,
Cle hat mir eine Einladung geschickt, dir bestimmt auch. Bin gerade noch rechtzeitig wach geworden, um nicht zu spät

zu kommen. Bis nachher!

Daraufhin suchte sie weiter und fand das Info-Paket von Cle, ebenfalls mit einer Notiz auf der Oberfläche.

Hey Lissa,
heute fällt bei uns eine Schulstunde aus. Da können wir uns in der virtuellen Pausenhalle treffen. Das ist so ein einfallsloser Raum, in dem sonst Stundenpläne und Hausaufgaben und so ein Kram bekannt gegeben werden. Von der Schule aus kommen wir leider nur dort rein. Und wunder dich bitte nicht über die idiotische Anmeldeprozedur.

An der Innenseite enthielt das Paket einen Verweis ins interne Netzwerk der technischen Fachschule von Neuseeland-2, daneben ein Einladungszertifikat. Sie steckte das Zertifikat ein und folgte dem Verweis. Am Eingang der Pausenhalle wurde sie von einer kitschig bunten Sonnenblume nach ihrem Schülerausweis gefragt.

Nachdem sie der anscheinend von Erstklässlern entworfenen Sonnenblume die Einladung gezeigt hatte, landete sie in einem Raum, der gnadenlos einfallslos einer echten Pausenhalle nachempfunden war. In den Ecken standen sogar die gleichen, mit buntem Stoff bezogenen Sitzgruppen, die Lissa noch aus ihrer eigenen Schulzeit kannte. Hinten links, auf sonnengelb bezogenen Bänken, hingen drei Schüler und vier bunte Figuren herum.

Einen der Schüler erkannte sie als Lara, zwei Bunte mussten Cle und Tsil sein. Als sie näher kam, rückte die Gruppe zusammen, um einen Sitzplatz frei zu machen.

„Da bist du ja endlich", rief Cle ihr entgegen. „Wir dachten, wir stellen euch mal die ganze Klasse vor. Also, den Grünschnabel hier kennst du schon."

Ein oranger Ellenbogen schubste die Tsil-Figur zur Seite, die daraufhin das Wort übernahm.

„Und der violette Träumer neben mir ist Gabriel, kannst ihn auch Rieli nennen. Türkis heißt Verl, und die anderen wollen heute ja nicht mitspielen."

Mit gespielt beleidigten Gesichtern starrten die Einfarbigen ihre nicht getarnten Mitschüler an. Ein blasser Junge im schwarzen Filzmantel und ein Mädchen mit Strickmütze ahmten den ironisch-beleidigten Ausdruck nach. Die beiden konnten für einen Moment zurück starren; kurz darauf mussten sie alle laut lachen.

„Tut mir leid, dass ich so spät auftauche", entschuldigte Lissa sich, „aber wir mussten noch etwas reparieren. Lara, du kannst jetzt wieder hier raus, wenn du denn möchtest."

Die Kleine strahlte übers ganze Gesicht. „So schnell habt ihr das geschafft? Auf euch kann man sich echt verlassen!"

„Sie hat uns alles schon erzählt", warf Cle ein, „der mysteriöse Fehler hat also wieder zugeschlagen."

„Zumindest ein sehr ähnlicher Fehler", entgegnete Lissa, „aber diesmal haben wir ihn behoben."

Bei dem letzten Wort rückte die ganze Gruppe näher heran. Über ein Gewirr von *woran lag's* und *was war's* hinweg, versuchte sie eine Zusammenfassung.

„An nichts Besonderem hat's gelegen. Die Projektion auf sieben Dimensionen verursacht ab und zu falsch lokalisierte Schreibzugriffe. Den gleichen Effekt hatten wir beide neulich erlebt. Du weißt schon, das Programm hatte nicht alle temporär erzeugten Kanäle wieder freigegeben, so dass wir ein paar Teile der Erweiterungen auch draußen noch erwartet hatten.

Bei Lara kam noch eine rein physikalische Schwachstelle dazu. Der Ereignis-Schaltkreis erkennt kein *Abmelden* mehr, wenn er von einem heiß gelaufenen Nachbarn gestört wird. Versuch es mal mit Abschirmungen zwischen allen kritischen Regionen, das müsste das ganze Interface viel stabiler machen."

„Danke für den Tipp", sagte Cle, und ließ ein vergrößertes Modell des Adapters in der Luft aufleuchten. „Wo genau sollen die Trenner hin?"

Mit einem daneben aufleuchtenden Buntstift zeichnete Lissa die wichtigsten Isolierungen ein, während Cle weiter redete.

„Letzten Samstag haben wir angefangen, eine Kopie von eurem Interface aufzubauen. Für die ganze Schule. Für alle! Diese Korrektur muss unbedingt noch mit hinein, damit sich kein Ahnungsloser einen Schaden holt."

Der Plan vom ersten öffentlichen Panorama-Interface gefiel Lissa so gut, dass sich der rote Buntstift gelb färbte. *Endlich kommt das Ding mal unter die Leute,* dachte sie und zeichnete die letzte Abschirmung mit einer goldenen Linie in das 3D-Modell ein.

„Das klingt wundervoll", meinte sie glücklich, „wenn dieser Tag so weiter geht, ernenne ich ihn zum Feiertag. Wo werdet ihr das Interface für alle aufbauen?"

„Das geht wahrscheinlich nur bei uns im Klassenzimmer ..." antwortete Tsil, aber Gabriel fiel ihm ins Wort.

„... dort kann man es mal ausprobieren, sich die Details erklären lassen. Dann geben wir jedem einen Konstruktionsplan mit. Damit können sie dann zur Prototypen-Fabrik gehen und sich ihre eigene Kopie anfertigen lassen."

„In einem halben Jahr hat jeder so ein Ding zu Hause", vermutete Lara.

Neben ihr führte das Mädchen mit der Wollmütze die großen Erwartungen weiter. „Ich stelle gerade eine Liste von öffentlichen Räumen zusammen, die mit echter simulierter Anwesenheit besonders eindrucksvoll wirken. Die wird bald niemand mehr mit einem normalen Neural-Interface sehen wollen."

„Und für Deutschland hab ich auch schon eine Idee", fuhr Lara fort. „In drei Wochen muss ich sowieso vor der Klasse präsentieren, was ich im Praktikum gemacht habe. Du hast doch bestimmt nichts dagegen, dass ich ich es allen gleich zeige ..."

„... dass du an jeden eine fertige Adapter/Stirnband-Kombination inklusive Software verteilst?"

„Ja, so ungefähr. Wir sind ja nur zehn Leute. Die paar Kopien bekommt die Prototypen-Fabrik locker rechtzeitig hin, wenn wir den Auftrag übermorgen abschicken."

Diese jugendliche Bande ist einfach fantastisch, fand Lissa. So direkte, kritiklose Werbung hätte sie von der Universität nie bekommen. Von dort erwarteten einen eher trockene Diskussionen über psychologische Folgen und an jedem technischen Detail interessierte Neurologen.

„Kein Problem", sagte sie, „habt ihr auch schon eine idiotensichere Demo-Anwendung?"

Die Runde grinste sie breit an.

„Ja, deine", verriet Cle schließlich. „Es gibt nichts Besseres, um die vielen Projektionen in der dritten Stufe zu erklären. Und wer sofort etwas besonders Spektakuläres sehen will, den schicken wir in dieses Kunstprojekt das du uns gestern gezeigt hast."

„Creanima?"

„Genau das, danke für den Namen. Die Künstler selbst wissen bestimmt gar nicht, wie schön ihr Werk von innen ist. Ehrlich gesagt hab ich mich bisher nie so richtig für Kunst interessiert ..."

Die anderen nickten verlegen. Offensichtlich hatte sich keiner der angehenden Techniker jemals für Kunst interessiert. Tsil sprach Cles Satz zu Ende.

„ ... aber programmierte Kunst ist etwas anderes. Vielleicht male ich in den Ferien einmal mit."

„Dem Himmel über dem Raumhafen fehlen Sternschnuppen", fand der Junge im schwarzen Mantel, der sich noch immer nicht namentlich vorgestellt hatte. „Grüne und weiße Kometen, falls ich mal Zeit dafür habe."

Endlich erinnerte Lissa sich daran, dass sie eigentlich nur Lara abholen wollte.

„Aber ihr gebt die vierte und fünfte Stufe höchstens auf eigene Gefahr frei, okay? Ihr wisst schon, die Zugriffsfehler ..."

„... die geben wir überhaupt nicht frei", beruhigte Cle sie, „natürliche Anwesenheit und mehrdeutige Orte reichen völlig aus. Der Rest sollte unser gewisser Vorsprung bleiben."

„Gut so. Müsst ihr nicht gleich zurück in die reale Pausenhalle? Wir würden gerne bald gehen."

Lara schaute sie enttäuscht an. Aber als Lehrerin musste sie jetzt ein einziges Mal Vernunft einfordern.

„Darf ich dich daran erinnern, dass du seit gestern Nachmittag in der Simulation bist? Irgendwann solltest du mal wieder etwas trinken; rein medizinisch gesehen wäre das sicher nicht schlecht."

Als Lara daraufhin endlich aufstand, meldete sich auch Verl zu Wort. „In zwei Minuten fängt die Pause an", sagte die türkise Tarnung. „Ich muss noch eine Hausaufgabe von Julina kopieren."

„Die kannst du auch von mir haben", bot Tsil an. Doch Verl stand schon auf und hob die linke Hand, um sich abzumelden.

„Besser nicht, das fällt auf. Du machst zu wenige Fehler."

„Schönen Tag noch", lächelte Lissa zum Abschied. „Ihr müsst uns unbedingt darüber auf dem Laufenden halten, wie das neue Interface ankommt."

Dabei ließ auch sie den Abmeldeknopf vor ihrer linken Hand erscheinen. Wieder in der heimischen Eingangshalle angekommen, nahm sie Lara an die Hand.

„So, jetzt gehen wir raus, du schaffst das schon."

Eine halbe Sekunde später öffneten beide gleichzeitig die Augen. Lissa sah den Schreibtisch unverändert vor sich stehen.

Lara sah währenddessen die Zimmerdecke. Sie hatte erwartet, am Tisch zu sitzen. Verwundert wanderten ihre Augen die Decke entlang, die Wand hinunter, zu ihren Füßen, die auf dem Bett lagen.

Zuerst streckte sie ihre eiskalten Arme hoch und blinzelte gegen das ungewohnte Licht zu ihren Händen hinauf. Dann tastete sie nach dem Stirnband, schob es nach hinten, schüttelte sich ein störendes Kabel aus dem Gesicht.

Schließlich setzte sie sich auf und drehte sich zur Tür um. Die Kellerbewohner standen dort, Maja und Hansi flatterten zwischen ihnen herum. Gegenüber von der Tür stand der kleine Tisch, darauf erkannte sie eine dampfende Teetasse. Genau, das und nichts anderes brauchte sie jetzt!

Fast drei Uhr morgens musste es inzwischen sein. Als die offenbar vollkommen gesund davon gekommene Lara auch ihre Finken an den Tisch pfiff, wandte Lissa sich unauffällig ab.

Sie begutachtete ihr Terminal. Tuben mit Klebstoff und Modelliergel lagen auf dem Tisch, dazwischen ihr Universalwerkzeug, die Nagelschere. Zwei Roboter-Fliegen dösten im Bereitschaftsmodus vor sich hin. Ein dünner Film aus Gel haftete noch immer an ihren Händen.

Das ganze Experiment lief gründlich aus dem Ruder.

Worum war es anfangs überhaupt gegangen? Am Anfang war die erweiterte Simulation mit fünf Stufen. Und da war Vonek, für den sie die Simulation anpassen wollte. Ihr geliebtes Adapter-Experiment, reduziert auf primäre Wahrnehmung.

Was war damit passiert? Nichts weiter, als dass sich andere Erfinder dafür interessiert hatten. Als Nächstes würde noch etwas total Normales passieren, nämlich dass jemand die Erfindung einer gewissen Öffentlichkeit vorführen würde.

Gabriel schaute gelangweilt aus dem Fenster, dann wieder auf die unscheinbare Konstruktion auf dem Tisch und wieder aus dem Fenster.

„Wie spät ist es eigentlich?" fragte er das Spiegelbild seiner Freunde in der Fensterscheibe.

„Feierabend", verkündete Tsil, „schon seit gut fünf Minuten. Lassen wir doch einfach alles bis morgen stehen! Heute kommt niemand mehr."

Auf einem Tisch an der hinteren Wand des Klassenzimmers lag ein unauffälliger Computer, daran hing ein Kabel, daran ein Adapter, und daran das um ein paar Sensoren erweiterte Datenstirnband.

Ein Interface nach Lissas Vorbild hatten sie hier installiert. In jeder Pause hatten sie es neugierigen Mitschülern vorgeführt, alle waren begeistert gewesen, keiner hatte Verständnisprobleme gehabt. Aber für heute war definitiv niemand mehr in der Schule.

Cle warf einen Blick auf die Strichliste. „Neunzehn Leute haben es ausprobiert, sechsundzwanzig Produktionsvorlagen haben wir verteilt. Die Prototypen-Fabrik kann sich auf einen Ansturm identischer Aufträge einstellen."

Endlich vom Fenster abgelenkt, griff Gabriel nach der Liste und zählte die Striche nach. „Wenn jeder, der die Vorlage mitgenommen hat, sich auch wirklich so ein Ding bauen lässt, gehört es in fünf Wochen zur Standard-Ausstattung. Ist ja irre!"

„Zumindest für unsere Schule", fügte Tinchen hinzu. „Jedenfalls kann man hoffen, dass es mehr als nur ein vorübergehender Mode-Kult ist."

Daraufhin sprang Cle von der Tischkante und trat Tinchen

auf den Fuß. „Vorübergehender Mode-Kult unter Schulkindern, ja? Dem erweiterten Interface gehört die Zukunft, es ist in jeder Hinsicht besser als alles schon da gewesene!"

Tinchen zog ihren Fuß in Sicherheit und lachte verlegen. „Hey, bleib ruhig! Das war doch nur eine Vermutung über den schlimmsten Fall."

Dann strich sie ihr rot-weiß gemustertes Kopftuch glatt, schüttelte die darunter hervor quellenden braunen Locken und sprang ebenfalls von der Tischkante.

Verl schaltete gerade den Computer aus; dabei pustete er ein paar Brötchenkrümel von dessen Oberfläche. „Na dann", sagte er, „gehen wir eben auch."

Als die fünf Bastler zur Tür gingen, sprang auch Rihm von der Fensterbank, auf der er die letzten Minuten abgewartet hatte. Im Vorbeigehen schnappte er sich die Strichliste und steckte sie in die Tasche seines langen, schwarzen Filzmantels. Draußen auf dem Flur holte er die anderen ein.

„Den Zettel nehme ich lieber mit", erklärte er, als die Tür ins Schloss fiel. „Was nicht sofort abgeheftet wird, verlieren wir sonst nur."

„Wie gut, dass wir dich haben", bemerkte Tinchen, „irgendwer muss schließlich Ordnung halten."

Mit der rechten Hand packte sie Rihms schwarzen Ärmel, griff dabei mit der Linken nach Verls Schulter und führte so die ganze Gruppe den Flur hinunter.

„Was machen wir heute Nachmittag?" fragte sie fröhlich.

Cle drängelte sich zwischen sie und Tsil. Er schlug vor, wie immer in Rihms Kellerraum zu gehen. Dort hatten sie sich einen kleinen Treffpunkt eingerichtet. Gabriel und Tinchen waren dagegen, konnten sich aber nicht auf Gärten oder Stadtzentrum einigen. Also blieb es bei der Kammer im größtenteils verlassenen Keller unter Rihms Haus.

Das Stadthaus war ein Gebäude unter vielen, in einer ruhigen Seitenstraße. Im Erdgeschoss lag eine Bäckerei, in den zwei Stockwerken darüber befand sich ein kleines Sportstudio.

Die oberen drei Stockwerke waren Wohnungen von Stadtmenschen, die aus irgendeinem Grund gerne dort lebten. Die Bäckerei gehörte seit zehn Jahren schon Rihms Eltern, die aus irgendeinem Grund im gleichen Haus auch wohnen wollten.

Unter der Straße erstreckten sich zwei weitere Stockwerke, die Keller der Häuser. Rihms Haus hatte drei Aufzüge – zwei neue an der Vorderseite, dazu einen Vergessenen weiter hinten. Den dritten Aufzug benutzte so gut wie niemand mehr, denn der hintere Teil des Kellers stand seit fast vier Jahren leer.

Im Treppenhaus blieb Rihm vor den neuen Aufzügen stehen. „Geht schon mal runter", sagte er zu den anderen, „ich bringe noch schnell die Tasche in mein Zimmer."

Ohne Rihm verschwand der Rest der Klasse durch die Hintertür auf den ordentlich mit bunten Blumen bepflanzten Innenhof. Von dort aus ging es zur hinteren Hälfte des Hauses, wo letztes Jahr eine Künstlerwerkstatt ausgezogen war. Das Sportstudio plante angeblich, die Räume zu übernehmen.

Neben dem offen stehenden Eingang des leeren Erdgeschosses war eine zweite, braun gestrichene Tür in der Wand. Dahinter wartete der alte Fahrstuhl.

Mit einem leisen Summen fuhr die Schiebetür auf. In den Ecken der Kabine lag seit Monaten derselbe gelb-braune Sand. Er lag dort, weil er bisher niemanden gestört hatte. In dem gleichen Sand wuchsen draußen strahlende Regenbögen aus bunten Sommerblumen, die aus der Sicht verschwanden, als sich die Tür wieder verriegelte.

Im Keller war es so dunkel wie immer. Kurz bevor Tina als Erste aus dem Fahrstuhl stieg, schaltete ein anstandslos funktionierender Bewegungsmelder dämmeriges Licht ein. Verl und Gabriel folgten ihr, danach auch Cle und Tsil. Viele verschlossene Türen säumten den Flur.

Weit hinten in dem dämmerigen Tunnel hatte eine Tür einmal offen gestanden. Rihm hatte den leeren Raum vor einiger Zeit einfach übernommen. Seitdem hatte sich niemand darüber beschwert.

Mit ein paar Polstern und Kisten hatten sie sich zusammen einen gemütlichen Treffpunkt eingerichtet. Falls es jemand gemerkt haben sollte, hatte der sich nicht mal beschwert, als sie die Zugangscodes des Türschlosses ausgetauscht hatten.

Die Höhle hatte eine fünfeckige Grundfläche, mit drei gelb-orange und zwei gelb-grün gestrichenen Wänden. Die Decke war mit schwarzen Gardinen verhängt, was das Zimmer erst richtig wie eine Höhle wirken ließ.

Tina war für blaue Tücher gewesen, aber Rihm hatte auf schwarze bestanden. Schwarz war sein Markenzeichen und diese Kammer hatte er allein entdeckt. Also hatte die Höhle einen schwarzen Nachthimmel bekommen.

Auf dem Boden standen die Einzelteile eines Sofas mit passenden Sesseln, die sich alle aus blauen Polster-Würfeln beliebig zusammenbauen ließen – alle weichen Würfel lagen verstreut im Zimmer.

Tinchen schob zwei Würfel aneinander, setzte sich darauf und schob Cle einen dritten Würfel vor die Füße. Als sich jeder seine Sitzgelegenheit gestapelt hatte, starrte sie auf ihre Fingernägel und dachte laut nach.

„Was ist nur los mit Rihm?"

Nach einer Atempause schaute sie hilfesuchend zu ihren Freunden auf und redete weiter. „Seit genau einer Woche ist er schon so seltsam. Der größte Streber aller Zeiten vergisst plötzlich seine Hausaufgaben, sitzt teilnahmslos herum ..."

„Jeder hat mal die eine oder andere Sinnkrise", meinte Gabriel schulterzuckend, und war in Gedanken schon wieder beim Interface.

„Recht hast du", stimmte Tsil zu, „ich hab mich schon ewig gefragt, wie lange Rihm noch so weiter machen will. Immer der Beste sein, nie negativ auffallen, alles sofort kapieren – das konnte nicht ewig gut gehen."

„Ihr glaubt also, er wird einfach nur normal?" fragte Tinchen, worauf sie nur bestätigendes Nicken als Antwort bekam.

Da kam Rihm auch schon herein, warf seinen langen Mantel (der, vom Wiedererkennungswert abgesehen, völlig überflüssig war) auf einen Würfel. Setzte sich auf einen anderen und stellte eine Thermosflasche in die Mitte.

„Ich hab uns etwas kalten Apfelsaft mitgebracht", sagte er, und stellte sechs Becher daneben. „Also, was machen wir morgen anders?"

„Nichts", sagte Cle, und schaute ihn fragend an. „Die Leute waren doch so schon begeistert von dem neuen Interface. Was willst du jetzt noch ändern an der Vorführung?"

Geheimnisvoll legte Rihm alle zehn Fingerspitzen aneinander, schaute einen nach dem anderen an. Dann verriet er endlich, worauf er hinaus wollte.

„Cre-a-ni-ma. Unser Demo-Programm ist beim ersten Mal eindrucksvoll, ansonsten aber langweilig. Zeigen wir den Leuten doch etwas Echtes! Etwas, das manche schon kennen. Zum Beispiel Creanima."

„Ja, klar", erwiderte Cle gelangweilt, „wiederholen wir die Diskussion von heute morgen wörtlich, oder nur sinngemäß?"

„Ist ja schon gut! Das Ding bleibt ein Werkzeug, kein Spielplatz. Ich finde nur, dass wir auch mal seine volle Bandbreite vorführen können."

Die ersten Interessierten hatten nur ein einfaches Programm gesehen, das alle Funktionen verständlich machte. Es war eine verschönerte Variante von Lissas Übungsraum, mit einer Auswahl verschiedener Intensitäten. So konnte jeder Benutzer wählen, ob und welche sekundären Kanäle belegt werden sollten. Damit war der Raum für Cle genauso verwendbar wie für normale Benutzer, und ein Panorama durfte auch mal für nichts außer sich selbst stehen.

Das alles hatte so gut wie alle Gäste überzeugt. Sie waren mehr Kopien los geworden, als sie erwartet hatten, und hatten erstaunlich wenige unqualifizierte Lästermäuler ertragen müssen.

Trotzdem fand Rihm es ungerecht, nur den reinen Nutzen von Adaptern und Programmen zu zeigen. Diese Simulation war mehr als nur eine neue Technik. Für ihn steckte eine neue Welt in der Ansammlung von Draht und Daten. Eine Welt, die sich schon immer vage abgezeichnet hatte. Die nur darauf wartete, sich zu einem neuen Universum auszudehnen.

Die Bilder und Projektionen, die man bisher als Räume bezeichnet hatten, wurden plötzlich *echt*, sie verdienten erstmals den Namen *Raum*.

Oder war die Wirklichkeit etwa flach und die dritte Dimension nur ein Werkzeug, um besser darin zurecht zu kommen?

„Creanima steht in den empfohlenen Verweisen, die wir mit den Prototypen-Vorlagen verteilt haben", mischte sich nun auch Gabriel ein. „Die volle Bandbreite des Teils wird jeder allein auskundschaften. Dazu braucht man uns nicht."

„Äh, was hast du gesagt?"

„Hallo Rihm! Du hast wohl kurz geträumt", lächelte Tina, und wiederholte Gabriels Kommentar.

„Geträumt? Vielleicht, kann schon sein", murmelte Rihm, beobachtete ein paar Sekunden lang sein Spiegelbild in der Apfelsaft-Flasche und träumte weiter: „Wenn du jemandem die Welt zeigen solltest, wo würdest du zuerst hingehen? In Werkstätten und Labors?"

„Natürlich nicht", antwortete Tina, das Kinn auf beide Hände gestützt. „Aber wir haben hier keine neue Welt – nur eine umfassendere Sicht auf eine alte."

Jetzt sah auch Cle nachdenklich aus. „Kommt drauf an, was sich überhaupt Welt nennen darf. Schneestürme aus Textfragmenten sind keine, oder?"

„Doch, doch, sie sind eine", fand Tina, „jedenfalls eine Sicht auf eine Welt. Herkömmliche Schnittstellen zeigen das Netz aus einer Perspektive, dein krasses Konstrukt zeigt das Gleiche aus einer anderen, und das neueste Interface zeigt wieder eine andere Sichtweise. Die Welt, die immer anders dargestellt wird, bleibt aber dieselbe."

Rihm sah weiter auf sein Spiegelbild in der Flasche. Cle hatte den gleichen Ankerpunkt entdeckt, um seine Augen zu beschäftigen. Er sah sein eigenes Spiegelbild, halb verdeckt von einem Etikett mit gelben Äpfeln. Das gleiche Objekt, zwei Blickwinkel, zwei verschiedene Darstellungen. Die Flasche hätte auch eine Datei sein können.

Schließlich schraubte Cle die Flasche auf und verteilte Apfelsaft auf die sechs Becher.

„Information ist nutzlos," stellte er dabei klar, „wenn man sie nicht nutzen kann. Darum muss man eine Welt nur ernst nehmen, wenn es eine brauchbare Darstellungsweise dafür gibt. Und wenn es gar keine Darstellung gibt, verhält sie sich genauso, als würde sie nicht existieren. Schriftzeichen machen *keine* Welt."

Davon war Tinchen noch nicht überzeugt. „Aber sie reichen doch aus", wandte sie ein, „um dir die zugrunde liegende Welt zu vermitteln. Also kann man nicht mehr behaupten, dass die

Welt praktisch nicht vorhanden wäre."

„Hast du nicht etwas vergessen?" fragte Cle nach.

„Nein, was denn?"

„Den berüchtigten Faktor Mensch. Um den geht es im Prinzip nur, falls das noch jemand weiß. Daten sind so lange sinnlos, bis ein Mensch sie sieht. Und dann sind sie erst mal nichts weiter als zusammenhanglose Information, bis sie richtig abgebildet werden."

„Darf ich raten, worauf du hinaus willst?" fragte Rihm, und schaute endlich wieder hoch. „Was Nichts, lose Information, ein Raum, oder ein ganze Welt ist, hängt vom Betrachter ab. Alle Information über ein paralleles Universum könnte irgendwo bereit liegen, es wäre trotzdem nicht da, bis jemand die Information beachtet und als Universum erkennt."

„Doch, natürlich wäre es trotzdem da", philosophierte Cle vor sich hin, „aber das ist irrelevant. Aus Sicht des Betrachters beginnt etwas erst in dem Moment zu existieren, in dem er es erkennt."

„Nur das meine ich doch die ganze Zeit!" seufzte Rihm erleichtert. Endlich begannen seine Freunde, die Angelegenheit zu verstehen. „Virtuelle Räume gibt es schon lange in Massen, aber erst mit der richtigen Darstellung werden sie wirklich zu Räumen. Genauso wird das Netz erst jetzt zu einer gleichberechtigten Wirklichkeit, weil es eben erst jetzt echt *aussieht*. Die Daten dahinter sind die gleichen, aber die Menschen werden etwas anderes darin erkennen. Deshalb wird es etwas anderes sein."

Für eine Weile herrschte Stille im Keller. Cle musste auf einmal an viele frühere Momente denken. Als andere Leute versucht hatten, ihm sekundäre Wahrnehmung zu erklären.

Das Knarren eines Polster-Würfels. Ein Geräusch mit Frequenz und Lautstärke. Das waren die Rohdaten, und alles was Cle hören konnte. Für den einen mochte das Geräusch eine blass grüne Welle sein, für den anderen eine raue, rote Hohlkugel.

Jeder Mensch hatte seine eigene Darstellung für die Informationen, aus denen die Außenwelt bestand. Und doch erkannten darin alle die gleiche Welt. Und was keinerlei Daten ausgab, schien für niemanden zu existieren – unhörbar, unsichtbar, geruchlos. Gab es eigentlich versteckte Datensätze in der Außenwelt?

Endlich durchbrach Rihms Stimme die Stille. „Man müsste es auf die Außenwelt übertragen."

Nach einer verwirrten Pause fragte Tinchen für die ganze Gruppe. „*Was* sollte man übertragen?"

„Die Darstellung, mit der wir die Welt aus den Computern abbilden. Es ist doch im Grunde alles das gleiche", erklärte er ungeduldig. „Wir haben eine feste Menge an Sinnen, welche Ausgabedaten der Umgebung verarbeiten. Und eine feste Menge an Muskeln, mit denen wir sprechen und zeigen können. Mit den gleichen Ein- und Ausgabekanälen, mit denen wir im Netz Verweisen folgen, Objekte verschieben und jeden Ort in der gleichen, vernachlässigbar geringen Zeit erreichen ... mit den gleichen Möglichkeiten hangeln wir und hier draußen zu Fuß zentimeterweise vorwärts, scheitern an der schlichten Größe von Gegenständen und beschweren uns über langsame Luftschiffe. Dabei sind wir doch die gleichen Personen, die Außenwelt bindet uns nur nicht effizient genug ein!"

Nachdem Rihm seine Rede beendet hatte, herrschte wieder kurz Ruhe. Gabriel konnte ein Grinsen nicht vermeiden.

„War das jetzt ernst gemeint?" erkundigte er sich.

Tina antwortete an Rihms Stelle. „Eigentlich liegt er gar nicht so falsch. Wenn man die Naturgesetze umprogrammieren könnte ... aber da ist es wohl fast einfacher, sich ein besseres Universum zu suchen."

Dann gehe ich eben gleich, beschloss Rihm, schwang sich den schwarzen Filzmantel um die Schultern und stand wortlos auf. Die Tür schob sich beiseite. Ein schwarzes Loch in der Wand. Von hinten, wie durch dicken Nebel, drang Tsils Stimme zu ihm durch.

„Warte doch mal! wo willst du hin?"

Rihm blieb vor dem schattigen Rahmen stehen. Er starrte in den gelblichen Lichtfleck, der aus dem Zimmer in den Flur fiel. Wohin er wollte? Gute Frage.

Der Lichtfleck blieb starr liegen. Kein Flackern, kein Schatten. Kein Zeichen von Lebendigkeit.

„In die Wirklichkeit", sagte er zur Tür gewandt. Dann ging er hinaus, ohne sich noch einmal umzudrehen.

Ein Schritt nach vorn, aus dem Bereich der Lichtschranke hinaus. Die Tür schloss sich hinter ihm. Tiefschwarze Dunkelheit. Leere außen und Leere innen, endlich passte alles zueinander.

Rihm ging ein paar Schritte den Flur entlang, begann zu laufen, zu rennen. Diesen Flur kannte er im Schlaf. Jede Kurve und jede Treppenstufe war dort, wo sie seit zehn Jahren war.

Vorne links schimmerte ein heller Punkt. Rihm rannte darauf zu, daran vorbei. Eine weitere Treppenstufe, dahinter noch eine Abzweigung, dahinter der Fahrstuhl.

Der alte Fahrstuhl, der sein armseliges Dasein als Ersatzteil fristete, seit an der Vorderseite des Gebäudes zwei neue installiert worden waren. Nur wer in den hinteren Teil des zweiten Kellers musste, benutzte ihn noch, sofern er sich an ihn erinnerte.

In der linken Wand zeichneten sich zwei weiß glühende Linien ab. Der Fahrstuhl stand noch da, so wie sie ihn vorhin verlassen hatten. Rihm tastete nach dem Türöffner. Das kühle Metall fühlte sich warm an, unter seinen eisigen Fingern.

Da war das Sensorfeld. Die linke weiße Linie wuchs nach rechts, verband sich mit der rechten Linie, und in der weiß beleuchteten Kabine lag noch immer der gleiche braune Sand.

Sein eisiger Zeigefinger zitterte, als er ihn nach dem Knopf für das höchste Stockwerk ausstreckte. *Warum nur?* Der Finger zitterte und Rihm fand keinen Grund dafür. Kälte? Aufregung? Nichts davon spürte er deutlich genug.

Ein leises Summen, so gelb wie der Schmutz in den Ecken, verschloss die Tür, bevor die Kabine beschleunigte. Er ließ sich auf den Boden sinken, lehnte mit geschlossenen Augen an der Wand. Was tat er hier überhaupt?

Das spielte keine Rolle, solange es nur real war. Das Leben kotzte ihn an. Was war diese Welt überhaupt noch wert, wenn jeder Heimcomputer eine bessere simulieren konnte? Eine echtere, größere, vernetzte, formbare Welt.

Wenn es noch irgendeinen Grund gab, sich mit der Außenwelt herum zu schlagen, dann würde er ihn suchen, und zwar hier und heute.

Auf dem Dach angekommen, öffnete der Fahrstuhl seine braune Schiebetür. Draußen war Abend. Ein künstlicher Abend, so ehrlich wie ein gut gezeichneter virtueller Raum. Blaues Abendlicht erfüllte die Luft. Rihm stand auf, fegte sich den Sand vom Mantel und trat hinaus in den frischen Wind.

Ein Netzwerk schmaler Brücken verband die Dächer von N42, der größten Stadt des zweiten Neuseeland-Turms. Ein glänzendes Geländer aus hellgrünem Kunststoff schmiegte sich weich in seine Hände, als er hinunter auf die Stadt blickte. Menschen wie Ameisen wechselten zwischen Fußweg und Laufband. Kleintransporter schwebten lautlos an den Häusern entlang.

Von oben war die Straße ein Flickenteppich in grün und grau: Grüne Flicken aus Bäumen zeichneten den Weg zwischen graue Häuser.

Nur das Erdgeschoss wurde ansprechend bemalt, die oberen Etagen sah sowieso niemand. Niemand, der nicht danach suchte. Bis zum zweiten Stockwerk der Häuser reichten die Bäumchen, deren grüne Äste sich wie ein Dach über die Straße spannten.

Das weich ummantelte Geländer führte zu einer Brücke, von dort über die Straße aufs nächste Dach. Die Stadt war ein Netz mit unzähligen Knoten. Viel mehr verschlossene Räume stapelten sich unter seinen Füßen.

Rihm hatte einen Verweis im Kopf, der ins Museum für Architektur führte. Der Pfad dorthin lag offen vor seinen Füßen, höchstens zehn Häuser-Knoten galt es zu überqueren. Die Stadt war ein Netz, nur ohne Neural-Interface. Genau wie das künstliche Netz, bloß umständlicher.

Das Museum war nur zur Hälfte tatsächlich eine Ausstellung. Dasselbe Gebäude beherbergte auch einige Studios, in denen täglich neue Gebäude für den ganzen Turm entworfen wurden. Die Entwürfe wurden ausgestellt, so dass jeder Bürger sie bewerten und kommentieren konnte.

Das alles interessierte ihn wenig. Das einzig schöne am Architektur-Zentrum war seine vertikal versetzte Lage. Wie im Boden versunken hing der Bau zwischen den Ebenen hundertzwanzig und hunderteinundzwanzig. Wer es hier unten betrat, konnte es in einer anderen Stadt wieder verlassen.

Der Weg dorthin war kürzer als der zum Nordaufzug, und wundervoll einsam. Wer sollte ihm hier oben, in einem langweiligen Ausläufer des Brücken-Netzes, über den Weg laufen?

Er schaute sich nach alles Seiten um. Ließ sich in der traumhaften Ruhe weiter treiben. Endlich allein mit der Wirklichkeit.

Nur eine Brücke weiter hing das Museum von der Decke. Zehn Etagen tief zeigte das ovale Gebilde nach unten; es glitzerte blau im letzten Licht des vergangenen Tages. Der Eingang war unten, in unerreichbarer Tiefe.

Die knapp einen Meter breite Brücke führte an der spiegelnden Wand entlang, halb um das Gebäude herum und schließlich an einem Notausgang vorbei. Dieser ließ sich von außen öffnen, dahinter lag der nächste dunkle Flur.

Der dämmerige Korridor endete in einer Halle voller Menschen, die sich um eine verkleinerte Projektion scharten. Ein Architekt führte seine Idee für irgendeinen Dorfplatz vor. Interessierte Fremde redeten durcheinander, fragten den Architekten aus, ließen sich den Entwurf immer wieder mit anderen kleinen Änderungen vorführen.

Rihm zwang sich dazu, langsamer zu gehen. Da drüben war ein Fahrstuhl. Glück gehabt, er musste nicht an der Präsentation vorbei.

Der Aufzug brachte ihn sehr langsam aufs nächste Dach. Ständig stiegen Leute ein und aus. Er sah sie, ohne sie anzusehen, und hörte sie, ohne zuzuhören. Sie waren wie eine Welle die vorbei fließen würde, wenn er sie nur lange genug ignorierte.

Von der engen, kreisrunden Plattform auf dem Dach führten acht Brücken sternförmig fort. Der obere Teil des Museums bildete die Mitte eines runden Platzes, um den herum kleinere Gebäude standen.

Die Geländer waren hier violett überzogen. Rihm hielt sich an einer violetten Stange fest. Schaute kurz auf den grün strahlenden Rasen, der den Platz bedeckte. Lief wahllos die nächstbeste Brücke entlang.

Auf dem nächsten Dach riss die Lichtglocke des hell

beleuchteten Platzes ab. Von hier aus erhellte nur noch die übliche Notfall-Beleuchtung die Nacht. Still wie dunkelblaues Glas stand die Luft hier, keine Spur mehr vom Wind aus dem tieferen Stockwerk.

Wie in einem langen, verrückten Traum wechselten sich die verschiedenen und doch fast gleichen Dächer und Brücken ab, flog der Boden tief unter Rihms Füßen hinweg. Er dachte nicht darüber nach, was ihn zur Aussichtsplattform zog. Der Weg entstand beim Laufen, einfach so, wie von selbst.

In die Außenwand des Turmes war eine Plattform eingelassen, ein Glaspalast mit Aussicht auf die Oberfläche. Bis zu diesem Fenster reichten die Brücken nicht, er würde schon bald einen Weg nach unten finden müssen. Vier Dächer weiter vorne ragte die Außenwand über der Stadt auf. Der Horizont des Turms, mit einem Panorama-Fenster darin.

Jetzt waren es nur noch drei Dächer. Gab es einen Eingang? Ja, hier! In der Mitte des vorletzten Daches, als nur noch ein Haus zwischen Rihm und der Wand stand, ragte ein Fahrstuhlschacht auf.

Inzwischen brannten seine Hände, das kühlende Metall der Tür half kaum dagegen. Als die Kabine sich einen Moment später öffnete, wurde es noch schlimmer: Drinnen war es warm wie am Tag!

Die Kabine erreicht das Erdgeschoss. Rihm atmete auf. Die Haustür öffnete sich, die Nacht fing ihn wieder ein. Blau wirkte der grüne Rasen in der nächtlichen Minimal-Beleuchtung, die gerade so zum Sehen ausreichte.

Eine Wiese führte am letzten Haus vorbei bis direkt vor das Fenster. Heute Nacht sah es aus wie eine schwarze Lücke in der Wand. Zwanzig Meter breit, dabei so hoch wie die ganze Landetage, lag das dunkle Aussichtsfenster vor ihm.

Wo war der Ausgang? Der musste an der rechten Seite sein, dort wo die kleine Hütte vor der Scheibe stand. In dem Häuschen kontrollierte tagsüber jemand, wer die äußere Plattform betrat. Ob auch nachts jemand aufpasste?

Es passte jemand auf. Der Nachtwächter sah ihn erstaunt an; um diese Zeit rechnete er nicht mehr mit Besuchern. Rihm versuchte gar nicht erst, sich eine Erklärung einfallen zu lassen.

„Äh, Hallo", begann er, „ich möchte nur mal schauen, wie dunkel die Erde wird."

Krampfhaft versuchte er zu lächeln, mit nur mäßigem Erfolg. Der Nachtwächter blinzelte ihn schräg an, grummelte verständnisvoll und schloss den schon versperrten Durchgang noch einmal auf.

„Versteh einer das halbstarke Jungvolk", murmelte er zu sich selbst, schaute dann Rihm an und sagte etwas lauter: „Na gut, wenn du meinst, dass du viel sehen kannst ... das Windschutznetz muss aber aufgespannt bleiben, sonst fliegst du noch weg."

Auf der Plattform war es eisig. Das Windschutznetz schwächte den Sturm auf ein gerade erträgliches Maß. Vorsichtig trat Rihm so nah an die Kante, wie das Geländer es zuließ.

In der gefrierenden Luft breitete er die Arme aus, fühlte den Sturm in jeder einzelnen Fingerspitze. Ein wundervoll lebendiger Moment verging, und noch einer, und ein weiterer.

Die Nacht vor seinem Gesicht war tief schwarz. Eiswind wehte ihm in die Augen, als er zum echten Himmel hinauf sah.

In der Ferne verdeckte eine echte Wolke die echten Sterne. Schneeweiß wie die Kälte um ihn herum leuchteten tausende dieser Nadelspitzen über der Welt.

Sein Filzmantel flatterte hinter ihm. Er ließ ihn flattern und tastete weiter mit den Fingerspitzen nach dem Wind, nach der Kälte, nach den Eiskristallen in der Luft. Langsam, ganz langsam, wachte er auf.

Warum war er hier?

Bilder von der Diskussion im geheimen Kellerraum fanden den Weg zurück in seinen Kopf. Die Zeit schien rückwärts zu laufen, in Jahresschritten. Die einseitige Fachschule. Seine einseitige Freizeit während der Oberschule. Sein erstes Programm, sein erster Rechner.

Seit er lesen konnte, hatte er sein Leben auf die virtuelle Seite der Welt ausgerichtet. Zuerst hatte es nichts Schöneres gegeben – und später nichts Anderes mehr.

Die elitäre Förderklasse der informationstechnischen Fachschule Neuseeland-2 saß besorgt in ihrem geheimen Kellerraum, unter der schwarz verhängten Decke, auf blauen Würfelpolstern. Nervös zupfte Tinchen an dem hellroten Kopftuch herum, das ihre dichten Locken zusammen hielt.

„Jetzt ist er schon fast zwei Stunden weg", stellte sie fest. „Heute kommt er bestimmt nicht wieder hier runter."

Seit Cle sie alle in sein Interface-Projekt eingeweiht hatte, war Rihm zum Träumer mutiert. Wenn es nicht gleichzeitig passiert war, dann zumindest kurz danach.

Der beste Programmierer, der immer auf alles eine Antwort parat hatte, der vor keiner Prüfung lernen musste und höchstens durch seinen seltsamen Geschmack negativ aufgefallen war, redete seit Kurzem über die große Sinnlosigkeit des Lebens. Plötzlich wollte er neue Welten erschaffen, anstatt die alte zu verbessern. Und jetzt war er auch noch weg.

Schließlich gingen sie nach Hause. An der Vordertür klingelten sie noch einmal, aber Rihm war nicht bei seinen Eltern. Um nicht hier und jetzt seine persönlichen Angelegenheiten ausbreiten zu müssen, verabschiedeten sie sich schnell. Man einigte sich darauf, erst etwas zu sagen, wenn Rihm morgen auch nicht in der Schule auftauchen würde.

Das hieß, sein seltsamer Anfall würde sich morgen früh von selbst klären. Er hatte noch nie unangekündigt gefehlt. So etwas gab es bei Rihm einfach nicht.

Lissa schaute über die Schulter zum Terminal hinüber, wo ihre Praktikantin gerade brav eine Dokumentation der neu gestalteten Bedienoberfläche zusammen stellte. Nur vier Tage war es her, dass Lara ihren ersten neuroelektronischen Unfall überstanden hatte. Ihrer Motivation hatte der offensichtlich nicht geschadet.

Heute Abend würde sie Lara für ein Wochenende heim schicken. Außerdem musste eine neue Aufgabe her, denn die barrierefreie Steuerung war schon so gut wie fertig. Vonek hatte verschiedenste Anwendungen damit selbst getestet und war richtig begeistert gewesen. Endlich hatte er sofort verstanden, was die Programme ihm sagen wollten.

Im Grunde war es erschreckend einfach gewesen, eine Oberfläche so zu entwerfen, dass man mit primären Kanälen auskam. Warum gab es das nicht schon längst? Wahrscheinlich nur, weil sich noch niemand damit befasst hatte.

Ein leiser, freundlicher Glockenklang kündigte einen Anruf an. Erst wollte sie sich das zweite Datenstirnband holen, dann lehnte sie sich aber nur bequem an die Wand und tippte auf den grünen Stein an ihrem Armband. Joachim, der Zeichner, wollte sie sprechen.

Der hat sich seit Monaten nicht mehr gemeldet, dachte sie, als sie die Video-Verbindung annahm.

Joachims Gesicht erschien vor ihrem Handgelenk, im Hintergrund die verschwommenen Schatten bunter Entwürfe. Bestimmt dachte er sich gerade einen Strand für seinen unterirdischen Ozean aus.

„Hallo Alexa", meldete er sich fröhlich, „lange nicht gesehen! Bist du das, die seit heute so komische Adapter verteilt? Hast doch mal daran geforscht."

Komische Adapter? Verteilt? Alles klar. Die Schulklasse auf der anderen Seite der Erde hatte ihren angekündigten Werbefeldzug begonnen.

„Nicht direkt ich", grinste sie zurück, „für den Kontakt zu anderen Menschen hab ich meine Experten. Ach ja, *Hallo* erst mal! Wie schön, mal wieder von dir zu hören."

Lissa hielt das Armband, das unter anderem Projektor und Kamera war, etwas höher. Mit der anderen Hand strich sie sich ein paar widerspenstige Haare aus dem Gesicht. „Woher weißt du denn schon davon?"

„Fünf euphorische Einträge im Gästebuch, plus vier Hinweise auf eigentlich unsichtbaren Pfusch im Schattenwurf", erklärte Joachim. „Insgesamt waren mindestens sieben Besucher mit einem angeblich ganz neuen, umwerfend realistischen Interface bei uns in Creanima."

„Das werden garantiert noch mehr. Ihr solltet eure Stadt mal selber damit besichtigen!"

Sie war glücklich. Da draußen gab es Menschen, die das erweiterte Neural-Interface tatsächlich benutzten. Die damit

Orte bewunderten, die vorher nur räumliche Bilder gewesen waren. Sie hatte etwas erfunden und die Leute nahmen es an. Konnte es eine höhere Auszeichnung geben?

„Klar, mach ich, darum rufe ich ja an", sagte der Zeichner. „Unter welchem Namen finde ich denn die Vorlage?"

„Die Variante, die eure Gäste haben, steht unter *Halbsichtiges Proxy-Interface* in der globalen Technologie-Datenbank", gab Lissa strahlend bekannt. „Das sind zwei Fachbegriffe auf einmal, aber die beschreiben das zugrunde liegende Konzept leider am besten."

„Danke, das bestelle ich noch heute bei unserer Prototypen-Fabrik." Joachim notierte den Namen. „Was heißt das eigentlich genau?"

„Ein Proxy-Interface ist kein völlig eigenständiges Gerät", versuchte Lissa sich an einer Zusammenfassung. „Es nutzt ein herkömmliches Interface und erweitert es um ein paar Adapter sowie Software-Module. Letztere sind der Proxy, der alle Ausgaben der darunter liegenden Schnittstelle abfängt und umwandelt."

„Klingt einleuchtend. Und *halbsichtig*?"

„Bedeutet einfach, dass für exakte Informationen nur primäre Kanäle verwendet werden. Dadurch sieht der Raum für alle Anwender gleichermaßen natürlich aus."

„Wird ja immer interessanter", fand Joachim, „also, ich besorge jetzt so eine Installation für alle Zeichner in meinem Team. Du hörst bestimmt bald wieder von uns."

Aufgeregt beendete er die Verbindung. Die kleine Projektion in der Luft flimmerte und löste sich auf. Lissa war mindestens genauso aufgeregt, als sie sich wieder Lara zu wandte.

„Hast du eben mitgehört?" fragte sie fröhlich. „Die ersten Künstler rennen unserem Interface schon hinterher."

„Kein Wunder, es ist ja auch wirklich toll", meinte Lara, als hätte sie gar nichts anderes erwartet. „Verrätst du mir nebenbei eine andere Sache?"

„Was denn?"

„Woher du die Jungs kennst, die es gerade in Rekordzeit bekannt machen."

Geht in Ordnung, dachte Lissa, *dann nehme ich mir eben*

die Zeit und erzähle meine Seite der Geschichte.

„Die kenne ich alle über Cle. Den hab ich zufällig in einem Forum getroffen. Weißt du, man darf nicht allzu wählerisch sein, wenn man Verbündete für etwas sucht das in Beschreibungen völlig verrückt klingt. Cle hat ein ganz ähnliches Interface erfunden. Warum er es nirgendwo veröffentlicht hat, sollte ich vielleicht nicht einfach so ausplaudern. Frag ihn nachher selber."

„Die erste rein primäre Schnittstelle, stimmt's?"

„Ja, aber in einer Umsetzung, die wir lieber niemandem zeigen. Meine Schnittstelle brauchte damals noch alle Kanäle doppelt und dreifach, aber sie ließ sich leichter anpassen. Darum haben wir meine Version rein primär gemacht, statt zu versuchen, Cles Version allgemein verständlich zu machen. Nein, nicht wir. Das meiste davon hast du gemacht."

Wo sollte sie die Geschichte anfangen lassen? Am besten bei dem Text von Dr. Andod. Das Forum. Die anonyme Antwort. Der virtuelle Park. Die Serie überbrückter Zugriffssperren? Die musste sie nicht unbedingt erwähnen. Als Nächstes würde die Kleine sowieso Cle ausfragen. Sollte er allein entscheiden, wie viel er über sich verraten wollte!

Über der Aussichtsplattform begann es zu regnen. Tausend blitzende Tropfen blieben im Windschutznetz kleben. Sie glitzerten im schwachen Licht, das aus dem Turm nach draußen fiel – und verklebten schnell zu einer schweren Eisschicht, die sich in schmalen Splittern vom Netz lösten.

Klirr! Durch den heulenden Sturm erklang der Sturz des ersten Eissplitters.

Rihm glaubte, die Anwesenheit einer Person zu spüren. Aber dort konnte niemand sein. Wer sollte denn auf einmal hinter ihm stehen?

Er stellte sich vor, dass er sich umdrehen würde. Vor seinem inneren Auge sah er Lara dort stehen, so wie sie gestern in der virtuellen Pausenhalle aufgetaucht war. Dann schaute er wirklich über die Schulter. Natürlich war niemand dort. Niemand außer der Fensterscheibe und einer dämmerigen Nachtbeleuchtung dahinter.

Wer war dieses Mädchen überhaupt? Ein vorgeschobener

Name, mit dem sich ein Eintrag in der Technologie-Datenbank ausschmücken ließ, ohne dass es danach aussah, als würde das Panorama-Interface auf Cles größtenteils illegalen Experimenten basieren.

Der Neue in seiner Klasse wollte nicht selbst ins Licht der Öffentlichkeit geraten. Darum hatte er Lissa losgeschickt, einen anderen offiziellen Mit-Erfinder zu suchen.

Während Cle nun damit beschäftigt war, die alte Hierarchie der Klassengemeinschaft auf den Kopf zu stellen, war Lara damit beschäftigt, das Raum-Design tatsächlich zu übernehmen. Die effiziente Gruppierung der Ausgabedaten für nur zwei Sinne hatte sie angeblich alleine entwickelt. Cles ältere Version hatte sie nicht mal weggeworfen, sondern gar nicht erst angeschaut.

Kalt wurde es hier draußen. Hinter der durchsichtigen Tür aus dickem Kunststoff herrschte eine künstliche Sommernacht.

Als er die Tür öffnen wollte, fielen ihm seine schwarzen Haare übers Gesicht. *So ein Mist*, dachte er, und tastete auf dem Boden nach seinem verlorenen Haarband, das die glatten Strähnen immer im Nacken beisammen hielt.

In der tiefen Finsternis der realen Nacht konnte er nichts finden. Die Plattform war zwanzig Meter breit, der Sturm konnte das Band überall hin gerissen haben.

Keine Chance, stellte er fest, und ging wieder ins Haus.

Hier drinnen war alles so ausgeglichen wie immer. Dämmerige Notbeleuchtung hielt die Nacht durchsichtig. Die Temperatur war wie immer so angenehm, dass man die Luft gar nicht fühlte. Eine statische Insel, um die herum das Wetter lebte. Lebte die Insel selbst auch?

Falls diese Insel lebendiger sein sollte als irgendeine andere Simulation, dann musste sich ihr Leben oben im Garten sammeln. Hier unten wohnten ja nur Menschen.

Minuten später erreichte Rihm den westlichen Aufzug, der kurz nach Mitternacht noch erstaunlich gut besucht war. Paare in Abendkleidung, junge Frauen mit farbenfrohem Haarschmuck, die ganze Bandbreite von Neuseelands Nachtleben war unterwegs.

Augen zu und durch, dachte er sich, und tauchte in der

Menge unter.

Nach dem Halt im 299. Stockwerk war der Fahrstuhl endlich leer. Durch die sich schließenden Türen erkannte er noch die warmen, hellen Fenster eines beschaulichen Dorfes, dann ließ ihn die Menschheit endlich wieder in Ruhe.

In welchem Garten sollte er anfangen? Wahllos drückte er den erstbesten Knopf im grün hinterlegten Block 300-400.

Seit er vor anderthalb Jahren in die beste Förderklasse der Fachschule versetzt worden war, hatte er eine gewisse Rangordnung unter den Schülern beobachtet. Tinchen war die niemals in Frage gestellte Königin, der grundsätzlich das letzte Wort gehörte. Wenn Tinchen nicht da war, richtete sich die Klasse meistens nach Gabriel. Ihnen selbst schien das gar nicht aufzufallen, die Ordnung hatte sich einfach von selbst ergeben.

Wer längere Zeit genau verfolgte, wer sich wann durchsetzte, konnte die Rangfolge aber nicht übersehen. Tina hatte das Sagen, Gabriel hatte es mal gehabt, inzwischen hatte er selbst den Vertreterposten erobert. Auch das hatte sich irgendwann einfach so ergeben. War Tinchen nicht anwesend, dann hatte Gabriel in keiner Diskussion auch nur den Hauch einer Chance gegen Rihm.

Eigentlich passte ihm das gar nicht. Rihm war es unangenehm, dass sich vier Leute nach ihm richteten, und deshalb auch manchmal vermeidbaren Mist bauten. Aber sie taten es nun mal.

Dann war Cle aufgetaucht und hatte getan, was er am liebsten tat: das Unmögliche geschafft.

Zum ersten Mal stand ein Konkurrent neben Tina. Ganz deutlich konnte Rihm an seinen Freunden beobachten, wie sie Tinchens Ansichten in Frage stellten, wenn Cle nur anderer Meinung war.

Freilich hatte sie noch nichts verloren, Tinchen war nach wie vor eine kritiklos akzeptierte Macht inmitten der Klasse. Aber sie war nicht mehr die einzige Macht. Spätestens seit Cle eine Auswahl seiner verrückten Erfindungen vom Kinderzimmer in die Schule verlagert hatte, erkannte man zwei Pole in der Gemeinschaft.

Damit war genau der Fall eingetreten, den er bisher für

undenkbar gehalten hatte: Ein Neuling ohne Rang und Namen wagte es Tina zu widersprechen, und hatte auch noch Erfolg damit.

Aber das war eben Cles liebstes Hobby. Einiges Unmögliches hatte er technisch umgesetzt, soziale Unmöglichkeiten waren bloß die nächste Herausforderung.

Der Fahrstuhl stoppte im 398. Stockwerk. Noch bevor die Türen sich ganz auseinander geschoben hatten, strömte der tief blaue Duft von feuchtem Laub herein.

Welche Kombination aus Talent und Ehrgeiz brachte Cle überhaupt dazu, eine technische Grenze nach der anderen zu sprengen?

Angefangen hatte er, das wusste inzwischen jeder, nicht direkt aus Spaß am Basteln. Auch wenn niemand offen darüber redete, war es bittere Notwendigkeit gewesen. Cle litt an einer seltsamen Behinderung, durch die er keine normalen Computer-Schnittstellen benutzen konnte. Worum es sich genau handelte, war nicht weiter wichtig, denn diese Grenze hatte er als Erstes beseitigt.

Der vorletzte Garten des Turms begann an der Westseite mit einem dichten Wald. Gelblich fiel der Lichtschein des Fahrstuhls auf Laub und dunkelgrüne Blätter. Vorsichtig trat Rihm hinaus in die Schatten.

Zuletzt hatte Cle ihnen etwas vorgeführt, das er emotionenpermeable Interface-Erweiterung nannte. Der Name passte sehr gut, wie Rihm zugeben musste. Das kleine Programm schleuste nicht nur die Gedanken an der Oberfläche, sondern auch die daran gebundenen Gefühle in den Computer. Wer das gespeicherte Abbild später öffnete, brauchte keinerlei eigene Erweiterungen, um alle aufgezeichneten Emotionen nach zu empfinden.

Die Auflösung war noch miserabel. Aber allein, dass das Konzept funktionierte, ließ vermuten, dass diese Funktion bei üblichen Interfaces absichtlich nicht eingebaut wurde. Für Entdeckungen wie diese musste man Cle einfach gern haben, wenn man das nicht sowieso tat.

Endlich glaubte Rihm, ein Stockwerk erreicht zu haben, das am Leben war. Im Wald war es fast völlig dunkel, die allgegenwärtige Notbeleuchtung wurde hier und da von

Blättern verdeckt. Etwas raschelte im Unterholz.

Über ihm wachte ein Vogel auf und flatterte erschrocken davon. Ein anderes, unsichtbares Tier verschwand Gebüsch. *Hier gibt es tatsächlich Leben in der Außenwelt,* stellte er fest, *und es flüchtet, sobald es mich hört.*

Die Mücken flüchteten nicht. Dafür ignorierten sie ihn. Ein flimmernder Mückenschwarm schwebte über einem Bach, den er besser hören als sehen konnte. Langsam tastete er sich an das gluckernde Rinnsal heran und sprang darüber hinweg.

Nach einer Weile trafen seine Finger auf einen ungewohnt breiten Baumstamm. Die Zivilisation hatte ihn eingeholt. Der Stamm ließ sich an einer Seite aufklappen, darin schraubte sich eine braune Wendeltreppe aufwärts.

Wieder einmal zeigte sich, wie ineffizient die Außenwelt strukturiert war. Niemand außer der Natur höchst persönlich könnte es sich erlauben, ein so miserables Raum-Design anzubieten.

Im Grunde war nichts dagegen einzuwenden das Licht abzuschalten, aber dann sollten sich die Bäume durch Klänge bemerkbar machen. Daran hatte die Evolution nicht gedacht. Stattdessen musste man sie mühselig über den Tastsinn aufspüren, was auch noch kratzende Spuren an den Fingern hinterließ. Wenigstens hatte jemand bei der Navigation nachgeholfen und hier eine Abkürzung installiert.

Vielleicht lag es überhaupt nicht an der Natur. Ineffizient waren die Menschen. In der Ferne hörte er Nachtvögel rufen, wieder verschwand ein kleiner Schatten im Unterholz. Alle Tiere kamen wunderbar zurecht.

Nur Menschen passten nicht in das System der Erde, nur sie brauchten künstlich verbesserte Inseln. Hatte er jemals darum gebeten, ein Mensch zu sein? Garantiert nicht. Überhaupt war es unmenschlich, jemanden zum Mensch sein zu zwingen.

Die Wendeltreppe war hell wie am Tag beleuchtet. Das warme, goldene Licht blendete seine entwöhnten Augen. Gerade als sie sich an die Helligkeit angepasst hatten und Rihm wieder sehen konnte, endete die Treppe im höchsten Garten des Turmes.

Vor dem hohlen Baumstamm breitete sich eine endlose,

duftende Kräuterwiese aus. Am Ufer eines Baches, der glitzernd quer durch die Ebene floss, stellten drei Kaninchen die Ohren auf. Doch sie liefen nicht davon, sondern ignorierten den harmlosen Menschen und schnupperten weiter auf dem Boden herum. Ein Nachtfalter flog an ihm vorbei, zog eine wilde Bahn durch die Luft, landete dann mit ausgebreiteten Flügeln auf einem Stein der aus dem Bach aufragte.

Ein paar Sekunden lang schaute er nur die friedliche Szene an, bevor er sich traute, selbst die Wiese zu betreten. Die Kaninchen, die sich leise im Wind wiegenden Gräser, das silber-blaue Licht – alles hier war so wunderschön, dass er befürchtete, die Magie dieser Nacht allein durch seine Anwesenheit zu zerstören.

Alles hier schien aus tiefster Überzeugung heraus lebendig zu sein. Nicht so oberflächlich wie er, der einfach nur da war, weil es eben so war.

Ganz sicher gingen den niedlichen Tieren hier keine überflüssigen, störenden Gedanken durch die winzigen Köpfe. Sie akzeptierten ihr kleines Reich so, wie sie es vorfanden.

Da muss ein Fehler in der Evolution passiert sein, war Rihm jetzt sicher.

Menschen an sich waren eine akzeptable Erfindung. Aber warum mussten sie mit so viel ungenutzter Hirnkapazität herumlaufen, dass sie ihre eigene Sinnlosigkeit begriffen?

Wer weiß, vielleicht ist das sogar eine Krankheit, mit der die gesamte Menschheit infiziert ist.

Endgültig durcheinander setzte er sich auf den Boden und fuhr mit seinen langen, schmalen Fingern durch den Klee.

Hatte Lara auch schon bemerkt, dass dieser Planet sie grundsätzlich ablehnte? Stürzte sie sich deshalb mit vollem Einsatz in die künstliche Welt?

Gestern Mittag hatte er sie getroffen, in der Pausenhalle, in der ausgefallenen Schulstunde. Es war noch keine zwei Tage her. Gesagt hatte er kaum etwas, dafür aber um so mehr zugehört. Selbst wenn ihm Worte eingefallen wären – Cle hatte die meiste Zeit mit Lissa über technischen Kleinkram geredet. Ein verlorener Tag. Nie zuvor hatte er sich so beschissen gefühlt.

Rihm wusste nur wenig über Lara. In ihrem öffentlichen Bürgerprofil waren nur die wichtigsten Angaben ausgefüllt: Sie war gerade fünfzehn Jahre alt geworden und wohnte in einem kleinen Dorf in einem Turm am anderen Ende der Erde.

Ihr Erscheinungsbild im Netz war ein leicht bearbeitetes Foto, seltsamerweise zu mehr Langeweile verändert, als wollte sie nicht auffallen. Das hatte er noch am gleichen Tag heraus gefunden.

Als er im Netz nach ihrer Benutzer-Kennung gesucht hatte, war ihm ein knapp drei Wochen alter Schnappschuss in die Hände gefallen, der zehn Sekunden von einer Party auf dem Land zeigte. Mitten im Bild erkannte man Lara, deren rote Locken in Wirklichkeit so dunkel waren, dass sie fast schwarz wirkten. In einer bunten Wolke aus Papageien und zwei kleinen Singvögeln.

Den Metadaten nach gehörten die Papageien einer Freundin, doch die wie Edelsteine strahlenden Finken waren ihre treuen Begleiter. Bei Gelegenheit musste er sie fragen, ob die Vögel jetzt auch im Rechenzentrum herum flatterten.

In nur zwei Wochen hatte Lara sich von einer aus der Menge gegriffenen Randfigur zur ersten Expertin für mehrdimensionale Darstellung entwickelt und war aus dem Team nicht mehr wegzudenken. Damit passte sie gut zu Cle, der eigentlich gar nicht mit Computern umgehen können dürfte, aber inzwischen genauso wenig wegzudenken war.

Beide waren faszinierende Persönlichkeiten, aber Lara hatte noch etwas: Sie sah hübsch aus.

Der silberne Info-Ring an seinem linken kleinen Finger fühlte sich kühl an. War das Bild nicht noch darin gespeichert? Seine rechte Hand wechselte vom Klee zum Ring, strich über das glatte Metall, während Rihm überlegte, unter welchem Suchbegriff er das Foto gespeichert hatte.

Nur wenige Zentimeter über dem Boden leuchtete das Foto auf. Bunte Federbündel landeten auf Laras Schultern. Sie lachte und beugte sich schützend über die schwarz-weiß gescheckte Ratte, die sie in den Händen hielt. War diese Party eigentlich eine Ausnahme gewesen, oder lud sie ihre Freunde immer inklusive Haustiere ein?

Hinter der halb transparenten Projektion leuchtete ein

heller Fleck in der Nacht. Erst jetzt fiel er Rihm auf, der vorher nur in die Kleeblätter gestarrt hatte. Es war ein Fenster, nur ein paar hundert Meter entfernt.

Das Foto flimmerte und verschwand, als er verwundert aufstand, dann langsam auf das helle Fenster zuging. Unter seinen Füßen rauschten die Halme, noch ein Nachtfalter kreuzte seinen Weg. Der Bach führte direkt auf eine kleine Hütte zu und dann in einem Bogen daran vorbei.

Die Bewohner der Garten-Stockwerke ließen sich an einer Hand abzählen. Sie waren Einsiedler, Gärtner, oder beides gleichzeitig. Die Hütte am Bach sah nicht aus wie die vorübergehende Unterkunft eines sehr beschäftigten Gärtners.

Rund um den hölzernen Bau herum standen alte Obstbäume, das Dach war von Moos und Gräsern bedeckt. Ein mit Folie abgedichteter Graben führte Wasser aus dem Bach nach drinnen.

Das ließ nur eine Möglichkeit zu. Hier hatte sich ein Siedler niedergelassen, dem Alter der Bäume nach schon vor vielen Jahren. Noch jemand hatte die Menschheit nicht länger ertragen.

Möglichst leise wollte Rihm wieder verschwinden, aber da knarrte schon ein Scharnier an der Holztür. Im Eingang zeichnete sich ein Umriss ab.

„Hallo, wer ist da?" rief der Einsiedler in die Nacht hinein. Die Stimme klang alt und freundlich.

Ihm fiel nicht ein, was er jetzt antworten sollte. Anscheinend freute sich jemand, ihn zu sehen, selbst mitten in der Nacht.

Der Fremde kam ein paar Schritte in den Obstgarten hinaus und lud ihn in seine Hütte ein.

„So früh am Morgen ist schon lange niemand mehr hier aufgetaucht. Komm doch einfach erst mal herein, damit du nicht so im Dunkeln stehst."

Das traf Rihm völlig unerwartet. Wortlos folgte er dem alten Mann ins Haus. Drinnen standen keine trennenden Wände, die Hütte war ein geräumiges Zimmer. Vor den quadratischen Fenstern standen Blumen, den Boden bedeckte ein grau-brauner Teppich. Die Einrichtung sah ziemlich schlicht aus.

An der linken Wand fiel ihm ein Stilbruch ins Auge. Dort stand ein modernstes Neural-Interface neben einem dunkelgrünen Sofa.

„Seit wann wohnst du hier?" brachte er schließlich hervor, nachdem er sich erstaunt umgesehen hatte.

Der Einsiedler überlegte kurz, lächelte ruhig und sagte dann: „Seit ich vor knapp vier Jahren den Keller abgegeben habe. Man gewöhnt sich kaum wieder daran, jeden Tag anderen Leuten über den Weg zu laufen."

Dabei setzte er sich auf das grüne Sofa und räumte einen Stapel Unordnung auf den Boden, um einen zweiten Platz zu schaffen. Rihm verstand überhaupt nichts mehr. Der alte Haustechniker wohnte jetzt hier oben, zwischen Feldern und Obstbäumen? Einfach wieder davon zu laufen, wäre grob unhöflich gewesen, also setzte er sich auf das frei geräumte Sofa.

„Nach dreißig Jahren wollte ich mir die ganze Verantwortung nicht mehr antun", erzählte der Techniker weiter. „Zum Glück gibt es immer wieder Verrückte, die das freiwillig übernehmen. Wie hieß die junge Dame noch gleich, die jetzt die Basis versorgt?"

„Marvy?"

„Ja, genau, danke! Und was treibt dich um diese Zeit hier herauf?"

Schwere Frage, fand Rihm. Dass er sozusagen auf der Flucht vor dem Universum an sich war, konnte er schließlich nicht einfach so sagen.

Etwas Besseres als „Ist nicht so wichtig" fiel ihm im Moment nicht ein.

„Ist ja schon gut", hörte er wie durch einen Nebel, der sich in seinem Kopf ausgebreitet hatte, „wenn du nicht drüber reden willst, lass es eben bleiben."

Glück gehabt, dachte er erleichtert, *die Fragerei bleibt mir heute erspart.*

Der Nebel in seinem Kopf löste sich schnell auf, während sein Gastgeber wieder aufstand.

„Dann möchte ich dich nicht unnötig aufhalten. Wenn es irgendwas mit Mädchen, Schule oder Eltern zu tun hat, fang gar nicht erst an, dich an kaputte Werte zu klammern. Das bringt auf Dauer nichts. Wenn dir etwas nicht passt, lass es gleich hinter dir, bevor es richtig schlimm wird."

Wenig später stand Rihm wieder im Obstgarten. Die abgedroschene Lebensweisheit, mit der er vor die Tür gesetzt worden war, hallte in seinem Gedächtnis wider. War das wirklich nur der blöde alte Spruch, nach dem es sich anhörte? Das ganze Leben kam ihm heute Nacht sinnlos vor. Oder zumindest die Welt, in der es sich abspielte.

Diesen Turm einfach zurück lassen und vergessen ... in der Ferne konnte man die Außenwand sehen. Mit dem leuchtenden Rand um einen der Hauptfahrstühle.

Dort angekommen, ließ er sich nach Stockwerk 420 tragen, zum Export-Hafen. Luftschiffe kümmerten sich nicht um Zeitzonen. Rund um die Uhr dockten sie am Turm an, tauschten ihre Ladung aus und zogen weiter.

Drüben in Neuseeland müsste in einer Minute die große Pause anfangen. Lissa und Lara hatten wieder einmalige Zugangsberechtigungen für die virtuelle Pausenhalle bekommen. Gerade hatten sie sich am heimischen Terminal angemeldet, nun standen sie in der eigenen Eingangshalle.

Lissa unterdrückte ein kindisches Grinsen. Überrascht begutachtete sie Laras neues Abbild. „Du trägst neuerdings schwarz? Steht dir gut."

„Das ist die gleiche Jacke, die Rihm neulich an hatte", erklärte Lara, „die musste ich unbedingt auch haben. Sieht toll aus, oder?"

„Sieht toll danach aus, als wenn du ganz bestimmten Personen auffallen willst", sagte Lissa absolut ehrlich, dann rief sie den Verweis ins Schulnetz auf.

Als die kitschige Login-Prozedur überstanden war, stolperten sie fast über Cle und Tinchen, die schon warteten.

„Habt ihr etwas von Rihm gehört?" fragten die beiden, die einen ernsthaft besorgten Eindruck machten.

Natürlich hatten sie seit dem letzten Treffen nichts mehr gehört. In nur fünf Minuten erfuhren sie alles, was am vergangenen Abend passiert war. Und wer seitdem nicht wieder aufgetaucht war.

„Ihr habt ihn doch hoffentlich schon als vermisst gemeldet,

oder?" vergewisserte sich Lissa.

Doch daraufhin mussten die Schüler zugeben, dass sie noch gar nichts getan hatten. „Wir waren so sicher, dass er sich bei irgendwem melden würde. Wenigstens bei euch."

Auch gut, dachte sie, denn der Weg durch den ganzen Verwaltungsapparat hätte sowieso einen halben Tag verbraucht. *Dann fragen wir gleich die, die tatsächlich suchen kann.*

„Ich rufe mal kurz eine Kollegin an", sagte sie nur.

Ein kompliziertes Zeichen ihrer linken Hand öffnete auf Augenhöhe ein Video-Fenster, das eine Verbindung zu Marvy anforderte.

Die Haustechnikerin erkannte Lissa, aber nicht den Ernst der Lage. „Hallo Alexa, bringst du den Kindern wieder schlechte Manieren bei?" zwinkerte sie in die Kamera. Das Spielchen mit Cle im Einwohner-Verzeichnis war also noch nicht vergessen.

„Nein, mir ist eines abgehauen", antwortete Lissa, und schob Cle und Tina vor das Video-Fenster. „Die beiden hier können beschreiben, woran man ihn erkennt."

Nun erfuhr auch Marvy alles darüber, wann und wie Rihm abgetaucht war. Sie rief seinen Datensatz aus dem Einwohnerverzeichnis ab und versprach, sofort das gesamte Land zu überwachen.

Nichts war zu sehen, nichts war zu hören oder zu fühlen, als das Haus Neuseeland-2 seine Fühler ausstreckte. Nicht einmal der Datenfluss wurde spürbar dadurch gebremst, dass extrem selten aktivierte Protokolle am jedem Anschluss aufwachten und jeden Netzwerkzugriff nach eventuellen Verbindungen zu einer gewissen Einwohnerkennung untersuchten.

Niemand konnte etwas davon bemerken. Lautlos erwachte das Nervensystem eines Turmes und jeder Knoten seiner Infrastruktur begann darauf zu lauern, dass Rihm sich irgendwo bemerkbar machte.

Auf der mittleren Ebene des Export-Hafens herrschte reger Betrieb. Zischend öffneten sich Luftschleusen und gaben den Blick auf neue Schiffe frei. Deren Piloten sprangen auf den festen Boden, entsicherten die Laderäume für schon bereit stehende Transport-Roboter. Bestätigten die erfolgreiche Landung an Schalttafeln, die im Rahmen jeder Luftschleuse farbenfroh leuchteten.

Trotz allem war es relativ leise. Untereinander verwendeten Raumfahrer die gleiche Zeichensprache, in der auch Namariden reden konnten. So ersparten sie es sich, je nach anwesenden Personen die Sprache zu wechseln. Elegante, fließende Handzeichen gaben hier den Ton an; nur ab und zu war ein gesprochenes Wort zu hören.

Den Status der Leute erkannte man sofort an ihrer Kleidung. Piloten der *Vereinigung interstellarer Gütertransport* trugen ihre bequemen, weißen Fluganzüge, mit blauen Nähten und den typischen blauen Abzeichen.

Die ganz weiß gekleideten Figuren dagegen waren terrestrische Solisten. Sie führten kein Team an, sondern flogen mit ihren eigenen kleinen Luftschiffen innerhalb der Erde einen Turm nach dem anderen an. Da sie durch keine Verträge an diese inoffizielle Uniform gebunden waren, trugen viele von ihnen bunte Jacken über dem schlichten Weiß.

Die Besatzungen der größeren Frachter waren eine buntere Gesellschaft. Zur ViG gehörende Piloten, die von einem Team unterstützt wurden, waren an den dunkelgrünen Umhängen zu erkennen. Aushilfen und alle anderen abhängigen Mitarbeiter trugen die gleichen Umhänge in Rot, und Blau markierte ihre Lehrlinge.

Der weiße Anzug darunter gehörte natürlich auch bei ihnen zur Tradition, auch wenn man keinen Unterschied zwischen erdnahen und fernen Zielen machte. Jedes Raumschiff flog sowieso zuerst den Verteiler-Hafen auf dem Mond an, wo die Ladung neu verteilt wurde und sich die nächste Station aus der täglichen Nachfrage ergab.

Alle diese durchreisenden Luft- und Raumfahrer verständigten sich mit Handzeichen. Nur mit den noch ungeübten Lehrlingen redeten sie in einer für Rihm verständlichen Sprache.

Verständlich waren auch die Schilder, die an manchen Schiffen hingen. Darauf suchte ein Pilot noch eine Aushilfe für einen dreitägigen Versorgungsflug zu einer Raumstation. Ein anderer bot zwei Lehrstellen an.

Vor einem der Schilder blieb Rihm stehen. Es hing vor einem silber-weißen, terrestrischen Luftschiff. Schon in gut zwei Stunden würde es nach Australien-1 fliegen, und anschließend nach Indien-3. Für diese zwei Strecken brauchte der Besitzer einen *Helfer für Alles, auch ohne viel Erfahrung.* Hinter dem Schiff kam ein weiß gekleideter Mann von ungefähr vierzig Jahren hervor. Der musterte den Fremden von der Seite, sprach ihn dann an.

„Hallo du schwarzer Schatten", sagte der Pilot, „suchst du zufällig mich?"

„Das ist dein Schiff, oder?" fragte Rihm, der vom Schild aufschaute und den Piloten neben sich fand.

„Allerdings", bestätigte dieser, „und normalerweise fliege ich es alleine. Nur heute hab ich keine Zeit, diese Macke am rechten Antrieb reparieren zu lassen. Da lockert sich ständig so ein Blech. Darum wäre es nicht schlecht, wenn jemand mit fliegt, der es ab und zu festschraubt. Im indischen Turm hab ich dann einen Tag Aufenthalt, da bringe ich es richtig in Ordnung. Also, bist du dabei?"

Bei dieser Erklärung stockte Rihm der Atem. Ein fliegender Schrotthaufen war dort unterwegs! Andererseits war Indien bestimmt interessant.

„Vielleicht komme ich nachher nochmal her", antwortete er unentschlossen. Dann hörte er seine eigene Stimme wie von selbst noch einen Satz hinzufügen. „Fliegt auch jemand nach Deutschland?"

Der Pilot lachte, und antwortete wieder mit der Lässigkeit von jemandem, der selten weiter als drei Tage in die Zukunft plante. „Wahrscheinlich komme ich in einer oder zwei Wochen nach Europa. Eine schnellere Verbindung bekommst du eventuell dort drüben, bei den Fernfliegern."

Dabei deutete er schräg nach links, wo weiter hinten der *interstellare Gütertransport* landete. Rihm schaute an den Luftschleusen der Solisten entlang in den Bereich, in dem die Schiffe größer und die Uniformen bunter wurden. Menschen und Roboter bereiteten ihren nächsten Zwischenstopp im Verteiler-Hafen vor.

In einem gut geregelten Sternverkehr pendelten viele

Raumschiffe zwischen dem irdischen Mond und jedem anderen Hafen im Sonnensystem. Der Verteiler-Hafen mit geringer Schwerkraft diente als Drehscheibe für Warentausch jeder Art. Von dort aus könnte man jeden Ort im Sonnensystem in wenigen Tagen erreichen, sofern man einen Platz im richtigen Schiff bekam.

Als er an den weiß, silbern und himmelblau glänzenden Raumschiffen vorbei ging, boten ihm viele Schilder Arbeit an. Aber die meisten davon suchten erfahrenes Personal, oder Lehrlinge für mehrere Jahre. Für so lange wollte er sich nicht sofort festlegen, ohne überhaupt einmal geflogen zu sein.

Ein schneeweißes Schiff, das nur knapp auf die Landeplattform passte, suchte mehrere Leute auf einmal. Erfahrene Raumfahrer für verschiedene Abteilungen, eine unbestimmte Anzahl neuer Lehrlinge (*wir geben nur denen eine Chance, die eine verdienen*), und am unteren Rand der Folie: *Wer räumt mein Lager auf?*

Fünfzehn oder zwanzig Mitarbeiter in roten und blauen Umhängen waren rund um das Schiff beschäftigt, kleine Roboter bahnten sich geschickt einen Weg zwischen den Menschen hindurch. Rihm suchte jemanden, den er nach dem letzten Job fragen konnte.

Nach einer Weile warf ihm ein junger Mann mit rotem Umhang ein Handzeichen zu. Natürlich verstand er kein Wort davon. Der Mann machte ein anderes Zeichen, ließ dann resigniert die Arme hängen und kam zu ihm herüber.

„Mehr als Lager-Aufräumen ist für dich wohl nicht drin", meinte er fröhlich und packte ihn an der Schulter. „Komm mal mit zum Chef", fuhr er fort, als er Rihm an zwei beladenen Fahrzeugen vorbei zog. „Marie führt diesen Frachter ziemlich streng, jeden Neuen wählt sie persönlich aus."

Vor einer Leiter, unter dem auf fünf Füßen stehenden Raumschiff, mussten sie ein paar Minuten warten. Dann sprangen erst zwei Lehrlinge heraus, kurz darauf folgte ihnen die Pilotin. Sie sprang nicht einfach auf den Boden, sondern erschien von unten nach oben auf der Leiter.

Marie war eine Gestalt aus reinem Licht. Zuerst sah man die weißen Stiefel eines gewöhnlichen Fluganzugs aus dem Raumschiff steigen, darüber tauchten weiße Hosenbeine auf, aber kein Saum eines dunkelgrünen Umhangs. Alles Farbige war ihr anscheinend lästig. Schließlich stand sie auf dem Boden, unter ihrem weißen Raumschiff. Ihr dichtes, hell blondes Haar reichte bis zur Taille, ein weißes Band mit silbernen Verzierungen hielt ihr das blasse Gesicht frei.

Mit einem aufgesetzten Lächeln sah sie erst ihren Matrosen an, dann den mitgebrachten Anfänger.

„Suchst du eine fundierte Ausbildung?" fragte sie schließlich.

Rihm spürte ihren fachmännischen Blick auf sich ruhen. Die Pilotin war groß, und schaute von schräg oben auf ihn herab.

„Eigentlich bin ich wegen dem Lager hier", sagte er, „Ihr sucht doch noch jemanden zum Aufräumen, oder?"

„Dafür haben wir schon jemanden", antwortete sie, verschränkte die Arme und schaute weiter auf ihn herab. „Was kannst du denn sonst noch? Maschinen überwachen, Software steuern, Kleinkram reparieren, Roboter einweisen?"

„Alles was mit Software zu tun hat, kriege ich hin", versicherte Rihm, „und elektronischen Kleinkram repariere ich auch!"

Marie warf einen Blick über die Schulter, drehte sich dann halb um und sprach kurz in interstellarer Zeichensprache mit einem ihrer Leute. Anschließend wandte sie sich wieder Rihm zu.

„Auf dem Sprung zum Verteiler-Hafen brauchen wir keine Aushilfe, aber übermorgen fliegen wir zum Außenposten auf Titan. Das ist eine längere Strecke, auf der immer etwas zu tun anfällt."

Wieder besprach sie sich mit einem Mitarbeiter, bevor sie ihr aufgesetztes Lächeln durch aufgesetzte Enttäuschung ersetzte.

„Ohne die richtige Sprache wirst du leider nicht auskommen. Abseits von diesem winzigen Planeten werden wir immer ein paar namaridische Kollegen an Bord haben, mit denen könntest du nicht reden."

Als er wieder gehen wollte, lief ein anderer Arbeiter neben ihm her. „Versuch es mal gegenüber bei Zhan", empfahl der Matrose, „vorhin hat er noch einen Experten gesucht, der den

Bordcomputer auf den neuesten Stand bringt. Sein Elektroniker wurde gestern von einem anderen Schiff abgeworben."

Zhans Raumschiff war etwas kleiner, aber genauso schneeweiß. Ebenfalls stand es auf fünf Beinen. Vier Matrosen und zwei Lehrlinge waren dort beschäftigt.

Der Pilot saß zusammen mit einem blau-weiß gekleideten Mädchen auf einem von zwanzig Containern, welche gerade von zwei Robotern einer nach dem anderen in den Laderaum gehoben wurden. Sie schraubte etwas zusammen, das wie ein frisch repariertes Maschinenteil aussah. Der zweite Lehrling polierte währenddessen einen Kratzer in der Frontscheibe, die vier Matrosen kletterten gerade ins Schiff.

Kein Schild wies auf den angeblich freien Posten hin. Offenbar wurden die besten Aufgaben unter Bekannten verteilt. Da blieb Rihm nichts anderes übrig, als Zhan direkt anzusprechen.

„Entschuldigung, bist du Zhan?" fragte er den Piloten auf dem Container.

„Sofern ich keinen Doppelgänger habe, bist du bei mir richtig", antwortete Zhan, schob sich über den Rand des Containers und landete mit beiden Füßen auf dem Boden.

Erst als Zhan auf den Boden stand, fiel auf, wie klein er war. Unter seinen ganz kurz geschorenen schwarzen Haaren glitzerten zwei schmale Augen so natürlich lässig, dass man es sich kaum vorstellen konnte, dass er auch weniger gut gelaunt sein könnte. Aufmerksam schaute er zu Rihm hoch.

„Äh … ich habe gehört, du suchst jemanden … der deinen Bordcomputer wieder flott macht", begann der Schüler.

Sofort wurde er vom Piloten unterbrochen. „Wunderbar, endlich meldet sich jemand!"

Die schmalen, asiatischen Augen rissen sich zur doppelten Größe auf, als Zhan sich bequem an den Container lehnte und zu erzählen begann.

„Die letzten zehn Jahre lang war mir das Ding ziemlich egal. Es läuft doch gut, dachte ich. Aber wenn ich mir so anschaue, was bei den Kollegen alles automatisch geht … es ist Zeit für ein anständiges Update."

Während er Rihm zwischen den Containern hindurch zum

Eingang führte, erzählte er von seinen zwei Lehrlingen, Hiroko und Juliette, von denen letztere so gut wie ausgelernt hatte. Eine gute Position auf einem halbwegs modernen Raumschiff würde er ihr anbieten müssen, damit sie sich nicht ein anderes suchte.

Im Inneren des Raumschiffs präsentierte Zhan seinen Bordcomputer. Was die Elektronik anging, war er völlig auf Höhe der Zeit; anscheinend war er über die Jahre hinweg Teil für Teil ersetzt worden. Gesteuert wurde die neue Technik aber von der gleichen Software, die das seit zehn Jahren schon tat.

Das System auf den heutigen Stand zu bringen, erschien Rihm recht einfach. Man müsste nur etwas Speicher nachrüsten, um neues und altes Betriebssystem parallel zu installieren. In einer simulierten Umgebung könnte man die neue Software testen, und wenn sie reibungslos lief, die simulierten Hardware-Zugriffe durch echte ersetzen. Nach zwei Wochen dann weg mit der veralteten Version und fertig.

Zhan hörte sich den Vorschlag geduldig an – und war einverstanden!

„Eigentlich könnten wir das bestimmt auch selber", sagte er dann, „aber du weißt schon ... keiner hat wirklich Zeit dafür. Meine sechs Leute haben alle Hände voll zu tun. Außerdem überlasse ich so wichtige Komponenten lieber einem Experten."

„Geht in Ordnung", sagte Rihm, „wann startet ihr eigentlich wieder?"

Zhan sah auf die Uhrzeit, die rot in der Mitte eines schwarzen Steins an seinem goldenen Armband leuchtete. „Halb neun ist es schon ... um zehn sind die Kisten hoffentlich verstaut, dann hab ich noch einen wichtigen Termin mit Ming ... so ungefähr um elf fliegen wir weiter."

Der Projektor im gelben Stein des Armbands zeichnete einen halb transparenten Kalender in die Luft, aus dem Zhan seine nächsten Termine ab las.

„Am frühen Nachmittag legen wir einen Zwischenstopp im Mond-Hafen ein, tauschen die Kisten gegen andere Kisten, und in drei Tagen erreichen wir die Station Neptun-4. Gerade rechtzeitig, um Mirla zu erwischen; mit der muss ich auch noch etwas absprechen."

„Das passt perfekt", fiel Rihm dazu nur ein. „Wenn alles gut geht, steuert euch schon das neue Betriebssystem aus der Neptun-Station heraus."

Zhan hörte hinter sich einen der vier Matrosen vorbei klettern. Mit einem leisen Pfeifen drehte er sich um und machte die Handzeichen für *bring dem Jungen deinen alten Anzug, den du eh nicht mehr trägst.*

Der Mann im dunkelroten Umhang antwortete mit einem anderen Zeichen. Dann verschwand er eine Leiter hinauf, in die Tiefen des Raumschiffs.

„Dann muss ich dich nur noch offiziell abmelden, schon kann es losgehen." Der kleine Pilot ging zum Ausgang zurück und winkte Rihm zu, dass er mitkommen solle.

Als sie wieder festen Boden unter den Füßen hatten, führte Zhan seinen neuen Mitarbeiter zur Schalttafel im Rahmen der Luftschleuse. Der Computer erkannte ihn am Fingerabdruck als Mitglied der *Vereinigung interplanetarischer Gütertransport.*

Während er die richtige Funktion suchte, hüpfte Juliette von einem Container, kurz bevor dieser von einem Roboter weg gezogen wurde. Sie wartete bis Rihm sich umdrehte, und machte dann ein interstellares Handzeichen. Rihm verstand kein einziges Wort.

Da lächelte sie entschuldigend und meinte „Die Handsprache ist im Prinzip einfach, die lernst du bestimmt schnell. Hat der Boss dir auch schon gesagt, dass du eventuell meinen Ausbildungsplatz bekommst?"

„Wann soll er das gesagt haben?"

„Gerade eben, im vorbeigehen; aber dir fehlt eben noch die richtige Fremdsprache. In ein paar Wochen bekomme ich den Maschinenraum, dann ist Hiroko der älteste Lehrling. Und als neuen Anfänger hat Zhan dich ausguckt. Natürlich nur, falls der Bordcomputer keinen Ärger macht und du immer noch mit uns fliegen willst. Na dann, willkommen an Bord!"

Bevor Rihm irgendetwas darauf antworten konnte, rief der Pilot dazwischen. „Komm mal her, dein Fingerabdruck ist gefragt!"

Die Tafel fragte nach dem Einwohner, der vom Turm in die *Vereinigung interplanetarischer Gütertransport* umziehen sollte. Er schaute einen Moment auf die grün blinkende Fläche, zuckte mit den Schultern und legte den linken Zeigefinger darauf.

Lautlos schnappte die Falle zu. Nur der kleine Bildschirm im Rahmen der Luftschleuse färbte sich rot – und zeigte einen schwarzen Text:

Person erkannt, Ausreise verweigert.

Nach einer langen Schrecksekunde fing es in Rihms Kopf an zu arbeiten. Wer in seiner kleinen Welt könnte ihn suchen lassen?

Seine Eltern bestimmt nicht; dass er Abends nicht immer nach Hause kam, war nichts besonderes. Jetzt würden sie ihn in der Schule vermuten. Vor fünfzehn Uhr würde man ihn kaum vermissen.

Sollte jemand so schnell alle Behörden wild machen, nur weil er nicht zur ersten Stunde in der Klasse erschienen war? Wohl kaum.

Da blieben nur noch seine Freunde, die gestern Abend im Keller dabei gewesen waren. Eine Gruppe minderjähriger Bastler, die niemand gleich so ernst nehmen würde.

Aber sie kannten jemanden, den man ernst nehmen würde. Bestimmt hatte Lissa die Sperre in Auftrag gegeben, direkt von Kellerassel zu Kellerassel, ohne sich mit lästigem Kleinkram wie Gesetzen und Polizisten aufzuhalten.

Zhan war der erste der etwas sagte.

„Keine Panik, da hat sich nur jemand an dich erinnert. Einen gesuchten Verbrecher erkenne ich, wenn ich einen sehe. Du hast zu Hause nicht *auf Wiedersehen* gesagt, oder?"

Rihm sagte nichts. Deprimiert setzt er sich auf den Boden, an einen der letzten Container. Der Traum war vorbei, gleich würde jemand kommen um ihn abzuholen.

Hier warf ihm jemand eine Zukunft regelrecht hinterher. Aber nein, der Turm und seine Bewohner verhielten sich genauso wie die schlecht programmierte Simulation, die erst neulich Lara festgehalten hatte.

Tief unten im Rechenzentrum blinkte ein Alarm auf.

Person gefunden. Sichtkontakt herstellen?

Marvy ließ sich das grau verschleierte Bild einer verstaubten Kamera anzeigen. Es musste Jahre her sein, dass die Überwachung zuletzt verwendet worden war. Passend zu der halb transparenten Miniatur des Turms, in der Rihms ungefähre Position rot markiert war, flimmerte vor ihr eine schattenhafte Abbildung des Hafens auf.

Nachdem sie die Szene einen Moment beobachtet hatte, öffnete sie eine Verbindung zu Lissa. Sie hatte den Jungen suchen lassen, also hatte sie auch zu wissen, wie man so ein entlaufenes Kätzchen ansprach.

Juliette setzte sich neben ihren eventuellen Nachfolger und warf Hiroko, der von der Leiter aus zuschaute, ein *glotz nicht so* zu.

„Damit bist du nicht der Erste", sagte sie, „aber Zhan redet jeden aus allem heraus. Alles lässt sich regeln und schon morgen können wir diesem Turm nicht mal mehr sehen."

Endlich antwortete Lissa. Die Projektion des Hafens in Marvys Rechenzentrum schob sich ein paar Meter zur Seite. Daneben formte sich ein dritter Nebel zu vier Personen und einer Halle, die schwach an alte Zeiten erinnerte.

Das Bild war deutlich schärfer als das der verstaubten Kamera, denn es wurde störungsfrei als fertige Zeichnung übertragen. Lissa steckte immer noch bei ihrem verrückten Team im Schulnetz.

In der virtuellen Pausenhalle baute sich, neben einem Ausschnitt aus dem Rechenzentrum, der gleiche Hafen auf. Die Kamera zeigte auf eine offene Luftschleuse. Dahinter stand ein mittelgroßes, weißes Raumschiff, umgeben von vierzehn Containern.

Auf dem Boden, an den vorderen Container gelehnt, saß eine junge Frau im typischen blauen Umhang. Neben ihr der seit gestern Abend verschwundene Rihm. Gerade kam der Pilot ins Bild.

„Ach Zhan, nicht du schon wieder", seufzte Lissa, und hielt erst mal noch Abstand von der Projektion.

Auch Tina starrte auf die Szene, die sich mehrere Kilometer über ihnen abspielte. „Du kennst den da?" fragte sie ohne weg zu schauen.

„Von früher", meinte Lissa nur. „Jetzt kommt mal mit! Ihr kennt Rihm viel besser als ich."

Zusammen betraten alle vier die Hafen-Projektion.

Vor Zhangs Raumschiff flimmerte für eine Sekunde die Luft, als die durchsichtigen Projektionen von vier Personen auftauchten. Lara war als Erste bei Rihm, Cle und Tinchen folgten unsicher.

Juliette sprang vor Schreck auf. Kurz darauf saß sie oben auf dem Container und betrachtete ihre virtuellen Gäste aus sicherer Entfernung.

Lissa wusste nicht so recht, wen sie sich zuerst vornehmen sollte. In der schlecht gefilmten Projektion war alles grau umnebelt, so dass Menschen und Raumschiff wie ein unscharfer Traum wirkten.

Soweit sie Zhan kannte, war er immer ein anständiger Pilot mit einem anständigen Schiff und netter Besatzung gewesen. Wirklich keine schlechte Gesellschaft für einen angehenden Techniker. Aber Letzterer sollte gefälligst erst einen Schulabschluss machen und sich vernünftig überlegen, was er danach vor hatte.

Die aufgeregte Fragerei seiner Mitschüler war überflüssig; Rihm fasste selbst in zwei Sätzen zusammen, warum er noch heute weg musste.

„Diese schön organisierte Umgebung ist kaum auszuhalten", gab er endlich zu, „hier ist alles wie eine perfekt gezeichnete Projektion mit umständlicher Bedienung. Wie soll man noch überblicken, wo die Grenzen zwischen natürlich, künstlich und simuliert sind?"

Zumindest die Grenze zum Simulierten war doch eindeutig, fanden die anderen. Als Cle sich verwirrt umschaute, bemerkte er, dass auch Marvy aus der Basis sich zu erkennen gegeben hatte.

Wahrscheinlich beobachtet sie die Szene schon die ganze Zeit, nahm er an, *und zeigt sich nur erst jetzt.*

Ihre halb durchsichtige Gestalt ließ die Füße von der linken Kante des Containers baumeln, auf dessen vorderer Kante Juliette saß.

Cle zeigte mit dem Finger auf die flimmernde Figur. „Schau mal, da oben", sagte er, „Marvy sieht eindeutig simuliert aus. Das würdest du auch erkennen, wenn du nicht wüsstest, dass sie niemals ihren Keller verlässt."

„Sie selbst sieht das bestimmt anders", meinte Rihm nur. Echte Personen waren schließlich immer irgendwo echt, egal wo sonst noch Bilder von ihnen auftauchten.

Darauf meldete sich auch Marvy zu Wort. „Wo er Recht hat, hat er Recht", sagte sie vom Container herab. „Ich bin hier als einzige echt anwesend, für mich seid ihr alle die Projektion."

Auch Zhan sah sich um, fand aber keine weiteren entfernt anwesenden Leute. Dennoch fühlte er sich seltsam beobachtet. Marvy hatte vor Kurzem noch außerhalb des Erfassungsbereichs ihrer Kamera gestanden; trotzdem hatte sie die Projektion betrachten können.

Wie viele mochten noch hinterm Bildrand stehen und unsichtbar die Luftschleuse beobachten? Erst wenn sie vor ihre eigene Kamera traten, wurden sie auch an der Quelle der Projektion in die Luft gezeichnet. Wenn er den Bereich der Kamera in der Hafenhalle verließ, könnte er aber auch die projizierten Menschen weiter sehen, ohne dass sie ihn noch sehen könnten.

Drei Orte, drei Kameras, drei Projektoren, unendlich viel Chaos.

Ein flacher Roboter mit vier grauen Greifarmen fuhr gerade hinter ihm vorbei. „Könnt ihr den Kleinen dort eigentlich sehen?" fragte er in die Runde.

„Eben war da eine graue Ecke", antwortete Tinchen. Cle schaute erst jetzt auf die Stelle und sah nur noch den hell brauen Boden der Pausenhalle. „Da reicht die Kamera nicht mehr hin", sagte er, „wir sehen nur die äußere Simulation. Die findet übrigens bei dir, Marvy, im Rechenzentrum statt."

Bei so viel durcheinander musste Marvy kichern. Fast wieder bei Laune, zeigte sie mit dem Daumen über ihre

Schulter.

„Die Hardware, auf der euer Schulnetz-Server läuft, steht fünf Meter hinter mir. Aber ihr seit trotzdem in echt in der Fachschule und landet über einen kleinen Umweg da oben."

„Ich nicht", widersprach Lara. „Wir beide sind im anderen Rechenzentrum, aber auch im Schulnetz, also über den gleichen Umweg hier."

Vier Orte, zwei Kameras, noch mehr Chaos. Rihm nickte verständnisvoll. Er war sicher, dass jetzt niemand mehr durchblickte.

„Jetzt seht ihr, was ich meine. Warum soll man sich so eine Welt antun? Da draußen geht es garantiert eindeutiger zu."

„Moment mal", unterbrach Zhan das sich anbahnende Durcheinander, „wie wäre es, wenn alle hier zunächst klarstellen würden, von wo aus sie meinen Frachter belagern? Hiroko, komm du auch mit ins Bild, oder verschwinde im Schiff!"

Die Leute zu sortieren, das klang nach einer guten Idee. Als auch Hiroko, der bisher noch jüngste Lehrling, sich zu den anderen vor den Container gesetzt hatte, fuhr Zhan fort.

„Also, wer ganz real hier im Hafen ist, setzt sich an meine Seite. Julie, Hiro, Rihm, zuletzt der alte Zhan. Gut. Hand hoch, wer in der Fachschule ist!"

Cle und Tinchen meldeten sich und wurden ans andere Ende des Containers geschickt.

„Danke. Wer sonst noch in Neuseeland ist, auf den Kasten, alle anderen auf den Boden!"

Niemand bewegte sich. Marvy saß bereits oben, Lissa und Lara standen schon unten.

„Okay, wo genau seid ihr gerade?"

„In der Basis, genau gesagt im Rechenzentrum", erklärte Marvy.

„Auch Basis, auch Rechenzentrum, aber das von Deutschland." Lissa zwinkerte zur Kollegin hoch.

„Schönen Gruß von Keller zu Keller", fügte Marvy hinzu, „aber neben der Hafen-Projektion siehst du gerade etwas anderes, nicht wahr?"

„Allerdings, Lara und ich sind zusammen mit den Fachschülern in einem virtuellen Raum. Was ihr von uns seht,

216

sind keine Kamera-Aufnahmen, sondern Kopien unserer Netz-Figuren. Alles klar?"

„Klar wie Milchglas", grinste Zhan, der die Lage auf kindische Weise lustig fand. „Nur mal so: Wer ist eigentlich näher zusammen? Ihr beiden in der Schule seid mit Marvy und uns im gleichen Haus, aber mit Lara und Alexa in einem Raum."

Daraufhin saßen alle nur noch stumm da. Noch gestern hatten sie Rihm für einen Spinner gehalten. Schon heute hatten sie es ganz unbeabsichtigt geschafft, die Ebenen der Wirklichkeit tatsächlich durcheinander zu bringen.

Eine echte Umgebung mit projizierten Personen war für die Mehrheit von ihnen die Projektion einer Umgebung mit echten Personen darin, und für vier davon war diese auch noch in eine andere Simulation eingebettet. Obwohl alle auf ihre Weise den Container vor Zhans Raumschiff im Hafen sahen, fand das Gespräch doch an vier getrennten Orten statt, und gleichzeitig irgendwie auch nur hier.

Schließlich fiel Lissa wieder etwas halbwegs Sinnvolles ein. „Wir haben es doch geschafft, uns so sortieren, oder? Es geht also noch. Na gut, ich nehme es trotzdem niemandem übel, wenn er diesem Irrsinn der Telekommunikation aus dem Weg geht ..."

„Aber?" fragte Cle. „Du wolltest noch ein Aber dran hängen, ich hab es genau gehört."

„Aber gerade wir gehören zu den Wenigen, die die größte Chance haben, auch in Zukunft den Durchblick zu behalten. Nur wer das wachsende Chaos mitgestaltet, kann sich noch vollständig darin zurecht finden. Wer sich raus hält und immer nur auf die nächste nützliche Neuheit wartet, wird bald noch viel größere Probleme haben, Echt hier, Echt entfernt und Simuliert zu trennen."

„Ach so, jetzt ist klar was du meinst", antwortete Cle. „Entweder wir führen das Projekt fort und entwickeln unser verrückt realistisches Interface weiter. Oder wir gehören schon nächstes Jahr zu der breiten Masse, die es glücklich akzeptiert hat, ganz selbstverständlich nicht alles zu verstehen."

„Oder man zieht sich in den Bereich zurück, in dem man keinen Echtzeit-Kontakt zur Erde hat", überlegte Zhan, verwarf den Gedanken jedoch schnell wieder. „Aber das hilft nur vorübergehend, bis auch die Raumstationen mit dem modernsten Kram ausgestattet sind. Vielleicht haben wir ja bald ein Flotten-Netz und treffen die Kollegen von nahe vorbei fliegenden Schiffen in virtuellen Räumen."

„Das sage ich doch", bestätigte Lissa, „entweder man versteht den Kram richtig, oder man kann schon mal anfangen aufzugeben."

„Irgendwie damit zurecht kommen war also das Konzept von gestern", fasste Cle das Gespräch zusammen. Dann wandte er sich endlich an Rihm. „Also, wie geht es weiter? Das Chaos von morgen verstehen, solange es noch entsteht – oder warten, bis es richtig kompliziert wird?"

Rihm schaute ihn einen Moment lang an. „Es ist kein echtes Chaos", meinte er dann, „die bisher streng getrennten Welten verschwimmen miteinander, das ist alles. Beziehungsweise die einzelnen Ebenen der Realität vermischen sich, wie Lissa sagen würde."

„Da hast du wohl Recht. Also, wie geht es weiter?"

„Weiß nicht. Meint ihr, ich halte die Schule von jetzt an durch?"

Währenddessen hatten Zhan und Lissa in lautlosem Interstellar längst einen Kompromiss ausgehandelt. Juliette und Hiroko, die ihre Sprache verstanden, lehnten sich zurück und waren sicher, dass alles gut ausgehen würde.

„Na los, sag ihm schon, wie es weiter geht", meinte Zhan.

„Nein, du bist dran mit Erklären", fand Lissa.

Auf einmal wich die Wand zurück, an die sich die Lehrlinge angelehnt hatten. Marvy sprang auf den Boden, kurz bevor der Roboter auch den letzten Container abholte. Als Roboter und Container hinter dem Raumschiff aus dem Blickfeld verschwanden, erklärte Zhan den gerade ausgehandelten Vorschlag.

„Auf jeden Fall solltest du einen vernünftigen Schulabschluss machen, soviel steht fest. Also bleibst du erst mal hier, okay? Aber du musst auch meinen Bordcomputer aktualisieren. Dafür gibt es Ferien, in denen nehme ich dich mit. Ob du später im Weltraum bleiben willst, entschiedest du *dann* und nicht *jetzt.*"

An dieser Lösung gab es nichts auszusetzen.

„In elf Wochen sind schon Herbstferien", freute sich Rihm, „so lange hält dein Betriebssystem jetzt auch noch durch."

„Elf Wochen ... warte mal kurz ..." wieder ließ Zhan sich vom goldenen Armband seinen Terminkalender anzeigen. „... da bin ich nicht hier. Ganz wichtige Lieferung für die Rhea-Forschungsstation."

„Macht gar nichts", sagte Lissa, „Rhea liegt bei Saturn. Dorthin gibt es sogar Urlaubsflüge. Touren zu besonders schönen Ringen, Foto-Ausflüge, du weißt schon. Mal eben an Saturn-8 anzudocken ist kein großer Umweg, oder?"

„Natürlich nicht", bestätigte der Pilot und schaltete den Kalender wieder ab. „Von mir aus kannst du ihm noch heute einen Platz ohne Rückflug reservieren."

„Aber bitte einen Fensterplatz", forderte Rihm, wobei er auf seine Uhr schaute.

Erst kurz nach zehn, gut so, noch wartete niemand auf ihn. Tina und Cle verpassten gerade eine Schulstunde, in der sie sowieso ohne Aufsicht am Experiment von letzter Woche weiter gebastelt hätten.

„Wenn ich gleich gehe, fällt nicht mal einem Lehrer auf, dass ich weg war."

Er stand auf und wollte ich schon verabschieden. Marvy hätte ihn vielleicht festgehalten, wenn sie vor Ort gewesen wäre.

„Soll ich nicht lieber jemanden schicken, der dich abholt?" fragte sie vorsichtig.

„Ach was, den Weg vom Aufzug zur Fachschule finde ich jeden Morgen", wehrte er das ab, und winkte dann seinen Klassenkameraden zu. „Wir sehen uns nachher, in der echten Pausenhalle. Der *Echten*!"

Die Projektion aus der Hafenhalle flimmerte und verschwand, als sich die Überwachungsprotokolle des Turms abschalteten. Übrig blieb ein täuschend echt simulierter Raum mit vier Personen.

„Eine Sache musst du noch verraten, bevor wir gehen", sprach Lara eine fast vergessene Frage wieder an. „Woher kennst du diesen Zhan?"

So ein Mist, dachte Lissa, *zum zweiten Mal in nur einer Woche!*

Schon wieder musste sie eine Geschichte aus ihrer Zeit an den orbitalen Hochschulen ausgraben.

„Er hat mich immer mal wieder mitgenommen", fing sie eine möglichst kurze Erklärung an. „Immer wenn mir die ganzen Menschen auf der Raumstation zu viel wurden, hab ich eine Pause eingelegt, indem ich mir einen einfachen Aushilfsjob im Weltraum gesucht habe. Dabei bin ich einmal an Zhan geraten. Und an seinen friedlichen, ständig irgendwo veralteten Transporter. Seine Personal-Auswahl ist etwas fragwürdig; eigentlich nimmt er jeden, den er spontan mag. Aber ansonsten kann man es in seinem kleinen Königreich wirklich gut aushalten."

„Darum wohnst du heute im Keller, oder?" vermutete Cle. „Leute gehen dir grundsätzlich auf die Nerven."

„Das machen doch viele", entgegnete Tinchen, „in jedem Land mindestens einer, von allen Kurzstrecken-Piloten ganz abgesehen."

Das musste Cle einsehen. „Und dem armen Rihm gingen nicht die Menschen, sondern ihre Umgebung auf die Nerven. Dieses Raumschiff wird noch zur allgemeinen Zuflucht für Gesellschaftsgeschädigte."

„Kommst du mit, Lara?" flüchtete Lissa aus dem Gespräch. „Wir sollten jetzt gehen, damit Rihm nicht alleine in der echten Pausenhalle warten muss."

Daheim im Rechenzentrum stand Lissa vom Terminal auf und warf einen Chip mit Sicherungskopien ins Regal.

„Versteh einer die Männer", flüsterte sie, bevor sie feststellte, dass jemand hinter ihr stand.

„Hallo Vonek, du bist ja auch hier", fügte sie etwas lauter hinzu. „Ich hab gleich sieben Flüge zum Saturn gebucht. Urlaub für alle kann nicht schaden."

„Wollte nicht nur der eine fliegen?"

„Ja, aber der Rest der Klasse kann auch mal eine Horizont-Erweiterung gebrauchen. Und damit niemand sauer ist, fliegt auch noch Lara mit."

Zusammen gingen Lissa und Vonek zur Sitzecke im

Wohnbereich hinüber.

„Wissen sie eigentlich schon, dass sie Saturn-Ringe besichtigen sollen?" fragte Vonek, obwohl er die Antwort schon wusste. Lissa plante immer über die Köpfe aller Beteiligten hinweg.

„Hab ich ihnen gerade geschrieben", sagte sie, „die Bestätigungen von der Reiseagentur müssten ungefähr gleichzeitig angekommen sein."

In der Sitzecke fegten sie die Kekskrümel vom Vortag weg und machten es sich auf dem Sofa bequem. Neben dem Tisch stand noch immer der Baum, den sie einmal für Laras Vögel aufgestellt hatten.

„Ein wenig schade ist es wirklich", meinte Vonek, „dass die kleine Lara wieder nach Hause musste. Ihr beiden wart zwar die meiste Zeit online, aber die Finken fehlen irgendwie."

Dazu fiel Lissa absolut nichts Geistreiches ein, also wechselte sie das Thema. „Wann schauen wir uns den neuen Ozean in Creanima an?"

„Unbedingt noch diese Woche", sagte er, plötzlich ganz aufgeregt. „Ich hab vorhin mit Joachim geredet. Dem Ozean fehlen noch die Fische. Und die darf ich versuchen zu malen!"

Das überraschte Lissa. „Du lernst jetzt sogar Programmieren?" fragte sie genauso aufgeregt.

„Nun ja, erst mal zur 3D-Zeichnen. Um das Verhalten der Fische kümmert sich jemand anderes", gab er zu, und strahlte trotzdem, „aber ohne euer tolles Interface würde ich auch das nie schaffen."

Frank stolperte ins Zimmer, über ein paar im Weg liegende Kabel und zu Cle, vor sein an allen Seiten etwas schief zusammen geschraubtes Terminal.

„Gerade war ich bei Tim", erzählte er, während er einen zertretenen Chip unauffällig verschwinden ließ, „ich hab dir ein Foto von seinen Leguan-Babys geschickt, ruf es gleich mal ab!"

Betont langsam drehte Cle seinen Stuhl und fixierte die Stelle auf dem Teppich, an der sein Chip geknirscht hatte. Als Frank endlich schuldbewusst aussah, schaute er fröhlich auf und rief seine Nachrichten ab.

„Wenn sie grün sind, nehme ich ihm vielleicht eines ab", sagte er, dann starrte er plötzlich ungläubig geradeaus. „Das muss falsch adressiert sein!"

„Was denn?" fragte Frank hinter ihm. „Hey, ich kann nicht sehen, was du da liest!"

„Eine Bestätigung für einen vorhin gebuchten Flug." Vorsichtig erklärte Cle, was das Info-Paket gerade in seinem Gedächtnis abgelegt hatte. „Das sollte doch Rihm bekommen ... halt mal, es ist nur eine von sieben Reservierungen. Daneben liegt noch eine Notiz von Lissa, warte mal ... wie bitte, daraus wird jetzt eine Klassenfahrt?"

Völlig überrascht schob er sein Datenstirnband nach hinten vom Kopf, so dass es am Kabelstrang über die Lehne hing. „Komm mal mit, ich muss Mama etwas *beibringen!*"

„So, das hier ist unser Strand, da vorne am Felsen geht es in eine von fünf Grotten."

Joachim führte seine zwei Besucher durch den virtuellen Ozean, der von Muscheln bis Wasserpflanzen fast alles hatte, bis auf Fische und Boote.

„Janni schreibt noch am Seeungeheuer, die Floße müssten morgen schon funktionieren. Ach, Vonek, wegen den kleineren Viechern treffen wir uns morgen Abend wieder am gleichen Eingang, in Ordnung?"

Durch felsige Tunnel führte er die Gäste tiefer in die Grotte. Vor einem glatten Kristall, der ein durchsichtiges Fenster zum Meeresgrund bildete, blieb er stehen. In feinen Rillen auf der Kristallfläche spielten Regenbögen wie warme Melodien, für manche Betrachter waren es einfach nur Regenbögen.

„Was ist eigentlich mit dir, Lissa?" fragte er beiläufig. „Womit fesselst du deine überflüssige Kreativität, wenn jetzt das Jungvolk unser Interface weiter entwickelt?"

Lissa lächelte verwegen und beobachtete eine Seegras-Wiese. „Willst du das wirklich wissen, oder willst du nur hören, ob ich das Glitzern der Luftblasen aufpoliere?"

Ein paar Sekunden lauschte sie der Stille, griff dann in die Luft und ließ das Modell einer Apparatur erscheinen, das an zwei direkt verbundene Sensorsets erinnerte.

„Keine Luftblase", nannte sie es. „Einen guten Namen

finden wir schon noch, wenn es funktioniert."

Die beiden Männer begutachteten das Modell und fragten sich stumm, wie viele Testpersonen mit dieser Erfindung abstürzen würden, bevor sie richtig tat, was auch immer sie tun sollte.

Die zwei Stirnbänder waren dicht an dicht mit mindestens dreißig kleinen Sensoren bestückt. Eine silberne Abschirmung um den dicken, verflochtenen Kabelstrang deutete ungewöhnliche Stromstärken an.

„Keine Sorge, es beißt nicht", erklärte sie das Gerät, „gewissermaßen ist es eine verfeinerte Kombination aus zwei Techniken, die wir schon kennen. Ist *Gedanken-Interconnect* ein sprechender Begriff?"

„Übertragung vollständiger Gedanken?" fragte Vonek gespannt dazwischen. Joachim wusste noch nicht so recht, was er davon halten sollte.

„So vollständig wie möglich", fuhr Lissa fort. „Den sachlichen und sprachlichen Teil an der bewussten Oberfläche kann man ja schon lange kopieren, kurze Briefe schreibt man kaum noch anders. Ich hab nur vor, Cles Emotionsschnittstelle damit zu kombinieren, die Auflösung für feine Abstufungen auf ein naturnahes Maß zu erhöhen und selbstverständlich eine Art von Steuerung einzubauen, damit man einigermaßen ausfiltern kann, was man nicht mitteilen möchte."

Zwischen zwei Fingern erkundete Joachim das Modell, zählte die goldenen Plättchen an den Stirnbändern.

„Das könnte das Ende der Sprache sein ... dann wären wir endlich diese Wort-Dichter los, die Creanima ständig Beschreibungen anhängen wollen. Sag mal ... kann man damit ... könnte man damit einem Raum eine gewisse Atmosphäre geben, also ein bestimmtes Gefühl verteilen, vielleicht mit einem verschwommenen Gedanken im Hintergrund?"

Erwischt, dachte Lissa, *du willst es also haben!*

„Im Prinzip ja, aber dafür muss ich es erst bauen. Wenn direkte Telepathie erst mal funktioniert, sind Speichern und spätere Wiedergabe natürlich keine Herausforderung; das geht so wie bei allen Info-Paketen."

„Und als Test-Gegenüber ..." begann Joachim, und grinste

Vonek breit an.

„... werde ich gerne mitspielen, weil ein daher gelaufener Praktikant viel zu viele dreckige Hintergedanken hat", beendete dieser den Satz.

Mit einer schnellen Handbewegung ließ Lissa das Modell wieder verschwinden. Sie strahlte ihren Haustechniker bewundernd an.

„Keine Angst vor Schreibfehlern? Nun ja, Lesefehler wären hierbei auch viel kritischer."

Das Raumschiff zog lautlos über die felsige Oberfläche eines Asteroiden hinweg. Auf der Schattenseite sahen sie nur Schwärze, ein Loch in den Sternen. Jeden Moment musste es passieren. Lara und Rihm standen vor dem großen Panoramafenster und warteten auf die Sonne.

Ein grell weißer Rand kroch über den schwarzen Felsen, lange Schatten teilten den Himmelskörper in Streifen. Die Sonne ging auf.

Von schräg oben färbte das Fenster sich grau, um das blendende Licht abzufangen. Der Asteroid dahinter strahlte ein paar Minuten weiter, bis der Schatten des Raumschiffs auf ihn fiel und im schwächeren Sonnenlicht eine Landschaft aus Kratern ihre Milliarden Jahre alte Geschichte erzählte.

Vier Sekunden Verzögerung. Cle wartete, schickte den nächsten Aufruf ab. Sieben Sekunden. *Klick.* Das Interface schaltete von unterstützender auf reine Hyperraum-Übertragung um.

Damit war der Kontakt zum Netz praktisch abgerissen. Die geringe Bandbreite des öffentlichen Hyperraums reichte höchstens für Briefe.

Kurz hinter Mars, an den inneren Ausläufern der Asteroiden, lag also die Grenze. Zufrieden nahm Cle das Stirnband ab, sah wieder die enge Kabine. Legte die linke Handfläche auf einen runden Spiegel an der Wand und flüsterte zum Spiegelbild. „Urlaub in der Außenwelt ... willkommen in der großen Leere!"